L'hôtelière du Gallia-Londres

Du même auteur

Le Bel Italien, Flammarion, 2003 ; J'ai Lu, 2014.
L'Impératrice des roses, Flammarion, 2005 ; J'ai Lu, 2007.
La Villa Belza, Flammarion, 2007 ; J'ai Lu, 2008.
La Belle Chocolatière, Flammarion, 2008 ; J'ai Lu, 2014.
La Passagère du France, Flammarion, 2009 ; J'ai Lu, 2011.
La Dernière Bagnarde, Flammarion, 2011 ; J'ai Lu, 2013.
Sous le toit du monde, Flammarion, 2013 ; J'ai Lu, 2014.
Je suis de celles qui restent, Flammarion, 2016 ; J'ai Lu, 2017.

Bernadette Pécassou

L'hôtelière du Gallia-Londres

Flammarion

ISBN : 978-2-0813-9128-4

À mes parents qui ne sont plus là
et m'ont donné l'amour de mon pays.

Celle du haut et celle du bas

Inès avait l'air de l'ange qu'elle n'était pas. Marie l'avait compris. En admiration devant ses cheveux blonds, les autres enfants de l'école Massabielle oubliaient qu'elle cachait dans sa main délicate des griffes acérées dont elle usait sans état d'âme à la moindre contrariété. Ils semblaient ne pas voir son air hautain, ils lui pardonnaient tout. Fille unique, elle était la future héritière du Gallia-Londres, l'hôtel le plus prestigieux de la ville de Lourdes, situé au pied des sanctuaires, là où se pressent les foules de pèlerins et où vivent les propriétaires des affaires les plus florissantes, ceux de « la haute ».

Marie avait commencé à déceler la noirceur du démon sous la trompeuse blondeur de l'ange un jour d'hiver et de froid sibérien quand, par le plus grand des hasards, elle avait assisté à une scène qui devait rester gravée au fer rouge dans sa mémoire.

Nous étions au cœur du terrible mois de février 1956.

Une exceptionnelle vague de froid paralysait le pays depuis plus de deux semaines. Les eaux du gave avaient gelé et la neige, tombée en abondance, recouvrait la ville. Le thermomètre était passé au-dessous des moins vingt degrés, la France et l'Europe entière étaient en alerte. *La Nouvelle République* du 12 février annonçait qu'en Corrèze, le record de froid était de moins trente-cinq degrés et à Nantes, la Loire charriait des glaçons longs de plus d'un mètre. C'était un temps à ne pas mettre le nez dehors ou mieux valait s'emmitoufler jusqu'aux yeux d'épaisses couches de laine, sous peine de sentir la moindre goutte geler dans ses narines. Harnachée de pied en cap, la petite Marie filait à l'épicerie Cazalé faire une course de dernière minute pour le repas du soir quand, passant devant la statue de sainte Bernadette près de l'église paroissiale, elle entendit une voix. Or, elle avait beau tourner la tête en tous sens, elle ne voyait personne. Pas le moindre passant, pas même un chien. Elle s'apprêtait à repartir quand la voix résonna à nouveau, toute proche. Elle s'arrêta, tendit l'oreille. Cette voix si particulière… c'était celle d'Inès. Ça alors ! Que pouvait bien faire cette pimbêche dans ce froid glacial, ce n'était pas son genre d'affronter les frimas, surtout à cette heure tardive ? Intriguée, Marie s'était avancée vers le petit square de la statue de sainte Bernadette d'où la voix semblait provenir, et ce qu'elle découvrit la sidéra. Enveloppée d'une chaude pelisse à capuche bordée de renard argenté, gantée et chaussée de confortables bottines fourrées, Inès piétinait le sol et tapait ses mains l'une contre l'autre pour ne pas laisser le froid traverser ses gants et les semelles de crêpe de ses bottines.

— Tu avais dit que tu le ferais, disait-elle d'un ton sentencieux, si tu renonces maintenant ne compte pas sur moi pour rester ton amie. J'ai horreur des lâches et je ferai ta réputation… *(Elle s'adressait à une seconde personne, que Marie ne pouvait voir.)* Tu n'auras plus qu'à fréquenter des filles de boulanger ou de pensions minables.

Étant justement fille de boulanger, Marie ne se faisait aucune illusion sur l'opinion qu'Inès pouvait avoir des filles comme elle, mais l'entendre le dire avec un tel mépris la blessa de manière inattendue.

— À toi de voir, continuait Inès imperturbable. Je ne t'oblige à rien, c'est toi qui décides.

Vexée, n'ayant aucune envie de s'avancer pour clouer le bec d'Inès ou pour en savoir davantage sur ce qu'elle manigançait, Marie s'apprêtait à repartir quand un gémissement la retint. Au risque de se faire surprendre, elle s'avança hors des fusains derrière lesquels elle était restée cachée jusque-là, et fut saisie d'effroi. À moitié déshabillée, ses vêtements jetés au sol, Béatrice Rivière, la meilleure amie d'Inès, était allongée sur la dalle de pierre gelée au pied de la statue de sainte Bernadette. Un souffle sortait de sa bouche violacée. Elle tremblait de tous ses membres, plus blanche que la mort.

— J'ai mal, je ne sens plus rien, il faut arrêter… disait-elle.

— Pas encore, la coupa autoritairement Inès, c'est moi qui décide, et tu étais d'accord.

— Oui mais… ça ne va pas du tout…

— Sainte Bernadette te protège et la Sainte Vierge fait des miracles, oui ou non ?

— Oui, mais…

— Donc il ne t'arrivera rien. Ou alors, c'est que tu fais semblant d'y croire pour faire comme tout le monde.

Béatrice geignait d'une voix entrecoupée de spasmes et sous le froid polaire qui avait pétrifié la ville déserte, la vision de ce jeune corps étendu à moitié nu sur la pierre dure et glacée était terrifiante.

Les pensées les plus contradictoires se bousculaient dans la tête de Marie. Quel était cet horrible jeu ? Devait-elle intervenir ?

Indifférente aux couleurs violacées que commençait à prendre le corps de son amie ainsi qu'aux spasmes qui le parcouraient, Inès continuait tranquillement à taper dans ses mains.

— Il faut arrêter… reprit Béatrice dans un souffle, cette fois si faible qu'il semblait être le dernier.

— Dis la vérité alors ! la coupa Inès autoritaire, et qu'on n'en parle plus ! Dis-le que tous ces miracles ne sont que des histoires. Avoue, et on arrête.

Marie devinait peu à peu ce qui avait pu se passer. Issue d'une famille de catholiques fervents, Béatrice avait dû affirmer qu'elle croyait aux miracles de Lourdes, à la protection de la Sainte Vierge, et Inès avait imaginé ce jeu pervers. Le ciel protégerait-il celle qui croyait en lui ? À voir la couleur de Béatrice, Marie en doutait fort, mais visiblement Inès s'en moquait. Et Béatrice allait mourir. Sortant de son état de sidération Marie allait se précipiter quand Inès la devança.

— C'est fini, dit-elle péremptoire, tu peux te lever et te rhabiller. On verra bien si ta sainte fait des miracles !

Béatrice se redressa en gémissant. Impassible, Inès la regardait sans esquisser le moindre geste de compassion envers elle. De son côté, rassurée de voir Béatrice capable de se lever, Marie s'éclipsa. Elle ne tenait pas à ce que les deux filles découvrent qu'elle les avait surprises au milieu de ce jeu on ne peut plus trouble.

À Lourdes, des hommes croient au ciel et d'autres n'y croient pas. Malgré tout la ville laisse sur chacun de ses habitants une empreinte telle qu'aucun d'eux ne pense à la trahir et ce, en dépit des moqueries dont elle est la cible, depuis qu'une petite fille dit avoir vu, dans une de ses grottes, une dame blanche. Lourdes est mystique depuis bien avant ce temps-là. Elle l'est dans sa pierre de granit, dans les eaux tumultueuses de son gave glacial, dans ses brumes hivernales, et dans la lumière étrange qui baigne les montagnes pyrénéennes alentour, où les ours et les aigles disputent âprement aux hommes leurs territoires sauvages. Elle est mystique dans sa nature, et ceux qui y sont nés en sont marqués à vie.

En cette deuxième moitié du XXe siècle, la famille de Marie Cassagne possédait une boulangerie et les parents de sa meilleure amie, Josy Dulac, une petite pension. Toutes deux étaient aussi liées avec Chantal, la fille des Fourcade, propriétaires d'un hôtel familial modeste mais rentable. Toutes trois vivaient en haut de la ville de Lourdes et rêvaient un jour d'habiter en bas, de l'autre côté du pont qui franchissait le gave, là où se dressaient les prestigieux hôtels trois étoiles, regroupés au plus près des sanctuaires religieux. Là où les foules de pèlerins venus du monde entier priaient la Vierge Marie, « Dame Blanche » apparue à Bernadette Soubirous en l'an 1858.

Avant les apparitions, la ville comptait à peine sept mille habitants. C'était une simple bourgade, incontournable passage vers les montagnes pyrénéennes, alors très à la mode pour les bienfaits de leurs eaux thermales, les mystères de leurs forêts et de leur faune sauvage. La riche société lourdaise vivait rassemblée autour de l'église et de la mairie sur la belle place Marcadal où trônait une fontaine de pierre sculptée de dauphins qui recrachaient l'eau des montagnes. C'était la place des cafés et des auberges où se croisait tout ce qu'une petite ville peut compter de notables, commerçants, hommes de loi, pharmaciens, médecins, journalistes. Le reste de la population se répartissait autour de ce périmètre central, quant aux plus pauvres, ils étaient relégués tout en bas, sur la zone humide d'un gave glacial qui descendait tout droit des montagnes, et le long duquel s'alignaient les moulins. La ville du haut connaissait une forte animation, car les voyageurs y faisaient une halte avant de se rendre dans les stations thermales. Et ces voyageurs n'étaient pas des touristes ordinaires, car des villes comme Cauterets, Barèges, Luz ou Eaux-Bonnes accueillaient les têtes couronnées de l'Europe entière, suivies par tout un aréopage de personnel, de courtisans et de dandys qu'on appelait les « petits crevés » parce qu'ils affichaient des mines épuisées, des airs désabusés. Le temps de changer les chevaux et de se restaurer, cette société fortunée s'accordait une pause dans les cafés auberges de la ville du haut avant d'aborder les routes de montagne, cependant que le chômage et la misère gagnaient les quartiers du bas, invisibles à leurs yeux. Car après avoir bâti les magnifiques hôtels qui font encore aujourd'hui le prestige de l'architecture des villes d'eau pyrénéennes, les hommes du pays se retrouvaient au chômage. En pleine révolution industrielle, les récents moulins à vapeur avaient anéanti les vieux moulins à eau en un rien de temps. Il ne manquait que la maladie pour finir. Elle arriva. Le choléra de 1856 décima les familles et la misère gagna, violente. C'est à ce moment-là que le destin de Lourdes bascula de façon spectaculaire. Très précisément le jour où la fille d'un meunier au chômage vit une « dame blanche » en bas de la ville, dans une grotte près du gave, sur une décharge à ciel ouvert où le porcher Samson allait faire pacager son troupeau de cochons.

Marie savait par cœur la suite de l'histoire. Non que sa mère, harassée par le travail à la boulangerie, ait eu le temps de lui raconter l'essor fulgurant de sa ville. À l'école, on n'en parlait pas non plus. Laïcité oblige, les maîtres ne s'étendaient pas sur les miracles de la petite Bernadette. Mais cette notoriété mondiale soudaine et inespérée était inscrite dans la mémoire de tous. Marie savait que ses arrière-grands-parents avaient vu affluer des foules de curieux et les premiers pèlerins, encouragés par la quantité d'articles d'une presse internationale et parisienne qui était accourue et avait fait beaucoup pour la diffusion de l'événement.

Comme toutes les gamines du pays, Marie avait scruté les beaux yeux noirs de la sainte figée sur les daguerréotypes – une fille de son âge qui avait changé le sort de toute sa communauté. Marie se souvenait aussi d'avoir entendu son père parler du célèbre journaliste catholique, Louis Veuillot, rédacteur en chef de *L'Univers* qui s'était installé chez eux un siècle plus tôt pour ne rien perdre de l'affaire. Cet intérêt des messieurs de Paris pour les visions d'une sauvageonne avait eu de quoi surprendre. Le reste Marie l'ignorait, elle avait bien trop à faire entre l'école et les livraisons de pain pour se pencher sur les déchirures anciennes d'une France, certes catholique, mais aussi marquée par les doutes hérités des Lumières et la montée du rationalisme. Dès 1850, Hugues de Lamennais avait prôné un catholicisme libéral fondé sur la séparation de l'Église et de l'État, la France achevait alors la deuxième phase de sa révolution industrielle et le positivisme scientifique d'Auguste Comte faisait des émules.

C'était sans compter sur l'empereur Napoléon III qui avait besoin du soutien de l'Église de Rome qu'il défendait encore contre les républicains de Garibaldi. Or, au même moment, la région de Lourdes s'était attiré les regards des politiques grâce à l'omniprésence dans la région du puissant ministre des Finances, le banquier Ernest Fould. Son fils Achille venait de se faire élire dans le département des Hautes-Pyrénées où sa famille construisait la ligne ferroviaire du Grand Central en direction de l'Espagne avec pour objectif de faciliter les échanges commerciaux entre les deux pays. Comme les familles de banquiers Pereire et Mirat, la famille Fould misait sur l'avenir du train et sur son importance dans le développement économique du pays.

Dans la cour de l'école, Marie avait entendu Inès pérorer sur les fameuses soirées d'Ernest et Achille Fould. La prétentieuse affirmait que ses aïeux avaient été invités aux soirées de prestige, aux grands bals et que l'imposant château situé à Tarbes n'avait pas de secrets pour eux. En effet, la bourgeoisie locale côtoyait alors l'élite parisienne, politique et financière. S'y croisaient des journalistes, des écrivains à la mode, dont Inès avait oublié les noms. Mais Gustave Doré, un artiste dont les sottes filles d'en haut n'avaient même jamais entendu parler, elle s'en souvenait bien car elle avait vu ses dessins dans la belle édition de la comtesse de Ségur offerte par son père. Et c'est ce dernier qui lui avait raconté comment l'artiste était venu croquer les sites pyrénéens, faire un relevé de leur état, à la demande de Prosper Mérimée, ministre en charge du patrimoine.

L'affaire de Lourdes divisait les esprits en cette époque de dissensions fréquentes entre l'Empire et l'Église catholique. Désireux de ménager les catholiques de France, tout en ayant en tête de se désengager au plus vite de l'affaire romaine, Napoléon III avait eu un geste déterminant. Il avait fait rouvrir la grotte que les autorités locales avaient fermée pour cause de désordres et on racontait qu'il l'avait fait à la demande de l'impératrice Eugénie. Elle affirmait que le petit prince Louis Napoléon, unique enfant du couple, avait été guéri d'une grave maladie grâce à une plante cueillie au pied de la grotte miraculeuse par sa gouvernante, l'amirale Bruat. Élevée dans l'Espagne catholique, très croyante, Eugénie de Montijo ne cachait pas qu'elle était favorable à la primauté du pouvoir de la papauté sur le pouvoir politique et il se trouvait qu'elle était alors en villégiature à Biarritz, entourée d'une nombreuse cour intriguée par l'affaire. La présence de ces hauts personnages dans la région avait augmenté le nombre des curieux et l'information des apparitions ne s'en était répandue que plus vite. Le journaliste Zola prédisait que cet intérêt serait un feu de paille, que ces « foules ne dureraient pas ». Il se trompait, les pèlerins et curieux se comptaient alors par milliers, un siècle plus tard, ils se compteraient par millions.

De leur côté, soucieuses de ne pas paraître archaïques, les autorités religieuses avaient rechigné à laisser le culte de la science concurrencer le culte divin. Elles nommèrent une commission d'enquête qui travailla durant quatre années. Le temps de « vérifier » les allégations de Bernadette et de se rendre propriétaires d'une vingtaine d'hectares de terres autour de la grotte qu'ils nommèrent les « sanctuaires ». Une fois les terrains dans les mains de l'Église, des conflits d'intérêts se révélèrent. Le porcher Samson fut prié de conduire ailleurs son troupeau de cochons, les prix des terrains du bas flambèrent et les familles démunies se virent repoussées dans la ville du haut. Le curé de la ville, l'abbé Peyramale, qui s'était empressé de faire bâtir une petite chapelle aux abords de la grotte, fut prié de retourner aux affaires de son église paroissiale. Les autorités religieuses placèrent à la tête des sanctuaires les « sévères » pères de Garaison, lesquels dirigeaient déjà d'une main de fer une institution catholique près d'un sanctuaire marial du XVIe siècle, à une soixantaine de kilomètres de là. Une monumentale basilique de pierre remplaça la petite chapelle et une rancœur tenace s'installa entre le petit curé et la puissante communauté. Du côté des autorités, le préfet Massy, désavoué par son ministère pour incompétence, fut déplacé à Grenoble et le commissaire Jacomet qui avait suivi l'affaire fut muté en Avignon. Pendant que tous ces hommes faisaient et défaisaient les carrières des uns et des autres, les femmes de la ville ne perdaient pas de temps. Les foules envahissaient les rues et les places, il fallait bien s'en occuper. Des familles entières dormaient dehors à même le sol, des nouveau-nés, des malades, des misérables... L'hiver arrivait et bientôt les morts se compteraient par centaines.

Ce sursaut des femmes, Marie le sentait encore couler dans les veines de sa mère et de ses voisines qui ne se privaient pas d'ironiser sur le dos des autorités masculines, plus promptes à parlementer qu'à agir dans l'intérêt général. À croire que les choses n'avaient pas beaucoup changé avec le temps. Marie admirait en secret ces femmes décidées d'un autre siècle. Sans demander l'avis de quiconque, elles avaient sorti leurs hommes des cafés où ils buvaient à longueur de journée et les avaient remis au travail. C'est ainsi que des bâtisses de fortune avaient pu être construites au plus vite avec du bois récupéré et les moyens du bord. On les avait appelés les « chalets » et on y avait logé les premiers pèlerins. Bourgeoises ou femmes du peuple solidaires, elles avaient toutes joué un rôle déterminant dans l'économie de la ville. Par réflexe de survie, elles avaient pris les choses en main, accueillant les nouveaux arrivants jusque dans leurs propres maisons et une ébauche d'hôtellerie et de commerce s'était installée petit à petit. Les paysannes des vallées alentour s'étaient mises à vendre des chapelets qu'elles fabriquaient déjà avec du buis coupé dans les montagnes pour un autre sanctuaire religieux qui existait à quelques kilomètres. Ce commerce improvisé à même le sol dans des parapluies retournés valut à l'endroit le surnom de « Tonkin ». Un œil avisé y avait vu une ressemblance avec les larges chapeaux de paille retournés dans lesquels, au pays de l'ancienne Indochine, les femmes vendaient leurs légumes. Et le nom était resté.

Les maisons, comme celle de son amie Josy, s'étaient transformées peu à peu en pensions et hôtels de diverses catégories, et on était venu prier sur ces terres où autrefois les cochons de Samson pacageaient dans la boue et où Bernadette Soubirous et des enfants de misère comme elles allaient récupérer au milieu des déchets et des rats ce qui pouvait être revendu à une chiffonnière nommée Lechina.

Marie et Josy n'avaient pas connu la décharge puante, pas plus que les milliers de touristes qui dans ces années-là affluaient par millions. Les affaires étaient désormais florissantes, et si les grands-mères les avaient convenablement installées, passant ensuite le flambeau aux mères puis à leurs filles, c'était bien pour que tous les enfants aillent d'un même pas à l'école Massabielle et au catéchisme, pour que chacun ait un travail et que tous les Lourdais vivent décemment. Pourtant Marie n'était pas dupe, elle voyait bien que le clivage social persistait et que jamais les filles des riches hôteliers comme Inès et Béatrice ne fréquenteraient les filles des modestes pensions de la ville du haut.

« Il ne te restera qu'à fréquenter des filles de boulanger ! » La voix d'Inès résonnait encore dans sa tête et elle revoyait tous les détails de la scène à laquelle elle avait assisté au pied de la statue de sainte Bernadette. Quelques heures plus tôt, à l'épicerie, elle avait entendu le docteur dire à l'épicière d'être très prudente en sortant et de se couvrir toute la peau même celle des mains car, affirmait-il, « dans un froid compris entre moins vingt degrés et moins quarante degrés, la peau gèle en moins de dix minutes ! Les extrémités sont très sensibles et ça peut aller jusqu'à l'amputation. Dans le cas d'expositions prolongées, on risque l'hypothermie et c'est la mort assurée. Les gens ne se rendent pas compte, madame Barrère, toutes nos maisons sont chauffées et on se croit plus forts que les éléments, mais les brûlures du gel sont atroces. C'est ce qu'il y a de pire comme souffrance. Les vieux qui ont connu des températures extrêmes le savent, et eux, ils se protègent. »

Consternée, Marie revoyait sur la dalle gelée le corps blême de Béatrice parcouru de spasmes désordonnés. Était-il possible qu'Inès ait exposé sciemment sa meilleure amie à un danger pareil. Elle entendait encore son ton cassant. Il y avait d'autres filles de « la haute » à l'école Massabielle, mais aucune n'avait sa dureté.

À cette heure, Béatrice luttait peut-être contre la mort et Marie se mordait les doigts de ne pas l'avoir aidée. Son absence de réaction lui paraissait maintenant criminelle. Et si Béatrice mourait, elle aussi serait responsable. Horrifiée, elle se leva d'un bond. Béatrice devait rester vivante, il fallait à tout prix empêcher qu'elle meure. Ce n'était pas vraiment de la compassion, plutôt la prise de conscience que sa mort ferait d'elle une criminelle. Idée qui la terrifiait. Déterminée à obtenir le pardon de la Sainte Vierge, elle s'agenouilla au pied de son lit, mais il lui apparut vite que prier dans la chaleur douillette de sa chambre ne serait pas suffisant pour obtenir l'intervention divine. Sa mère, qui avait le don des sentences définitives, lui répétait qu'il fallait toujours confesser ses erreurs et les réparer, que sinon la vie se chargeait de vous les faire payer durement, et c'était bien pire. Dans un sursaut, Marie se dit qu'il valait mieux faire acte de contrition sur-le-champ. Pour cela, elle devait aller à la grotte allumer un cierge pour sauver Béatrice et affronter sa peur de l'obscurité et du froid meurtrier. Mais à l'idée de se retrouver seule dehors, elle paniqua intérieurement, puis se raisonna. Elle devait y aller. Puisque c'était difficile, sa pénitence n'en serait que plus efficace. Sa décision la galvanisa. En deux temps trois mouvements, elle enfila des vêtements chauds, posa sur ses épaules la cape en laine des Pyrénées que sa mère laissait à cet usage dans l'entrée, et elle s'enfonça dans la nuit.

La morsure du vent la piqua instantanément malgré l'épaisseur des laines. Au cœur de la nuit, le froid était plus fort encore, mais à ce moment-là, rien n'aurait pu la faire reculer. Au contraire, elle pressa le pas et, curieusement, n'éprouva plus aucune crainte. Ensevelie sous un manteau de neige immaculée, sa ville avait une douceur que le givre embellissait de transparences. Les façades des hôtels s'emboîtaient telles les pièces d'un Meccano géant, et derrière leurs volets clos les habitants dormaient d'un profond sommeil. La ville de Lourdes formait autour de la grotte un bloc resserré dans lequel ils vivaient blottis, inquiets en cet hiver meurtrier qui soumettait chacun au vent glacé des montagnes qui s'infiltrait partout, fissurant la pierre des bâtisses et des sanctuaires déserts. Marie rasait prudemment les murs. Tout dormait sauf le ciel et les étoiles qui paraissaient briller plus que jamais. Elle passa le pont, longea les derniers hôtels et franchit l'enceinte des sanctuaires. La neige rendait tout irréel. Le silence semblait soudain plus intense. Elle s'arrêta. Poudrée de givre, comme émergeant d'un conte fantastique, la colossale basilique dominait l'immense esplanade déserte, cependant qu'à l'autre extrémité la Vierge couronnée souriait de ses lèvres de pierre, féerique dans sa tunique blanche et son voile d'azur. Les hautes montagnes les enserraient dans leur manteau de neige et de glace, et il régnait en ces lieux sacrés une étonnante atmosphère de paix. Seules de hautes statues dressées le long des rampes menant à la basilique supérieure menaçaient de quelque apocalypse. Bras levés, doigts pointés vers le ciel, elles se découpaient contre les nuages annonciateurs de jugements divins. Marie éprouva une drôle de sensation. Comme si dans ces sanctuaires gigantesques traversés chaque année par des millions de visiteurs venus du monde entier, dans ces lieux soulevés par des hymnes de tous pays et des prières en toutes langues, rien n'avait jamais existé. Comme s'il n'y avait jamais eu ici rien d'autre que le vent d'Espagne lustrant, jour après jour, l'enceinte de pierre grise, rien d'autre que la course des nuages, rien d'autre que du silence.

La lune éclairait furtivement le ciel chargé de formes énigmatiques. Marie retenait sa respiration. Cette esplanade déserte dans la nuit de l'hiver, sans le moindre pèlerin, pas même un curé en soutane la traversant d'un pas pressé, c'était trop immense. L'angoisse lui serra la gorge. Une peur l'avait gagnée, elle n'osait plus faire un pas.

— Qu'est-ce que tu fiches dehors à une heure pareille ?

Elle poussa un cri, et porta immédiatement la main à son cœur. Le bonhomme au visage rond et bienveillant qui venait de lui causer cette frayeur n'était que Marcel Courtot. Gardien des sanctuaires, il faisait sa ronde de nuit. De loin, il avait repéré une silhouette et il s'était approché, silencieux comme un chat. Marie respira, elle le connaissait bien et sa présence la rassura.

— Ben alors, insista-t-il, tu as perdu ta langue ? Pourtant tu n'es pas du genre à l'avoir dans ta poche.

Marcel Courtot n'était pas une personne discrète et il voulait bien entendu savoir ce qu'elle faisait là. Marie était piégée. Aussi s'empressa-t-elle de donner la première explication qui lui vint à l'esprit.

— Je suis venue mettre un cierge…

Il manqua s'étrangler.

— Un cierge ! En pleine nuit et dans ce froid ! Tu veux attraper la crève ou quoi. Ça ne pouvait pas attendre ? Tes parents savent que tu es là ?

Il enchaînait les questions comme à son habitude, ce qui laissa à Marie le temps de se reprendre et de trouver une raison plausible. Évidemment, il n'était pas question de parler de Béatrice et encore moins de la scène avec Inès, car elle en était sûre, à peine son travail terminé, Courtot passerait à la boulangerie et il irait tout raconter à sa mère. Une idée saugrenue lui traversa l'esprit.

— Je venais demander à la Sainte Vierge de protéger les oiseaux. Ils tombent dans la neige d'épuisement, et ils meurent de froid.

Courtot plissa le front en signe de grande perplexité. Qu'en pleine nuit, cette gamine vienne mettre un cierge pour des oiseaux, il trouva l'explication pour le moins bancale. Il connaissait bien la famille Cassagne, ce n'était pas le genre à laisser leur fille s'aventurer ainsi. Marie voyait bien que son explication ne le satisfaisait pas et elle ne voulait pas lui laisser le temps de trop réfléchir. Se souvenant qu'il était chasseur, elle imagina une nouvelle parade.

— J'allume aussi le cierge pour tous les animaux de la forêt, reprit-elle. Papa a trouvé plusieurs biches, un sanglier, et aussi un renard, morts de froid. Il dit que tous les animaux vont y passer et que ce sera un désastre pour la prochaine saison de chasse.

Marcel Courtot n'avait pas pensé à cet aspect des choses. Or si le froid décimait les perdreaux de l'année et les tendres marcassins, effectivement la saison à venir serait bien maigre en délicieuses viandes rôties. Le garde aimait par-dessus tout les perdreaux cuisinés en salmis et les sangliers à la broche. Le sentant ébranlé par l'information, Marie en rajouta.

— Papa dit que les animaux sont comme nous, le froid les tue et ils meurent dans d'atroces souffrances. Je me dis qu'il ne ferait pas bon être à leur place.

Était-ce l'heure, l'endroit, ou l'incongruité de la rencontre avec Marie, toujours est-il que Courtot ne se souvint pas qu'il n'y avait pas de petits marcassins et de jeunes perdreaux dans les forêts d'hiver. Mais il parut réaliser une chose à laquelle il n'avait jamais songé. Les animaux pouvaient souffrir. Cette prise de conscience réveilla en lui une sensibilité enfouie car si le chasseur qu'il était, tuait des biches et des renards d'un coup de carabine sans état d'âme, l'idée de les savoir pris au piège des souffrances du froid l'affecta de façon tout à fait inattendue. Lui-même avait beau se couvrir pour ses rondes nocturnes, le froid transperçait son épais manteau de laine et ses mains étaient couvertes d'engelures. Heureusement, la veille, son beau-frère cheminot lui avait passé une canadienne que la SNCF fournissait à ses employés et depuis qu'il l'avait sur le dos, il revivait. L'épaisseur du cuir et de la fourrure de mouton le protégeait efficacement. Attendri, il se dit que ni les petits marcassins ni les perdreaux n'avaient de fourrure. Pas plus que les oiseaux.

— Tu as raison, dit-il en fronçant les sourcils, on doit penser à eux. Après tout, ce sont des animaux vivants.

Il avait l'air de le découvrir et Marie se demanda ce qu'il voulait dire par là. Bien sûr que les animaux étaient vivants, il en savait quelque chose puisqu'il leur courrait après lors des battues et qu'il tirait les palombes en plein vol. Si les animaux couraient et volaient, c'est qu'ils étaient vivants, mais cette idée n'avait pas dû effleurer Courtot jusque-là.

— Viens, je t'accompagne aux brûloirs des cierges, dit-il, ça n'est pas bon de circuler toute seule ici en pleine nuit.

— Je croyais que dans les sanctuaires, on ne risquait rien. On est dans un lieu sacré, la Sainte Vierge nous protège, non ?

— Bien sûr, s'empressa le garde. Tiens, moi en vingt ans de tours de garde, je n'ai croisé qu'un chien, et encore une seule fois, alors tu parles d'un danger…

Il s'arrêta, fronça à nouveau les sourcils, resta un court instant à réfléchir, puis il reprit d'une voix grave.

— Mais il vaut mieux être prudent… on ne sait jamais.

Marie s'étonna de ce « on ne sait jamais » qui laissait entrevoir une inquiétude contredisant vingt ans de calme absolu. Cependant, rassurée par sa présence à son côté, elle traversa l'esplanade, passa sous les arches de pierre et déboucha dans le périmètre sacré de la grotte. Une brume glacée montait des eaux du gave donnant aux choses alentour un air fantomatique, Courtot releva instinctivement le col fourré de son épaisse gabardine et Marie resserra contre elle sa cape de laine. Près de la grotte les flammes des cierges vacillaient au vent. Ils s'avancèrent jusqu'aux larges présentoirs, des cierges mis à la disposition des pèlerins étaient rangés par taille. Un écriteau conseillait des tarifs pour faire une « offrande ». Marie introduisit ses pièces dans l'urne et prit un cierge correspondant. Comme elle, la quasi-totalité des pèlerins payaient ce qu'ils devaient alors qu'ils auraient pu partir sans mettre l'argent dans la boîte que personne ne surveillait. Mais personne ne trichait et il en allait ainsi depuis toujours. Confiance qui surprenait toujours les nouveaux pèlerins et les visiteurs.

— Attends, dit brusquement Courtot en farfouillant au fond de ses poches, je vais en acheter un moi aussi, ça ne sera pas de trop.

Il prit le temps de choisir son cierge, en regarda plusieurs sous toutes les coutures comme s'il y allait de sa vie, et enfin en trouva un à son goût. Puis il se signa tout en ânonnant entre ses dents une prière à la Sainte Vierge afin « qu'elle épargne ces pauvres bêtes de la forêt ». Il en avait presque les larmes aux yeux. La surprise de Marie fut d'autant plus grande qu'elle se souvenait l'avoir vu plus d'une fois ouvrir fièrement le coffre de sa 4L pour montrer un sanglier ou une biche ensanglantés qu'il avait lui-même abattus. Elle revoyait encore les yeux ronds du magnifique sanglier arrêté net dans sa course et ceux, effarés, de la biche au pelage fauve tombée dans les feuilles d'automne.

— Ah bon sang ! Il n'y a plus une seule place pour nos cierges. Les feutiers ont rempli tous les brûloirs. Quels idiots, ils pourraient laisser un peu de place quand même. Tu vois, c'est maintenant qu'ils devraient venir les gens qui demandent ce qu'on fait de leurs cierges. Ils verraient bien ce qu'on en fait ! Qu'est-ce qu'ils croient ? Qu'on les bouffe !

Les pèlerins allumaient des cierges par milliers et bien que le nombre de brûloirs ait augmenté chaque année, il était impossible de les allumer tous au même moment. Les feutiers, responsables des brûloirs, demandaient aux pèlerins de déposer leurs cierges dans un casier en leur expliquant qu'ils les allumeraient plus tard, en hiver à la morte-saison. Mais les pèlerins voulaient voir la flamme de leurs cierges brûler immédiatement et certains suspectaient les feutiers de mettre leurs cierges de côté pour les revendre.

Marie aussi voulait voir la flamme de son cierge briller tout de suite. Mais Courtot disait vrai, les brûloirs étaient pleins.

— Là ! Marcel, regardez, dit-elle soudain, désignant une place du doigt ! Il y en a deux qui sont éteints.

Courtot se pencha pour vérifier.

— Pas tout à fait, ils fument encore.

— Ils sont entièrement fondus, s'agaça Marie. La flamme est éteinte. Ils n'ont même plus de mèche.

Courtot n'aimait pas l'idée d'enlever les cierges des autres, fussent-ils brûlés, mais il devait se rendre à l'évidence, ces deux-là avaient rempli leur mission. Le vent glacial était brusquement tombé, l'air était anormalement doux. À la lueur des bougies, sculptée par les ombres, le visage de Marcel Courtot avait pris un relief inattendu et à cet instant, Marie douta de l'espoir secret qu'il confiait à la flamme. Un chasseur devient rarement un agneau, surtout quand il le laisse croire. Mais quand elle le vit dessiner du bout de son pouce un signe de croix sur son front et allumer les cierges, Marie se dit que peut-être quelqu'un, là-haut, avait décidé de veiller sur le petit peuple des forêts, car personne, pas même le mécréant de passage, n'allumait négligemment un cierge à la grotte de Lourdes. Ici, on ne s'étonnait pas de voir des hommes et des femmes parmi les plus éduqués pratiquer ces rituels. On ne venait pas à Lourdes pour le culte des reliques, comme on le faisait pour le tombeau de saint Jacques à Compostelle, car il n'y en avait pas. Sainte Bernadette était embaumée au couvent de Nevers. On ne venait pas non plus pour sacrifier à la noble quête individuelle que représentait l'interminable voyage à pied des lieux profanes vers les lieux sacrés. On y venait en groupe ou en famille, et en trains ou en avions spécialement affrétés, en chantant à pleins gosiers. On perpétuait des traditions familiales, on faisait les processions ensemble et la fête après, dans les cafés qui tournaient à plein régime. Les bénévoles y étaient aussi nombreux que les malades. Quant aux non-croyants, venus « juste pour voir », ils allumaient un cierge et touchaient la roche sacrée, avant d'ajouter que « ça aurait été idiot de repartir sans le faire ». Lourdes était déjà une immense fête brouillonne dans laquelle chacun trouvait et prenait ce qu'il voulait. Pour certains c'était la foi, pour d'autres des rencontres ou des souvenirs, pour d'autres encore le moyen de vérifier leur appartenance au monde chrétien. Contrairement aux groupes qui avaient un programme précis, ceux-là déambulaient sans but entre la ville et les sanctuaires, nez au vent, heureux de se retrouver dans cette foule immense et inclassable. Pour ces égarés les sanctuaires avaient eu l'idée de créer la bannière des « Pèlerins d'un jour ». Pas question de faire confiance au seul hasard pour tenter de les ramener vers la foi, messes, confessions, processions, le programme était millimétré. Un peu trop au goût des Lourdais qui auraient aimé que ces millions d'étrangers profitent aussi des splendides montagnes environnantes. Mais la balade n'était pas le propos des pères de Garaison et, brusquement, Courtot sembla s'en souvenir.

— Oh là, je vais me faire engueuler moi, si on voit que je ne suis pas à mon poste. Allez, j'y retourne. Et toi aussi Marie, file. Ne reste pas ici toute seule !

L'aube blanchissait de l'autre côté des montagnes. Courtot s'était laissé embarquer dans cette histoire de prières et de cierges pour les animaux de la forêt et il ne comprenait plus trop ce qu'il lui était passé par la tête. Le vent glacial était tombé et l'air était plus doux. Quand elle retraversa l'esplanade déserte en direction de la porte Saint-Joseph et de la ville, Marie aperçut le garde qui la surveillait de loin. Mais ce n'est qu'une fois dans sa chambre, au moment de se glisser entre les draps de son lit, qu'elle réalisa qu'avec tout ça elle avait complètement oublié Béatrice. C'était trop tard pour faire marche arrière. La nuit avait été si étrange, Courtot lui-même semblait avoir été touché par une sorte de grâce.

En fin de matinée Marie apprit que Béatrice Rivière était à l'hôpital des grands brûlés de Bordeaux. Le gel lui avait arraché la peau par endroits et le froid avait commencé son œuvre mortelle. Effondrée à l'idée d'avoir été l'involontaire complice de ce « crime », Marie pria les nuits suivantes au pied de son lit et un matin, effets invérifiables des prières ou victoire de la médecine, elle apprit que Béatrice allait mieux. On l'avait sauvée de justesse. Mais il fallut beaucoup de temps à son corps pour se reconstituer entièrement et elle passa une année entière dans d'atroces souffrances. Les docteurs expliquèrent à ses parents désemparés que pour s'être allongée ainsi, seule et à moitié nue sur la pierre gelée devant sainte Bernadette, leur fille avait dû être frappée de « ferveur mystique ».

— Cela arrive parfois à l'approche de l'adolescence. Mais ne vous en faites pas, conclurent-ils. Le pire est derrière vous.

Personne ne sut ce qui s'était réellement passé, et comme en France et dans l'Europe tout entière, cette vague sibérienne avait tué beaucoup de monde, personne ne s'en étonna. Béatrice, quant à elle, ne révéla jamais rien et Marie garda le secret. Quelque chose la retenait qu'elle ne pouvait définir. Une crainte face à la découverte des profondeurs de l'âme humaine. Un instinct. Pourquoi Béatrice, que rien n'obligeait à se laisser humilier de la sorte, l'avait-elle accepté ? Pourquoi s'était-elle soumise à la volonté d'Inès alors qu'elle aurait pu la mettre à terre sans difficultés. Physiquement elle était bien plus forte. Que risquait-elle à l'envoyer se faire voir ailleurs plutôt que de subir une violence pareille. Pour Marie, il y avait dans cette interrogation quelque chose de si incompréhensible et de si vertigineux qu'elle ne pouvait s'y attarder.

C'est cet hiver-là que son regard sur les êtres humains commença à changer.

Après ce que Béatrice avait subi, Marie était persuadée que l'amitié entre Inès et elle serait terminée. Ce fut l'inverse. Leur duo parut encore plus soudé, leur arrogance empira et les moqueries se multiplièrent. Josy devint leur cible préférée. Elle était la plus fragile et la plus facile à atteindre. Ses piètres résultats scolaires, ses vêtements démodés, son embonpoint, la petite pension de ses parents avec ses chambres ordinaires et sa clientèle modeste, tout était bon pour la tourner en ridicule. Marie venait à son secours mais cela n'y changeait rien, au contraire. Plus Marie s'interposait, plus Inès et Béatrice trouvaient de quoi alimenter leur méchanceté. Soucieux d'être du côté d'Inès qui représentait la richesse et le prestige des grands hôtels, les autres enfants riaient bêtement à toutes ses moqueries. Mais Josy avait un atout, son frère. Espoir prometteur du prestigieux club de rugby de la ville, Paul Dulac séduisait tout et tout le monde. Pas une fille qui n'en soit plus ou moins amoureuse, pas un garçon qui ne l'admire et ne l'envie. Un jour où comme d'habitude elle avait sa cour autour d'elle, Inès sortit avec ostentation une enveloppe de sa poche. Elle expliqua qu'elle avait reçu une lettre non signée et crut amusant de demander à Béatrice de la lire à haute voix. Un garçon y déclarait sa flamme de façon naïve et mettait en avant ses exploits de joueur de rugby. Béatrice détaillait avec force rires les fautes d'orthographe qui émaillaient la missive cependant que tout en feignant de retenir un fou rire et de tempérer, Inès demandait à Béatrice de cesser de ridiculiser ainsi « ce pauvre garçon ».

— De toute façon, fit cette dernière, un champion de rugby on voit tout de suite de qui il s'agit.

— Ah bon, fit Inès jouant l'ingénue. Et qui c'est d'après toi ?

— Ça ne peut être que Paul Dulac.

Josy devint livide. Paul était son héros, son frère admirable qui jouait au rugby comme un seigneur, un jour il serait un champion comme les grands joueurs de Lourdes qui depuis des années soulevaient les stades et dont la réputation passait les frontières, et voilà que ces deux idiotes voulaient le ridiculiser. Marie faillit répliquer à Béatrice et à Inès qu'elle les avait vues dans une situation autrement plus dégradante que celle de faire des fautes d'orthographe mais, au dernier moment, son instinct la retint d'intervenir. Comme si elle anticipait un danger, et puis qui la croirait ? Les deux pimbêches nieraient et elle passerait pour une menteuse.

— Mon frère n'a jamais pu écrire ça !

La surprise fut à la hauteur de l'événement, car pour la première fois Josy se rebiffait.

— Ah bon, fit Béatrice en lui mettant la lettre sous le nez, et qui l'a écrite alors ?

— Je ne sais pas, ça doit être un autre.

— Un autre champion de rugby ? Tu en connais un autre ? Dis-moi où il se trouve.

— Je vous dis que ça ne peut pas être lui, s'énervait Josy hors d'elle. Il ne peut pas être amoureux d'Inès…

— Tiens, et pourquoi ? intervint cette dernière, piquée au vif.

— Parce qu'il te trouve ridicule, et parce qu'il est amoureux d'une autre.

Cette affirmation jeta le trouble dans la juvénile assemblée, et dans le cerveau d'Inès, elle fit l'effet d'un cataclysme. Ce « ridicule » jeté à sa figure devant tous, la liquéfia. De venimeuses paroles sortirent alors de sa bouche sans aucune retenue et la dureté avec laquelle elle les prononça fut encore plus effrayante que ses paroles.

— Tu mens, affirma-t-elle en détachant bien chaque mot et en s'avançant vers Josy, menaçante. Tu mens parce que tu es jalouse de moi, parce que tu es laide et grosse et qu'aucun garçon ne veut de toi. Tu passes la serpillière dans votre pension minable et ton frère y fait la cuisine comme ton père. Et tu crois que je pourrais m'intéresser à un garçon qui épluche des pommes de terre ! Quelle horreur ! Comment a-t-il osé m'écrire. Je ne voulais pas que Béatrice lise cette lettre pour lui épargner le ridicule, mais elle a bien fait. Vous puez tous les deux, vous sentez la friture et la serpillière ! Vous n'êtes bon qu'à servir ! Vous puez ! Vous puez !

Elle hurlait. Son visage était déformé par la colère et le petit groupe tout entier frissonna. Lors des pires conflits de leur cour d'école, on se traitait de tous les noms d'oiseaux mais jamais on ne manifestait une telle volonté de nuire. Les mots d'Inès appartenaient à un autre registre, ils étaient d'une violence bien trop grande pour leur petit monde. Choqués, les enfants s'éparpillèrent et la sonnerie des cours clôtura l'incident. Ça n'alla pas plus loin. Les jeux et les rires reprirent dès le lendemain, tant est grande la confiance des enfants en la vie. Et comme Marie l'avait prévu, Inès les reconquit sans difficulté. Mais ce « vous puez ! » était entré très profondément dans le cœur de Josy, plus tranchant qu'une lame.

— N'y pense plus, lui conseilla Marie qui n'aimait pas voir dans les yeux de son amie cette étrange lueur de haine. Je ne sais pas comment, insista-t-elle, mais Inès peut te faire beaucoup de mal.

Mais Josy ne l'écoutait pas.

— Un jour, je me vengerai, disait-elle obstinément.

Le samedi suivant dans la sacristie de l'église paroissiale, le catéchisme se terminait.

— Je ne veux pas voir des rameaux chargés de sucreries, comme j'en ai vu à la messe de l'an passé. Je ne suis pas là pour bénir les chocolats de M. Maisonnave ! Ce n'est pas le message de Pâques.

Monsieur le curé était on ne peut plus clair. D'années en années, la course aux rameaux chargés de chocolats était devenue une compétition et à la messe des Rameaux de l'année précédente, Inès et Béatrice avaient arboré de véritables petits arbustes ployant sous la charge de sucreries multicolores, cloches, œufs, poissons en chocolat, le tout garni de rubans et de nœuds à profusion. Nombre de fidèles s'en étaient offusqués, regrettant ces dérives et demandant à l'Église de revenir à plus de sobriété. Tout comme ils avaient obtenu qu'une aube stricte remplace les robes de communiantes, devenues des atours de princesses toujours plus chargés de volants et de dentelles, ils avaient insisté pour qu'on revienne aux rameaux de lauriers dépouillés. Marie avait cru pouvoir saisir cette occasion de critiquer Inès et Béatrice à la table familiale mais elle s'était fait rabrouer vertement.

— De quoi tu te mêles, avait répliqué sa mère. Tu veux donner des leçons de morale ? Chacun fait comme il veut. Pauvre Béatrice, après ce qu'elle a subi !

— Pauvre Béatrice ! s'était énervée Marie. Tu ne dirais pas ça, si tu la connaissais…

— Et qu'est-ce que je devrais connaître ?

Marie avait ravalé sa salive. À quoi bon… Si elle racontait la scène macabre au pied de sainte Bernadette, sa mère ne la croirait pas.

— Rien, dit-elle dépitée, mais monsieur le curé a dit…

— Laisse monsieur le curé faire son travail et fais le tien. Va t'occuper de la livraison et oublie de critiquer les clients, ajouta son père. À qui tu crois qu'on vend le pain ? Tu n'as aucune cervelle.

— Mais…

— File !

Elle s'était exécutée et avait compris une chose, les adultes ne voient que ce qu'ils veulent voir.

Marie n'avait jamais reçu de gestes de tendresse de la part de ses parents et guère plus de paroles d'affection. Pour elle, ce n'était pas grave, c'était juste comme ça. D'ailleurs ses amies étaient logées à la même enseigne. Dans ces années-là, certes on aimait les enfants, mais on n'en parlait pas et on ne le montrait pas. Il fallait avant tout leur forger le caractère et les préparer aux réalités du quotidien. Pour sa mère comme pour son père que la vie n'avait pas épargné, les affaires comptaient plus que tout. Il fallait « mettre un coup de collier » et prospérer pendant que c'était possible. La vie n'avait pas toujours été facile et le souvenir des anciens qui avaient enduré la misère n'était pas si lointain. Quand à ce qui était juste et à ce qui ne l'était pas, personne ne se posait la question, les dernières guerres avaient enlevé bien des illusions. Mais aux yeux de la jeune Marie qui ne les avait pas connues, il y avait une justice, et monsieur le curé était infaillible puisque directement relié au bon Dieu. Elle croyait au ciel comme on le lui avait appris, c'est-à-dire sans douter. Et en cette heure de catéchisme, elle avait écouté la semonce de son représentant sur terre, confiante. Il allait remettre de l'ordre.

— Je répète pour ceux qui n'auraient pas entendu, avait dit monsieur le curé avant de clore la séance. Allez voir la vitrine de Maisonnave et achetez-lui des chocolats si vous le voulez, mais je ne veux rien voir sur les rameaux !

M. Maisonnave était le meilleur chocolatier de tout le département et on venait de loin pour acheter ses merveilles. À Pâques et à Noël, il déployait l'étendue de ses talents pour créer des décors à la mise en scène exceptionnelle qui faisaient l'admiration de tous et contribuaient à sa notoriété.

— Demain, dit Marie à Josy, je viendrai te chercher. On ira voir la vitrine de Maisonnave avec Chantal. Il paraît que ça embaume le cacao dans toute la rue parce qu'il a préparé plein de nouveautés et qu'il doit tout installer dans la nuit.

Josy acquiesça, mais le lendemain quand Marie arriva elle trimait en tablier et sandales de corde usées, le visage fatigué.

— J'ai fini les chambres et Maman m'a demandé de préparer la salle du déjeuner. Elle est partie au marché et si ce n'est pas fait quand elle rentre, ça risque de barder.

Marie soupira, exaspérée. La mère de Josy ne la lâchait jamais. Une tâche en entraînait une autre, il n'y avait aucun employé dans leur petite pension. Tout se faisait en famille, et la famille c'était surtout Josy et sa mère. En bon Lourdais, le père de Josy avait deux passions qui lui prenaient du temps et sur lesquelles il ne fallait pas venir le brusquer, le rugby et la politique. Hormis ces questions primordiales sur lesquelles il avait des avis tranchés, il était toujours jovial et de bonne humeur. Sa grande fierté c'était son fils, Paul, demi de mêlée en équipe cadet. Étant lui-même entraîneur de l'équipe première, après avoir été un deuxième ligne très efficace au temps de sa jeunesse, Roger Dulac trouvait tout à fait normal que sa fille soit en permanence au travail de la pension cependant que son frère n'y participait jamais « puisqu'il s'entraînait » ! C'était dans l'ordre des choses tel que lui-même l'avait toujours connu, et son père avant lui. Les garçons, c'était fait pour gagner des médailles, et les trophées Dulac s'alignaient à côté de la Sainte Vierge sur une étagère bien en vue dans le hall de la petite pension.

Le reste du temps M. Dulac faisait la cuisine dans cette modeste pension que sa mère avait créée dans la maison familiale au cœur de la vieille ville et comme dans la plupart des affaires, c'était sa femme qui menait la barque. « Laisse-la faire, lui avait recommandé sa mère. Thérèse sait mieux que toi ce qui est bon pour la pension. » Il avait suivi le conseil et s'en portait fort bien. Cela lui laissait du temps libre et la réputation de la maison était bonne, puisque les pensionnaires revenaient chaque année. Pourtant une préoccupation de taille venait entacher la belle harmonie. D'années en années, le flot des pèlerins grossissait et la demande de chambres grandissait. Thérèse voulait donc agrandir pour augmenter la rentabilité de la pension, qui restait faible tant elle avait peu de chambres.

— Il en faudrait au moins une trentaine, ressassait-elle. Après on pourra embaucher et être moins sous pression.

Mais son mari n'en avait aucune envie.

— Et où veux-tu qu'on les mette ces chambres, rétorquait-il, il n'y a pas de place.

— En construisant des étages. Comment ils font les autres ?

— Tu es folle, tu sais ce que ça coûte ?

— La banque nous prêtera, ils prêtent à tout le monde. La clientèle est là, on remboursera sans problème.

Il se contentait de hausser les épaules et elle s'énervait.

— À ce rythme, je ne vais pas tenir longtemps et tu sais bien que je ne peux rien décider seule. C'est toi qui as la signature du chéquier.

En réalité, Roger Dulac n'avait aucune envie d'agrandir car il n'avait pas envie de s'embêter et surtout pas de cuisiner davantage, pas plus que d'embaucher qui que ce soit. Alors il tergiversait, Thérèse râlait et les choses n'avançaient pas.

À la boulangerie Cassagne, chez les parents de Marie, on était dans un état d'esprit inverse. Pleinement conscients de la chance qu'ils avaient de vivre dans une ville en pleine expansion, André et Francine Cassagne appartenaient à la catégorie des bâtisseurs. Ils travaillaient dix fois plus, empruntaient au maximum de leurs possibilités pour investir et embaucher. « Il faut prendre le train en marche, après c'est trop tard », martelaient-ils à Marie et à ses deux frères quand ceux-ci rechignaient. Le travail était le moteur de leur vie familiale et pour ce qui était de la vie quotidienne pas question de vacances et de week-ends, pas question non plus de dépenses inutiles. Les gains étaient réinvestis dans l'embellissement de la boulangerie et dans l'achat de nouvelles machines. De l'aube au coucher, bien après la dernière procession et la remontée des pèlerins vers leurs hôtels, ils ne s'arrêtaient jamais. Pour Marie, ce rythme intense était normal, elle y était habituée depuis toute petite. Elle avait toutefois quelques rares moments de liberté pour s'évader, sortir dans les rues le soir et se mêler au flot des touristes avec ses amies, parfois aussi manger une glace. Alors que pour Josy, c'était devenu impossible. Sans employés, les Dulac étaient au bord de l'épuisement.

— Et ton frère ? Où il est, il ne pourrait pas te remplacer pour une fois ? s'indigna Marie.

— Qui me cherche ?

Marie ne l'avait pas remarqué en entrant dans la pension, mais Paul était bien là, dissimulé par le distributeur de cartes postales posé sur le comptoir de l'accueil. Elle sentit le rouge de la honte enflammer ses joues et remonter jusqu'à ses oreilles.

— Tiens, c'est toi Marie, dit-il. Alors, si j'ai bien entendu, tu trouves que je devrais remplacer ma sœur. Selon toi, je ne travaille pas assez ? C'est ça ?

Il avançait vers elle avec cette démarche assurée qu'il avait prise depuis son coup d'éclat à la dernière minute d'un match opposant la ville de Lourdes à celle de Bordeaux en équipe cadet. Il avait marqué un essai hautement improbable et l'avait transformé dans la foulée, arrachant la victoire aux Bordelais sur leur propre terrain. M. Dulac en avait versé des larmes de joie. Paul serait un grand champion, il le certifiait et tous les Lourdais aussi. Puissant, rapide, nerveux et par-dessus tout beau gosse, il était l'avenir de l'équipe. Son flambeau. Galvanisé par la confiance qui lui était unanimement accordée, Paul Dulac avait grandi avec une obsession, devenir le meilleur. Il s'entraînait sans relâche, et quand il ne s'entraînait pas, il s'apprêtait à le faire. En ce temps-là à Lourdes un rugbyman était un véritable dieu. Sa mère ne lui demandait donc jamais rien et se rabattait toujours sur Josy. Les mains enfoncées dans les poches de son short, il vint se planter devant Marie qui n'en rougit que davantage, si tant est que cela fut encore possible. Car depuis que Josy avait affirmé que son frère n'était pas amoureux d'Inès, Marie espérait. Comme elle le regardait avec des yeux ronds et restait muette, il enchaîna avec ce sourire malicieux qui faisait rayonner tout son visage.

— Alors Marie, tu veux me faire bosser pendant que ma sœur va voir des chocolats ? Tu ne manques pas d'air, je comprends mieux pourquoi tes frères ratent les entraînements. Tu les mets au boulot à ta place ou quoi ?

Marie cherchait encore ses mots quand l'arrivée du père Dulac la sortit de ce mauvais pas.

— Ah ! Papa, tu es là ! minauda Josy avec le ton idiot qu'elle prenait chaque fois qu'elle voulait obtenir quelque chose de son père. Je voulais aller avec Marie voir la vitrine de Maisonnave mais je ne peux pas…

— Pourquoi ? dit-il d'un ton bourru.

— Maman m'a dit de préparer les tables, après je serais en retard, et avec M. Lepic, ça fera des histoires. Tu le connais, il ne supporte pas d'attendre une seule minute.

— Vas-y. Je me charge des tables, et de M. Lepic.

Josy faisait sa sucrée et son père fondait. Marie n'en revenait pas que ça marche aussi facilement et ce n'était pas la première fois qu'elle le constatait. Un soir au retour de livraison, elle avait voulu essayer la même méthode avec son propre père. Elle s'était avancée en minaudant et en tentant de copier le ton de Josy pour lui demander la permission d'aller à la procession aux flambeaux avec ses amies. Il l'avait regardée d'un air ahuri et il lui avait demandé « ce que c'était que ce ton idiot et si elle le prenait pour une andouille ». Honteuse, elle s'était éclipsée sans demander son reste et en avait conclu qu'en dehors du rugby et de la politique, tous les pères étaient loin de se ressembler.

Josy enleva son tablier et fila avec Marie encore sous l'émotion de sa rencontre avec Paul. Personne ne savait qu'elle pensait à lui tous les soirs en regardant le vieux château perché sur le piton rocheux au cœur de la ville. Elle imaginait derrière les créneaux ce hussard au regard sombre dont on racontait qu'il y a bien longtemps, au temps où les femmes portaient des crinolines, il avait pris le cœur d'une belle chocolatière. Aux yeux de Marie, Paul était un hussard des temps modernes, il allait à la conquête des stades. Mais elle restait intriguée par cette lettre à Inès. Josy avait beau dire que son frère ne l'avait pas écrite, l'affaire n'avait pas été résolue pour autant. Marie avait bien essayé d'en savoir davantage mais Josy s'énervait et niait, alors elle n'avait plus insisté.

Béatrice se posait la même question. Au Gallia-Londres, dans la délicieuse chambre d'Inès Hollen décorée de voilages mousseux, de fauteuils moelleux et de poupées de contes de fées, elle aurait bien aimé, elle aussi, en savoir davantage sur la fameuse lettre.

— Au fait, tu ne m'as pas dit, elle est arrivée comment la lettre ? Par la Poste ?

À l'instant, Inès n'était pas d'humeur.

— Qu'est-ce que ça peut faire comment elle est arrivée, elle est là, c'est tout.

— Quand même, j'aimerais savoir, pour comprendre.

— Quelle idée ! Comprendre, et qu'y a-t-il à comprendre ? Rien du tout. Mais puisque tu y tiens, sache qu'on l'a déposée pour moi à la conciergerie de l'hôtel et c'est M. Francis qui me l'a remise. Tu vois, rien de bien original.

— Alors il a bien vu celui qui l'a portée, il doit pouvoir te dire.

— Décidément tu t'intéresses beaucoup à ma lettre, fit Inès cinglante, je me demande pourquoi. Mais puisque tu tiens à tout savoir, figure-toi que M. Francis n'était pas là, c'est l'autre concierge qui a trouvé la lettre posée sur le comptoir d'accueil. Personne ne sait qui l'y a mise.

Béatrice Rivière connaissait le point de non-retour à ne pas atteindre avec Inès, et elle n'insista pas. Quelque chose lui disait qu'elle lui mentait, que peut-être elle avait tout inventé et écrit elle-même cette lettre. Mais elle ne comprenait pas pourquoi elle l'avait fait et surtout, pourquoi elle avait choisi Paul Dulac pour émissaire. Le choix n'était pas innocent car elle aussi était sous le charme du frère de Josy. Bien qu'elle ait pris le soin de le cacher scrupuleusement à Inès pour ne pas subir ses foudres, elle était sûre que cette dernière l'avait compris. C'est pour cette raison qu'elle lui avait confié le soin de lire des passages de la lettre devant les autres. Béatrice était très loin d'avoir la force de caractère d'Inès Hollen et elle se soumettait systématiquement à ses désirs, gardant pour elle des ressentiments qui auraient pu gâcher leur belle amitié. Être la meilleure amie de la fille Hollen était un privilège auquel elle tenait plus que tout, quitte à avaler bien des couleuvres. Car dès qu'elles n'étaient plus en vue des uns ou des autres, Inès lui accordait en fait peu de temps et restait bien souvent mystérieuse. Oubliant la lettre, elle changea de sujet.

— Alors, on fait comment pour les rameaux de Pâques, c'est dans huit jours ?

— On peut tout de suite aller chez Maisonnave prendre ce qu'on veut. Maman me l'a dit, M. Maisonnave est au courant et il nous attend.

Béatrice sauta de joie sans voir que le regard d'Inès s'était étrangement obscurci. Elles partirent pour la chocolaterie, bien décidées à revenir chargées des plus belles cloches et des œufs les plus gros. Il fallait acheter ce qu'il y avait de mieux et de plus cher. Pour le plaisir, et pour le montrer aux autres.

À Lourdes, le dimanche avant Pâques, pour la messe des Rameaux, toute la ville était là.

Car ici rien ne changeait, contrairement à ce qui se passait un peu partout en France en cette fin des années cinquante, marquées par le début d'une profonde rupture dans la pratique religieuse de l'Occident.

Le processus de désamour avait commencé depuis longtemps et s'était insinué de façon souterraine dans les esprits dès le siècle des Lumières au cours duquel la critique du christianisme avait vu le jour, touchant toutes les strates de la société. « La fin des paysans », que prophétiserait deux siècles plus tard le fondateur de la sociologie rurale Henri Mendras, contribuait à bouleverser les pratiques religieuses et à affecter les croyances telles qu'elles se pratiquaient jusqu'alors. Juste après la guerre, on avait pu croire à un regain de ferveur mais elle se délitait dans un monde en pleine croissance qui offrait des perspectives nouvelles de confort et de liberté. On continuait à se dire catholique, croyant, mais on allait de moins en moins souvent à l'église. La pratique religieuse, ancrée durant des siècles au cœur des familles, disparaissait. Chacun faisait selon ses idées et ses envies. La volonté de l'individu remplaçait celle du collectif. De grands événements tels que la guerre du Vietnam aux États-Unis et, plus tard, Mai 68 en France avec entre autres effets la libération des mœurs sexuelles, vont jouer dans ces périodes charnières un rôle majeur pour une jeunesse remplie d'espérances nouvelles. Bientôt, sous l'impulsion du pape Jean XXIII, l'Église évoluerait aussi en profondeur, jusqu'au Concile Vatican II. Où va l'Église ? Personne ne semblait le savoir. Scindée entre les tenants de la tradition et les rénovateurs, elle se verrait rapidement mise en concurrence avec des mouvements mystiques de type New Age, qui comblent le besoin de spiritualité qu'elle remplissait jusqu'alors.

Pendant ce temps, à l'écart des grandes remises en question qui s'apprêtaient à balayer les structures anciennes, Lourdes vivait dans une bulle d'éternité. Avec sa ville du haut et sa ville du bas, ses pensions et ses hôtels trois étoiles, ses millions d'étrangers chantant en chœur dans des langues inconnues, c'était un monde à part. Maraîchers, paysans producteurs de viande, de volaille et d'œufs, boulangers, bouchers, artisans locaux, vendeurs de cartes postales, chapelets, lainages des Pyrénées, figurines religieuses, tous perpétuaient la tradition. Même le communiste local, aidé de sa famille, fabriquait avec amour et fierté de belles saintes vierges en plâtre de Paris dans son petit atelier niché au détour d'une rue. Ici, on était lourdais avant tout. Et cette cohésion de la population autour de sa ville semblait indestructible, tel un noyau de résistance imperméable à tous les courants qui « déstabilisaient » le reste du monde. Les Dulac comme les Fourcade et tous les autres ouvraient les hôtels à la première heure et préparaient les pâtes pour les Italiens, la choucroute pour les Allemands, et les frites pour les Belges.

Aux sanctuaires la première messe avait commencé à six heures du matin, et dans l'église paroissiale, la messe des Rameaux s'achèverait bientôt. Sous la houlette de monsieur le curé, l'assemblée entonna le chant traditionnel de la ville, l'*Ave Maria* de Lourdes composé par l'abbé Gaignet, « une caresse, avait écrit Zola, qui s'insinue jusqu'au fond de l'âme ». La foule était recueillie mais Josy fulminait dans son coin. Inès et Béatrice avaient osé enfreindre les recommandations de monsieur le curé. Leurs rameaux étaient encore plus chargés de chocolats que l'an passé. Comme si personne ne pouvait leur interdire quoi que ce soit, comme si elles étaient au-dessus des lois du commun des mortels.

— Elles vont voir ce qu'elles vont voir, chuchota-t-elle à l'oreille de Marie d'une voix étranglée.

Une vieille paroissienne se retourna, l'œil noir. Josy baissa les yeux et Marie posa son doigt sur sa bouche pour montrer qu'elle avait compris, Mlle Lamarque était une cliente fidèle de la boulangerie, ce n'était pas le moment de se faire remarquer. Dans sa main Marie tenait fermement la branche de laurier nue que monsieur le curé bénirait dans un instant et que sa maman placerait derrière son lit, coincée entre le mur et le petit crucifix offert par sa grand-mère pour sa première communion. Tous les rameaux des enfants étaient comme le sien, dépouillés de toute sucrerie, seules Inès et Béatrice n'avaient pas respecté la demande de monsieur le curé. Tout comme Josy, Marie se demandait ce qu'il allait se passer quand il s'en apercevrait.

Cependant que Martin, l'enfant de chœur, filait à la sacristie chercher le calice rempli d'eau bénite, les fidèles se mettaient en rang dans l'allée centrale, Inès et Béatrice en tête. Mais Martin ne revint pas immédiatement. Monsieur le curé montrait des signes d'impatience quand le jeune garçon arriva tout essoufflé, expliquant qu'il n'y avait pas d'eau dans le calice du bénitier et qu'il avait été obligé d'aller en prendre au robinet du cimetière. Agacé, monsieur le curé lui fit les gros yeux, juste avant de transformer l'eau du robinet en eau bénite d'un rapide signe de croix et de procéder à la bénédiction.

Marie et Josy s'attendaient à une scène mémorable. Sûr, monsieur le curé de Lourdes allait se fâcher tout rouge, confisquer les sucreries et renvoyer les deux orgueilleuses qui se croyaient plus fortes que tout le monde et qui repartiraient sous les regards désapprobateurs de la ville. Alors elles s'avanceraient avec leurs rameaux et monsieur le curé les regarderait avec cet air de bonté qu'elles lui connaissaient et il les féliciterait d'avoir respecté la règle d'humilité prônée par l'Église, la même pour tous. Hélas, leur déception fut immense car ce n'est pas ce qui arriva. Monsieur le curé bénit les rameaux d'Inès et de Béatrice comme si de rien n'était et Marie et Josy étaient sous le choc. À chaque pas de leurs ennemies, de petits grelots attachés aux feuillages par des rubans de couleurs tintaient gracieusement. Des gouttelettes d'eau bénite coulaient le long d'une cloche qui répandait une odeur enivrante de lauriers coupés et de chocolat. Était-ce cette odeur remplie de promesses interdites, était-ce l'arrogance d'Inès et Béatrice qui, à l'ultime minute, firent craquer Josy ? Personne ne put expliquer ce qui avait poussé une jeune fille aussi réservée habituellement à passer à l'acte d'une manière aussi sauvage. Quittant brusquement le rang des fidèles Josy jeta son rameau de laurier d'un geste rageur sans que Marie ne puisse rien faire pour la retenir, et elle s'avança vers Inès et Béatrice avec un visage déformé par la colère. Sans un mot, elle arracha furieusement leurs rameaux, les jeta à terre et se mit à les piétiner avec une rage inouïe devant l'assemblée des fidèles médusés. Poules, cloches, œufs de couleurs, toutes les délicates créations de M. Maisonnave qu'Inès et Béatrice avaient choisies la veille avec tant de soin et se délectaient à l'avance de déguster, gisaient maintenant au sol dans un magma de couleur brune indéfinissable et de bris de sucre. Personne n'osait faire un seul geste, la scène avait saisi l'assemblée. Un silence de mort régnait quand un choc caverneux résonna en cascades sous la voûte de l'église. Martin avait laissé tomber le bénitier sur les dalles de pierre et l'eau sacrée se répandait sur le sol.

— L'eau bénite, l'eau bénite ! glapit la vieille Mlle Lamarque horrifiée, tout en secouant les bras au-dessus de sa tête, éperdue comme si on avait jeté au sol le sang du Christ.

Monsieur le curé lui intima l'ordre de se taire et l'assemblée sortit de sa sidération. Josy tremblait plus pâle qu'une morte. Monsieur le curé la prit doucement par les épaules et l'entraîna vers la sacristie. Un brouhaha commença à monter dans l'église cependant que Sidonie Lamarque découvrait avec stupeur que le jeune Martin épongeait l'eau bénite avec une vulgaire serpillière. Elle n'eut pas le temps de hurler au sacrilège qu'un cri affreux retentit sous la nef. Béatrice faisait une crise nerveuse. Aussitôt sa mère se précipita, un groupe les entoura et ce fut la curée. Marie entendait des mots violents jaillir de tous côtés, Josy était « une détraquée qu'il faudrait enfermer », « une folle qui avait fait du mal à la pauvre Béatrice qui avait déjà tant souffert avec ses brûlures du gel ». Bref, Josy Dulac était une « hystérique ». Seuls quelques fidèles avançaient qu'on aurait dû interdire depuis longtemps ces dérives de friandises. Les discussions commençaient à s'envenimer entre partisans des rameaux dépouillés et défenseurs des rameaux décorés quand monsieur le curé revint annoncer que la messe ne reprendrait pas.

— Et la bénédiction des lauriers ? geignit Sidonie Lamarque en brandissant le sien au bout de son bras décharné.

— Vous n'avez qu'à faire avec ceux de l'an passé, s'énerva le curé exaspéré par toute cette fièvre. Ils sont encore bons !

Marie ne comprenait pas comment Josy avait pu faire une scène pareille en pleine messe des Rameaux devant toute la ville. Elle était effondrée.

— Moi aussi j'étais en colère, confia-t-elle à Chantal à la sortie, mais pas au point de faire quelque chose d'aussi terrible.

Mais Chantal comprenait.

— N'oublie pas qu'Inès a dit devant tout le monde à Josy qu'elle puait et que sa famille puait, et aussi que son frère était un idiot. Alors voir que même monsieur le curé lui passe tout, ça l'a rendue folle. J'étais drôlement énervée, moi aussi.

Si la rancœur de Josy lui semblait compréhensible, Marie n'était pas entièrement convaincue, elle la jugeait excessive. Elle avait eu le temps de voir le visage de son amie déformé par la colère et la haine au moment où elle quittait sa place pour aller massacrer les rameaux et elle en avait été profondément troublée.

L'affaire des rameaux fit le tour de la ville. Afin de calmer les esprits et de protéger Josy, ses parents l'éloignèrent en lui payant une pension dans le département voisin. Et pour remplacer l'aide indispensable qu'elle fournissait, ils durent se résoudre à prendre une employée. Autant de frais qui se répercutèrent lourdement sur leur fragile trésorerie.

Dans l'éloignement, Josy réalisa combien son frère lui manquait et combien l'univers de la pension familiale lui était précieux. Aux premières vacances, elle se remit à l'œuvre comme jamais. Se reprochant la situation financière difficile dans laquelle elle avait plongé sa famille, elle travaillait deux fois plus. Bien avant les messes matinales de six heures, elle préparait les petits déjeuners, puis s'attaquait au ménage et à la lessive, et repartait ensuite en salle jusqu'à la fin de la dernière procession du soir. À minuit passé, elle était encore debout. Les journées étaient rudes mais elle était chez elle.

— Tu sais maman, quand j'aurai mon brevet, je reviendrai ici tu pourras te reposer. Je m'occuperai de notre pension.

Thérèse Dulac avait les mains plongées dans l'eau sale de l'évier et était en train de récurer à grand-peine un plat plein de graisse. Elle leva le nez.

— Et d'où ça vient cette nouveauté ? Un jour, tu m'as dit que tu ne ferais jamais comme moi, que tu ne sentirais pas la friture et que tu irais plutôt travailler dans une boutique bien propre, tu te souviens ? Parce qu'ici « ça pue », tu disais.

Josy baissa la tête, honteuse.

— Je disais ça… comme ça… Ce n'est pas vrai, ça ne pue pas. Ça sent un peu la cuisine, c'est tout.

Sa mère haussa les épaules. Elle le savait bien que les odeurs de cuisine et la poussière du ménage ne la rendaient pas des plus coquettes, qu'elle ne sentait ni la rose ni la lavande comme ces vendeuses de boutiques toujours pomponnées. Mais le jour où Josy lui avait dit que chez eux ça sentait « la graisse et la friture », elle s'était sentie humiliée comme jamais. Le soir, elle s'était regardée dans la glace. Elle s'était vue sale, avec son tablier souillé de taches, ses cheveux tirés en arrière et son visage fatigué. Aujourd'hui, Josy paraissait regretter ses paroles.

— Bon, lui dit-elle d'un ton bourru, en attendant, file vite faire les chambres, les Dubois sont partis pour la première messe. Le temps qu'ils reviennent, ça avancera. Après tu débarrasseras les petits déjeuners et tu feras la mise en place du dîner. Allez, fais vite.

Dès l'ouverture à Pâques, la saison de Lourdes battait son plein et il était hors de question pour les enfants de commerçants ou d'hôteliers de se tourner les pouces. Les pèlerins affluaient de tous les pays par avions, trains et bus entiers. Les deux guerres avaient laissé dans l'Europe entière des traces sensibles qu'une économie florissante ne laissait pas apparaître. L'hécatombe de 1914-1918 était gravée dans la pierre de tous les villages de France et cette jeunesse tombée au « champ d'honneur » pour rien était encore fortement présente dans le cœur des familles. Les trahisons, les barbaries de la Seconde Guerre mondiale, la faiblesse mentale et morale des hommes que l'on croyait civilisés, personne ne l'aurait imaginée, ne l'aurait crue possible. Et si l'Église en subit le contrecoup avec une perte de fidèles en même temps qu'une perte des vocations, les peuples ne peuvent se résoudre à ne plus croire en rien. Le besoin d'avoir confiance en l'homme, foi en l'humain, reste immense. Pour continuer à vivre et pour recommencer à construire ensemble, ils avaient besoin de savoir qu'ils n'étaient pas les seuls à le vouloir et à y croire. Lourdes rassemblait ces aspirations dans un mélange de gravité et de gaîté, d'enthousiasme commun et de chants. Du haut des rampes de l'esplanade, Courtot observait la foule en contrebas qui allait et venait tranquillement, comme protégée en ces lieux hors du temps des bruits furieux du monde.

— Tiens, qui voilà ! lui dit son jeune collègue malicieux tout en le poussant du coude. Je croyais qu'il n'aimait pas le bon Dieu celui-là, qu'est-ce qu'il vient faire ici ?

Il pointait du doigt une silhouette au loin que Courtot reconnut tout de suite. Mécréant notoire, le député local se dirigeait d'un pas tranquille vers la grotte.

— Ça se voit que tu es nouveau, tu vas t'y faire, lui répondit Courtot avec un petit sourire en coin. Ils débarquent tous un jour ou l'autre et ce n'est pas pour ça qu'ils se mettent à croire au bon Dieu. Tiens, lui justement, son fils a été pris au maquis et il a été fusillé avec quatre autres jeunes de son village, alors il vient tous les ans. Il allume cinq cierges, un pour chaque gamin, je parierais même qu'il fait une prière parce que je l'ai vu qui ferme les yeux et qui marmonne quelque chose entre ses dents. Après, il disparaît et il réapparaît un an plus tard. C'est comme ça.

Distrait par un attroupement qui se formait au beau milieu de l'esplanade, le jeune garde n'écoutait déjà plus.

— Là-bas regardez, Courtot ! dit-il inquiet, ils s'agglutinent et ça commence à chanter fort, qu'est-ce qu'on fait ?

Courtot ne tenait pas à faire le rabat-joie mais il n'était pas question non plus de laisser faire n'importe quoi à l'intérieur des sanctuaires. Chaque chose devait plus ou moins rester à sa place dans cet invraisemblable va-et-vient, si on ne voulait pas que ça finisse en énorme pagaille. Et sa bête noire, c'était ces chorales improvisées. Car rien de tel pour s'enthousiasmer que ces chants entonnés à pleine voix sur l'esplanade dans un bel élan collectif.

Quand vous voyez que c'est tranquille, laissez faire, avait recommandé le recteur, ils doivent pouvoir chanter comme bon leur semble, mais surveillez l'heure des offices et des processions, sinon on ne s'entend plus.

En un mot, Courtot et ses hommes devaient improviser tout en finesse pour ne pas se montrer trop directifs. Seulement, si une procession se préparait ou si une messe s'apprêtait à être diffusée par les haut-parleurs dissimulés dans les platanes, on se retrouvait au cœur d'une cacophonie inaudible. Et s'il n'y avait que ça, en même temps, il fallait aussi avoir un œil sur l'emplacement des échafaudages impressionnants sur lesquels se juchaient par centaines et milliers des groupes de pèlerins désireux d'être immortalisés par les photographes accrédités des sanctuaires. Ceci tout en veillant à ce que la tenue des pèlerins reste correcte et en gérant les imprévus de toutes sortes, comme quelqu'un qui faisait un malaise ou un groupe qui se trompait d'heure pour sa procession ou un autre qui pensait pouvoir l'organiser à sa guise.

Courtot, à sa manière, était l'un des rouages essentiels de cette organisation. D'ailleurs, il n'aurait pu se passer de cette atmosphère mêlant profane et sacré, ordre et désordre, avec ces milliers d'inconnus aux espoirs tendus vers l'immensité du ciel. Dans la grotte, la statue de la Vierge matérialisait un lien avec les disparus, une possibilité d'être entendu dans sa détresse, qu'il s'agisse d'un appel au secours, d'un malade à guérir, d'un amour à retrouver. Rares étaient ceux qui repartaient sans avoir prié pour les morts ou pour les vivants emportés dans les enfers du monde. Ils priaient aussi pour remercier, pour le bonheur d'avoir retrouvé la santé, trouvé l'amour, et même pour rien, pour la simple joie d'être vivants. Les uns déposaient des fleurs en couronne aux pieds de la Vierge, d'autres, enclins aux doutes, restaient devant la grotte, respectueux et pensifs, gagnés par l'émotion. Tout autour la montagne veillait, et les eaux du gave filaient à toute allure vers le grand océan.

À la pension du bourg, Thérèse ne cessait de houspiller Josy. Elle craignait que sa fille ne soit pas suffisamment coriace pour tenir une clientèle attachante certes, mais difficile. Dans ce métier, il fallait de la gentillesse et de l'écoute, mais il fallait aussi se faire respecter. Certains pèlerins avaient tendance à se faire un peu trop materner, il fallait trouver le juste milieu. Le soir à la pension, elle-même remontait toujours le moral de l'un ou l'autre et se couchait à point d'heure.

— Ah, madame Dulac, vous êtes encore debout, quelle chance !

— Je suis toujours là, Mme Schuller, et vous m'avez l'air bien épuisée. Vous voulez prendre quelque chose ? Une tisane, un remontant ? J'ai une vieille prune délicieuse.

— Allez ! Exceptionnellement, je veux bien une vieille prune, ça me fera du bien, j'ai besoin de me vider la tête. Mais alors vous en partagez une avec moi.

— Avec plaisir, bien sûr. Je vais la chercher.

Pensionnaire fidèle, Mme Schuller venait chaque année pour une semaine de bénévolat à ses frais. Gérante d'un petit supermarché dans la région lyonnaise, elle revêtait pour l'occasion l'habit blanc et la coiffe des hospitalières et prenait en charge un malade ou un handicapé lui faisant la toilette, l'aidant à prendre les repas, l'accompagnant aux cérémonies et le promenant au cœur de la ville. Thérèse n'imaginait pas une seule seconde lui refuser ce moment, au prétexte qu'il était près de vingt-trois heures, qu'elle était levée depuis cinq heures du matin et qu'elle n'avait même pas pris le temps de dîner d'autre chose que d'un reste de plat avalé à la va-vite.

— Alors, tout s'est bien passé, dit-elle en servant la vieille prune à Mme Schuller et en s'installant à son côté comme si elle avait toute la nuit devant elle.

Et Mme Schuller racontait alors sa journée. Cette fois auprès de Sylvain, un jeune accidenté de la route. Elle racontait son corps raide, son attente impatiente de la promenade en ville, son bonheur de se retrouver au milieu de la foule, allongé sur ce lit roulant qu'il ne quittait plus jamais.

— Au café, il a pris deux glaces et un sirop. Des clients nous ont cédé la table de devant et les serveurs ont enlevé deux chaises pour caser le lit. Il était heureux, vous n'imaginez pas, il ne voulait plus repartir. Aller dans les cafés il adore, pensez donc, il n'y a qu'ici qu'il peut le faire. Ce qu'il aime aussi, c'est que je le promène entre les voitures et les bus, au milieu du trafic, ça le change des salles morbides où ils sont le reste de l'année. Je suis éreintée mais lui, il a passé une journée merveilleuse, c'est l'essentiel…

— Vous l'avez demain aussi ?

— Non, il repart le pauvre, il pleurait. Pensez, il va se retrouver dans son hôpital là-bas avec pour seule distraction sa promenade au jardin rempli d'autres malades, ce n'est pas la même chose. Mais bon, comme sa mère lui dit, il reviendra l'an prochain.

— Et pour votre ruban bleu, ils vous ont dit quelque chose ?

— Rien du tout, je verrai bien mais ça m'étonnerait qu'ils me le donnent cette année.

Obtenir le ruban bleu, c'était décrocher le Graal. Les bénévoles l'accrochaient fièrement à leur boutonnière. Mais le comité de l'hospitalité de Lourdes ne l'accordait qu'après avoir éprouvé le sérieux de ces âmes charitables qui n'y gagnaient rien d'autre que la reconnaissance. En effet, ils payaient eux-mêmes leurs frais de transport, leur nourriture et leur hébergement, ce qui pour beaucoup représentait une importante somme annuelle. Mais ils se savaient utiles et aimaient appartenir à un univers codifié dans lequel, année après année, ils retrouvaient des amis. Les hospitalières portaient un uniforme blanc et bleu ciel, à mi-chemin entre l'infirmière et la sœur, et comme Mme Schuller, elles avaient toutes à cœur d'être impeccables.

Avant de devenir l'énorme machine de plus de cent cinquante mille membres, les hospitaliers de Lourdes s'étaient organisés de façon spontanée, grâce à quelques bénévoles venus aider les pères assomptionnistes à l'accompagnement des malades. Mais très vite, face à l'affluence de participants et de malades, les pères avaient fait appel à des brancardiers afin d'assurer la sécurité des transports et à des hospitalières en charge des soins quotidiens. Le premier « comité hospitalier » avait été créé en 1881 par le père François Picard, tête de la congrégation assomptionniste. Dès l'année suivante, il avait organisé trois grands pèlerinages, à Jérusalem, à Rome et à Lourdes. Engagé, visionnaire et homme d'action, le père Picard avait lancé le quotidien *La Croix* avec pour objectif de s'adresser aux masses et de rassembler les catholiques. Un vrai succès porté par un tempérament énergique qui n'avait pas manqué d'inquiéter les pères de Garaison. Ils craignaient de ne plus être maîtres chez eux. Aussi, en 1885, après d'âpres négociations, le « comité », passé entre leurs mains, devint « l'hospitalité de Notre-Dame de Lourdes ». Une puissante archiconfrérie qui rassembla rapidement plus de quatre-vingts hospitalités diocésaines, nationales et étrangères fortes de près de cent cinquante mille bénévoles issus de soixante pays différents. Mais on ne s'improvisait pas hospitalier à Lourdes. Les malades demandaient un encadrement suivi et rigoureux, il en allait de la responsabilité collective de l'organisation et des sanctuaires. Mme Schuller devait accomplir un parcours exigeant pour obtenir le fameux ruban. À Lourdes, on s'engageait de manière responsable, pas question de venir au gré de ses envies. Le stagiaire, à condition de ne jamais faillir était reconnu hospitalier, au bout de quatre années. Mais ce n'est qu'au bout de la septième qu'il le devenait officiellement en étant intronisé au cours d'une cérémonie où on lui remettait la fameuse médaille de bronze, glissée dans un ruban bleu et blanc. Il pouvait dès lors l'arborer fièrement sur son uniforme en signe d'appartenance à cette sorte de club où se nouaient amitiés, solidarités, et parfois aussi histoires d'amour. Mme Schuller n'avait pas encore reçu son ruban bleu parce qu'une année elle n'avait pas pu venir, mais elle l'espérait. Il serait sa récompense.

— L'an prochain peut-être, dit-elle à Thérèse.

— Taratata, vous aurez le ruban cette année, ne vous inquiétez pas. Ils vont bien finir par vous le donner quand même, après tout ce que vous faites !

Thérèse ne comprenait pas la rigidité des chapelains qui donnaient ces récompenses.

— Ils vont finir par décourager les bénévoles, dit-elle à Francine un matin à la boulangerie. Un jour, ils viendront moins et ils seront bien embêtés aux sanctuaires.

Mais Francine n'était pas de cet avis.

— Il faut une règle, répondit-elle en lui tendant le pain tout en encaissant la monnaie, sinon ce serait n'importe quoi. Tiens, moi j'en ai connu une qui suivait un malade et puis, du jour au lendemain, parce qu'elle avait l'occasion de partir en Grèce avec des amis, elle te l'a planté là, et débrouille-toi ! Alors je trouve qu'ils ont raison d'être stricts.

— Oui, mais bon… dans l'encadrement, il y en a qui se prennent pour des adjudants en chef. Faut voir. On se croirait à l'armée, et ça, ce n'est pas bon.

Francine n'insista pas, dans un commerce, on ne tenait pas tête à une cliente, fût-elle une amie. Avec trois employées, il y avait toujours une raison de se faire du souci pour une chose ou une autre, alors diriger des milliers de bénévoles parmi des millions de pèlerins, elle préférait ne pas y penser.

Thérèse, quant à elle, ne dirigeait personne dans sa petite pension, à part elle-même et Josy, mais elle prenait le temps d'écouter Mme Schuller et ses autres pensionnaires lui confier leurs doutes après des journées épuisantes. L'an passé, à la fin de la saison, Thérèse avait eu une alerte au cœur et avait bien failli y laisser sa peau. Depuis, elle essayait de se ménager et elle aurait aimé que sa fille en fasse autant. Hélas, Josy se faisait toujours entraîner dans d'interminables confidences qui la laissaient exsangue. Tenir une petite pension à Lourdes pouvait vite tourner au sacerdoce.

Chantal, elle aussi, donnait un coup de main à ses parents pour l'hôtel qui ne désemplissait pas. Mais elle ne faisait pas les lits et ne passait pas la serpillière, il y avait du personnel pour ça. Elle se contentait de remplacer sa mère à l'accueil quand celle-ci devait le déserter pour aider ses clients, et quand le personnel n'y suffisait pas, elle aidait pour les coups de feu des arrivées et des départs qui créaient un stress général. Propriétaire depuis plusieurs générations de cette bâtisse des années trente qui se situait dans une petite rue en pente, les parents de Chantal l'entretenaient avec un soin maniaque. Plusieurs fois, ils avaient évoqué l'idée de la vendre pour acheter un hôtel mieux placé et plus pratique mais il leur était difficile de se séparer de ce bien de famille. Ils avaient donc appris à faire avec ses inconvénients. La difficulté venait de ce que les pèlerins arrivaient par vagues et qu'il fallait gérer ces flux soudains dans leur rue étroite et pentue. Les bus des arrivées bloquaient ceux qui repartaient et il n'était pas rare que les chauffeurs, exaspérés, pressés de repartir à l'aéroport chercher la vague suivante d'Italiens ou d'Irlandais, déchargent tous les bagages à même le macadam. Ils provoquaient alors de monstrueuses cohues devant les hôtels voisins, retardant à leur tour les bus suivants. Un ballet infernal. Quand il arrivait qu'elle soit présente, Marie participait à l'évacuation des bagages avec Chantal. Une fin de journée où la chaleur avait plombé la ville sous près de quarante degrés, l'énervement fut plus intense que d'habitude.

— Qu'est-ce que c'est encore que ce foutoir ! criait le père Lacaze, un chauffeur connu de toute la confrérie. Je vous avais dit que je passais à dix-sept heures pour charger les Irlandais, je suis à l'heure et je ne les vois pas. Où ils sont, ces putains d'Irlandais ?

Fine et menue, petite souris toujours active, la maman de Chantal se précipita pour le calmer, elle le savait capable de colères noires. Dans ses accès de rage, il échauffait tous les esprits et la situation pouvait vite dégénérer.

— Vos Irlandais sont là, père Lacaze, ils attendent dans le hall que les Espagnols aient fini de décharger leurs bagages. Le train a eu du retard à la frontière à cause d'un problème de rails et c'est pour ça qu'ils sont en retard. On fait au plus vite, ne vous inquiétez pas.

— Vous en avez de bonnes, madame Fourcade, évidemment que je m'inquiète, si vous croyez que je peux attendre ! Les Italiens atterrissent dans une demi-heure et je dois partir à la minute, sinon je perds le marché. *(Il tapait sur le cadran de sa grosse montre ronde pour qu'elle prenne bien la mesure de sa détermination et de son problème.)* Vous les connaissez les Italiens, toujours à faire du chantage à la concurrence !

— Mes Irlandais n'y sont pour rien et moi non plus, père Lacaze, et si vous partez sans les prendre, je vais me retrouver en rade. Vous vous rendez compte de la situation dans laquelle vous me mettriez.

Elle craignait qu'il ne parte sur un coup de tête et s'affolait. Une histoire de ce genre était arrivée une fois à sa belle-mère. Le chauffeur les avait plantés là et les pèlerins avaient raté leur avion de retour. Sa belle-mère avait dû les loger et les nourrir gracieusement le temps de trouver un autre avion pour les renvoyer. Les frais avaient été considérables. Depuis elle était sur ses gardes. Heureusement, René était là.

Pendant que le père râlait, son fils René fit un clin d'œil complice à Mme Fourcade en lui montrant le plat de sa main ouverte.

— Ne vous inquiétez pas, papa s'énerve mais on ne partira pas sans vos Irlandais.

Il avait pris la clef du bus. Mme Fourcade respira. À l'inverse de son père qui grognait tout le temps et dramatisait chaque incident, René était un garçon enthousiaste, toujours souriant et prêt à tout arranger.

— Tu as vu, glissa Chantal à Marie, il t'a fait un clin d'œil.

— Qu'est-ce que tu racontes ? Il a fait un clin d'œil pour nous toutes.

Mais Chantal était sûre d'elle.

— Oui, mais j'ai vu comment il te regardait. Il t'aime bien, j'en mettrais ma main au feu.

Marie haussa les épaules, agacée.

— Je m'en fiche complètement de René.

— Je sais.

Marie se raidit :

— Qu'est-ce que tu sais ?

— Ben rien, fit Chantal d'un air de deux airs.

Marie allait insister quand Mme Fourcade les coupa vivement…

— Qu'est-ce que vous avez à parlementer ! Prenez-moi ces valises, et vite, allez, allez !

C'était le grand bazar. Les bagages des Irlandais en partance et des Espagnols fraîchement débarqués s'entassaient dans le hall de l'hôtel qui ne pouvait tout contenir et débordait sur le trottoir. Inquiets, les pèlerins se demandaient comment chaque bagage pouvait arriver à la bonne destination et les Espagnols ne quittaient pas des yeux leurs valises pour qu'elles ne s'en aillent pas à Dublin. Toute la famille et le personnel œuvraient avec une bonne volonté qui créait parfois plus de difficultés et le manque de compréhension des langues diverses ajoutait encore, s'il était possible, à la confusion ambiante. Pourtant tout se faisait. Marie aimait ces moments intenses qui révélaient une immense solidarité et beaucoup de gaîté. Même les personnes invalides qu'il fallait porter pour les bus participaient à ce brouhaha invraisemblable avec un plaisir évident. Enfin, ils étaient dans la vraie vie, comme tout le monde !

Après le chaos, tout retrouvait miraculeusement sa place, les Irlandais leur avion, les Espagnols leurs chambres et les bus leurs pèlerins. La petite rue reprenait son calme et chacun regagnait son poste de travail, satisfait d'avoir renouvelé l'exploit encore une fois. Jusqu'au prochain départ… Dans cette agitation qui pouvait sembler insupportable au voyageur non averti, la ville de Lourdes montrait son incroyable capacité à tout réguler en dépit de toute logique, brassant les énergies, démontrant un courage collectif sans faille. Les journées se finissaient par des tournées aux cafés du roi des Belges, de Londres, de Madrid, de Dublin ou d'ailleurs, mais elles finissaient bien.

— Il est là le vrai le miracle de Lourdes ! disaient les chauffeurs en rigolant.

À la boulangerie Cassagne, les affaires aussi tournaient sans interruption et il fallait également une bonne dose de chance et d'énergie pour que tout se déroule sans anicroche. Les fournées se succédaient et pour autant, les clients étaient toujours à court. Affamés par le voyage et la fatigue des processions, messes et autres chemins de croix, les pèlerins dévoraient tout. De l'aube au coucher, Marie livrait ses petits pains. Nuit et jour, il fallait en trier des centaines, les compter et les ranger ensuite dans de petits casiers où figuraient le nom de l'hôtel et le nombre de pains demandés. La saison avançant et la fatigue aidant, il arrivait qu'à force de compter et de recompter, d'entasser les casiers, la mémoire de Marie, brouillée, finisse par être incertaine. Quel casier, et pour quel hôtel ? Dans ces cas-là, pas question de partir au hasard, il fallait vérifier à nouveau, et parfois même tout recommencer. « Un petit pain en plus ou en moins, ce n'est pas si grave », râlait Marie quand sa mère l'obligeait à recompter.

— On n'est pas des machines, ça peut arriver, se rebiffait Marie.

— Cesse de te trouver des excuses ! Dans un bon commerce, ça n'arrive pas ! Tout est dans le détail. Si tu es précise tout le temps et avec tout le monde, le client aura du mal à te contredire. Alors que si tu es dans l'à-peu-près, il aura beau jeu de dire n'importe quoi, comme te réclamer des petits pains supplémentaires ou t'imposer une ristourne au moment de payer, ou te faire attendre. Si tu es irréprochable, il s'y aventurera moins. C'est la réputation d'un commerçant qui fait sa force, mets-toi bien ça dans le crâne !

Cependant qu'aux vacances les trois amies se retrouvaient ficelées au travail, Inès et Béatrice jouissaient des bonheurs de la vie à plein temps. En ce début des années soixante, leurs familles bénéficiaient de l'état de grâce économique qui régnait dans le pays et particulièrement à Lourdes. Marie les croisait qui partaient à leurs cours d'équitation, cravaches à la main, bottes cavalières, jodhpurs et casaques de velours sombre. D'autres fois, en jupettes blanches et polos Lacoste assortis, elles revenaient du tennis. Le vendredi enfin, elles se rendaient aux cours de piano vêtues à la dernière mode et le dimanche, quand elles n'étaient pas au bord de l'océan sur la côte atlantique, elles partaient en excursion avec leurs mères vers les lacs de montagne avec un pique-nique spécialement préparé dans les cuisines de l'hôtel. Quand elle livrait ses pains, Marie entendait le personnel des cuisines râler parce que « ces dames » passaient commande de plats spéciaux au lieu de choisir dans la carte du restaurant. L'une aimait le veau et pas le poisson, l'autre voulait des choux à la crème et pas des tartes, et il fallait bien emballer le tout pour que ça reste chaud le plus longtemps possible. Ce travail se rajoutait à celui du quotidien déjà très chargé, et la brigade des cuisines avait horreur de ces préparatifs de dernière minute. D'autant que si Mme Hollen était respectueuse avec tout le monde, les gamines ne remerciaient jamais. En août, les employés surchargés de travail soufflaient car mères et filles disparaissaient. Inès passait l'été au luxueux María Cristina de San Sebastián où sa mère avait ses habitudes, et au moins une quinzaine de jours sur la Côte basque à Biarritz où les Rivière possédaient une belle villa. Les deux amies revenaient de ces séjours en pleine forme et ne se privaient pas de parader en affichant leurs peaux dorées de plein soleil.

— L'été a été merveilleux. On a pu nager tous les jours, un beau temps incroyable sur la côte. Pas une goutte de pluie, chantonnait Béatrice.

— Il paraît qu'ici, par contre, il a plu, ajoutait sournoisement Inès.

— Non, il a fait très beau, rétorquait Marie qui ne supportait pas ces façons de montrer qu'autour d'elles tout était plus merveilleux qu'ailleurs.

— Ah bon, je croyais, vous êtes si pâles surtout toi Josy, on dirait que tu as passé tout l'été à la cave.

— Tout le monde ne peut pas partir en vacances ! rétorquait Chantal bien décidée à les rabrouer. Nous, on doit travailler.

— On travaille mais on s'amuse aussi, s'empressait d'ajouter Marie qui avait horreur de passer pour une victime. D'ailleurs, on n'a pas envie d'aller à la mer, on cuit sur les plages. On préfère être ici.

— Alors c'est parfait, tout le monde est content, concluait Inès goguenarde. Allez, on vous laisse, on doit aller faire nos valises, on repart demain encore pour quelques jours. Amusez-vous bien à faire le ménage puisque vous aimez ça !

— Quelles garces ! fulminait Chantal en les regardant s'éloigner. Elles ne font rien que se balader, ce n'est pas juste ! Nous à côté on a l'air minable, tu as vu leurs polos Lacoste ? Elles en ont au moins quatre de couleurs différentes.

— Et alors quatre ou huit ou dix ! En plus, toi tu en as déjà un polo Lacoste, tu es gâtée, moi ce n'est pas la peine que je demande. Tout l'argent est pour la boulangerie, alors de quoi tu te plains ?

— N'empêche… on leur passe tout. Souviens-toi le coup des rameaux. Quand j'y repense !

Marie lui fit les gros yeux. Ce n'était pas le moment de remettre cette histoire sur le tapis. Mais Josy avait entendu.

— Ne t'inquiète pas Chantal, fit-elle, un jour je nous vengerai de ces filles, elles sont mauvaises. Je le jure sur la tête de ce que j'ai de plus cher au monde.

— N'exagère pas, avait tempéré Marie qui trouvait que cette idée de vengeance prenait des proportions inquiétantes dans la tête de son amie. Il vaut mieux les oublier, je te l'ai déjà dit. Fais comme si elles n'existaient pas.

Elle-même préférait voir Inès et Béatrice le moins possible. L'indulgence de monsieur le curé pour les rameaux l'avait tellement choquée qu'elle n'avait plus voulu retourner au catéchisme. Elle avait tenu bon contre sa mère. Francine Cassagne avait tout essayé même la menace, mais rien n'y avait fait, alors cette dernière avait choisi de ne plus en parler. De son côté, elle avait d'autres soucis et non des moindres.

— Les Dulac vont se faire bouffer, lui avait annoncé son mari André, l'air de rien, un soir au cours du dîner.

Surprise, elle avait arrêté de manger.

— Pourquoi tu dis ça ?

— S'ils ne se décident pas à agrandir, un jour ils devront vendre.

— N'exagère pas. Leur budget est un peu serré mais leur affaire tourne bien.

— Peut-être, mais Roger en a assez d'entendre Thérèse rabâcher qu'elle ne peut plus y arriver.

— Forcément, une fois la cuisine terminée, il file au rugby et elle se coltine tout le reste.

— Elle ferait bien de faire attention quand même. Deux fois, elle a obligé Paul à l'aider et il a raté deux entraînements. Roger pourrait bien décider de vendre.

— Vendre !

Francine avait sursauté à ce mot incongru car s'il y avait bien quelque chose que personne n'envisageait dans ces années fastes à Lourdes, c'était de « vendre ».

— Il a eu une proposition.

— Une proposition, et de qui ?

— Un monsieur très bien est intéressé. Il loge au Gallia.

Le sang de Francine ne fit qu'un tour.

— Et qu'est-ce qu'il lui a répondu à ce monsieur ?

— Ben, il n'a dit ni oui ni non.

— Thérèse est au courant ?

— Ça, je ne sais pas, mais ne va pas t'en mêler !

— Mais pourquoi il s'intéresse à la pension Dulac. Elle est peu rentable, tout le monde le sait. Ça n'est pas clair tout ça.

Le père Cassagne haussa le ton.

— Je n'aurais jamais dû te le dire. Tu ne sais pas tenir ta langue. Laisse-les se débrouiller, tu n'en as pas assez avec la boulangerie !

— C'est tout de même étonnant, non ? Thérèse n'est peut-être pas propriétaire mais c'est aussi sa pension. Elle a le droit de savoir, elle y travaille assez.

André Cassagne se redressa, il n'aimait pas qu'on confonde tout, surtout en matière de propriété.

— La pension, elle est à Roger ! Il la tient de sa mère et il en fait ce qu'il veut. Comme moi de la boulangerie ! Non mais, il manquerait plus que sa femme fasse la loi sur son héritage.

Le message était clair et Francine accusa le coup. Fille de petits paysans de la haute montagne descendue à Lourdes pour trouver du travail, elle avait rencontré André Cassagne dans sa boulangerie familiale de quartier. Depuis leur mariage, la boulangerie était devenue la plus grosse de la ville. Francine avait le sens des affaires et aimait le commerce. Mais le propriétaire c'était André, et le travail entraînant le travail, les jours passaient sans qu'elle fasse quoi que ce soit pour en parler au notaire. La priorité c'était que l'affaire tourne de mieux en mieux et que les enfants grandissent en sécurité. Pourtant une vague inquiétude venait parfois la tourmenter. Elle pensait à sa propre fragilité.

Lourdes avait beaucoup évolué, elle s'était étendue du haut de la ville ancienne vers le bas, le long du gave et de l'autre côté, au plus près des sanctuaires. Au tout début, pour faire face à la demande de nuitées des premiers pèlerins et curieux, les Lourdais avaient ouvert les portes de leurs maisons personnelles, vite transformées en hôtels et petites pensions, cependant que sur les terrains vierges entre le haut de la ville et la grotte, de riches particuliers avaient construit des villas pour leur usage personnel. Villas qui au fur et à mesure de l'expansion fulgurante de la ville s'étaient transformées en grands et beaux hôtels entourés de terrains qui dans un troisième temps se morcelèrent pour accueillir d'autres constructions jusqu'à ce qu'il ne reste plus la moindre parcelle de libre. Au fur et à mesure que le nombre des pèlerins augmentait, les hôtels montaient des étages supplémentaires pour contenir le flot de clients qui semblait ne jamais devoir se tarir. On atteignait jusqu'au chiffre exceptionnel de plus de cinq millions de visiteurs par saison. Un chiffre écrasant pour cette petite bourgade d'à peine quelques milliers d'habitants. Le maire s'arrachait les cheveux régulièrement pour faire face en un temps record à de très importantes transformations et à de lourds aménagements. Routes, circulation dans des rues anciennes et étroites, parkings, aéroport, réseau ferroviaire, gare, il en fallait toujours plus. Lourdes s'adapta et se métamorphosa. La clientèle surabondait, il y avait du travail pour tous. Pourtant les choses n'étaient pas aussi faciles qu'il y paraissait. Dans les familles propriétaires des premiers chalets construits par leurs ancêtres, les tensions affleuraient. On arrivait à la quatrième génération avec son lot inévitable de rivalités et de brouilles cependant que de gros professionnels du secteur commençaient à trouver que la place était excellente et que, ma foi, ils l'occuperaient bien. Mais à Lourdes, on travaille en famille et on transmet les affaires alors que partout ailleurs en France et dans le monde entier, les directeurs d'hôtels remplaçaient déjà les patriarches.

L'histoire remontait à la fin du XIXe siècle, quand César Ritz s'était fait un nom en bouleversant l'hôtellerie. L'élégance des prestations, la décoration haut de gamme, le style inspiré des châteaux de Versailles et de Fontainebleau, les achats aux grandes maisons – Christofle pour l'argenterie, Baccarat pour la cristallerie, Rouff pour le linge –, le personnel au savoir-faire irréprochable et les grands chefs, dont Auguste Escoffier avec son nouveau service à la carte… tout concourrait à l'attrait pour cette nouvelle forme de tourisme. En 1898, le Ritz de Paris avait été inauguré place Vendôme. En 1905, s'ouvraient les portes du Ritz de Londres. En 1906, avaient suivi le Ritz de Madrid, celui de New York en 1907 et de Budapest en 1910. Le succès était immense, encore renforcé par un nouveau concept : les franchises. Sous certaines conditions, Ritz vendait désormais son nom. À Boston, Montréal ou Lisbonne, il représentait une hôtellerie de luxe pour une clientèle d'aristocrates et d'hommes d'affaires qui voyageaient à travers les continents. Le client international devait se sentir accueilli partout comme chez lui. À la même époque, Ellsworth Milton Statler, un ancien groom américain, avait choisi de s'adresser à la classe moyenne, lui offrant un niveau de confort jamais atteint dans l'hôtellerie traditionnelle. Rationalisation du service et des locaux, publicité, coopération avec les chemins de fer, il avait ouvert le plus grand hôtel du monde pour l'Exposition universelle de Saint-Louis en 1904. Un hôtel temporaire en bois de deux mille deux cent cinquante-sept chambres. Ayant réalisé un bénéfice exceptionnel de 361 000 dollars, il l'avait réinjecté dans la construction de son premier hôtel en dur, à Buffalo. Trois cents chambres avec salles de bains individuelles à un prix accessible. C'était parti pour une série de constructions impressionnantes jusqu'au « Statler » de Détroit en 1915, huit cents chambres aux dernières normes modernes. Le petit groom de Weeling, en Virginie occidentale, était devenu la référence de l'industrie hôtelière mondiale, le pionnier de la standardisation. Des entrepreneurs comme Conrad Hilton, Frederic Harvey ou Henry Flagler allaient s'engouffrer dans la brèche et créer d'autres chaînes sur le même modèle, inspiré des méthodes tayloriennes et fordiennes de l'organisation du travail. La standardisation de l'hôtellerie mondiale était en marche entraînant derrière elle la standardisation de la restauration mondiale. Tout devenait pareil partout.

Sauf à Lourdes, car dans la petite ville au pied des montagnes pyrénéennes, les hôteliers lourdais continuaient à gérer leurs affaires avec leurs propres méthodes. Ils travaillaient en famille et se fournissaient dans les villages environnants pour le plus grand bénéfice des populations locales.

Dans la pénombre d'un couloir au cœur du plus prestigieux de ces hôtels, le Gallia-Londres, deux hommes s'entretenaient discrètement.

— Je prendrai ce qui se présentera, même la plus petite affaire.

— Mais il n'y a rien, monsieur Maillard. Personne ne vend. Ça marche trop bien, pourquoi ils iraient vendre la poule aux œufs d'or.

— Parce qu'une poule aux œufs d'or, monsieur Francis, ça n'existe pas. Votre beau-frère est adjoint du maire chargé de la ville, il a dû vous en parler, il le sait mieux que quiconque. À part quelques affaires importantes qui ont de l'avenir, ce que j'ai vu ici c'est une série de petits et moyens hôtels familiaux collés les uns aux autres et montés pour la plupart par des gens du coin reconvertis en hôteliers. Une fois qu'ils auront construit un ou deux étages de plus avec de grosses difficultés pour tout un tas de raisons de conformités ou autres aberrations administratives, il n'en sortira rien de plus. Cette ville explose, elle a besoin de grosses structures et de véritables professionnels de l'hôtellerie. Les vôtres sont dépassées. J'ai vu comment ça se passe. On place les gens d'un même groupe de pèlerinage à gauche, à droite, une dizaine dans cet hôtel, une dizaine dans celui-là, c'est du bricolage…

— Là, je vous arrête, monsieur Maillard, ce que vous appelez du bricolage, chez nous, c'est une juste répartition des clients.

— C'est du bricolage, je vous dis ! Sans parler du bazar dans les rues avec le va-et-vient des bus et les bagages. J'ai assisté à des scènes d'un autre temps, ça bouchonne de partout. Nous, on sait organiser, planifier, en véritables professionnels. On va apporter à cette ville un savoir-faire, de la méthode. On casera les gros pèlerinages ensemble dans de grosses structures. Mais pour ça, il nous faut acheter plusieurs affaires dans le même secteur. On démolit les vieilleries et on reconstruit méthodiquement. Toute la ville y gagnera, dites-le à votre beau-frère.

— Peut-être, mais il y a un problème.

— Lequel ?

— Vous vous y connaissez en hôtellerie mais en accueil de pèlerins, je n'en suis pas sûr. Vous n'avez aucune idée de ce qu'il faut faire comme ajustements permanents pour coller à leurs horaires, aux coutumes des différents pays, les uns veulent des pâtes, les autres de la choucroute, sans parler des contraintes imposées par leurs maladies et handicaps. Ici, les hôtelières ne « bricolent pas » comme vous dites. Elles s'adaptent tous les jours, ce n'est pas pareil.

— Et qu'est-ce que vous croyez ? Que nos professionnels n'en sont pas capables ?

— Je n'ai pas dit ça, monsieur Maillard, tempérait le concierge, habitué à dire les choses avec diplomatie, mais un pèlerin n'est pas un vacancier. Les malades et les bénévoles attendent beaucoup de nos hôtelières. Presque autant que de la Sainte Vierge. Ils racontent leur vie, ils s'épanchent. Il faut une énergie considérable, de l'écoute, du temps, et ça, ça n'est pas particulièrement rentable si vous voyez où je veux en venir. Rien à voir avec les méthodes rationnelles dont vous me parlez. De toute façon, les Lourdais ne veulent pas vendre.

— Quelqu'un qui peut vendre son bien trois fois le prix et qui ne cède pas, ça n'existe pas, trancha l'investisseur. Vous connaissez tout le monde dans cette ville, fouinez, questionnez, cherchez les propriétaires qui flambent, ceux qui jouent au casino, ou qui ont des maîtresses ? Ça coûte cher les maîtresses, les femmes de chambre savent beaucoup de choses. Trouvez-moi ceux qui ont des problèmes d'argent, ou de couple.

— Les problèmes de couple, il y en a toujours eu comme partout et ils s'en arrangent. Quant à l'argent, dites plutôt aux Lourdais que vous voulez financer leur club de rugby, là vous allez les intéresser. Et n'oubliez pas qu'ici, ce ne sont pas les hommes qui mènent la barque, ce sont les femmes.

— Je me suis déjà renseigné, mais moi ce ne sont pas les gérantes qui m'intéressent, ce sont les propriétaires. Vous connaissez un certain Dulac ?

— Roger ? Celui qui a la pension rue du Bourg ?

— Oui, celui-là. Quand je lui ai annoncé les millions qu'il pourrait toucher, il a dressé l'oreille. Je vais l'avoir, il va signer.

— Mais... pourquoi êtes-vous allé le voir lui, qu'est-ce qu'il a de particulier ?

— J'ai mes informations.

M. Francis fronça les sourcils, étonné. Avant la pension Dulac, il y avait bien d'autres petites affaires qui nécessitaient des investissements. Alors pourquoi s'intéresser tout de suite à celle-là ?

— Et pour le Gallia, reprit M. Maillard, on serait prêts à faire une offre exceptionnelle.

Un sourire se dessina sur le visage de M. Francis, pas dupe, qui comprit que l'investisseur ne voulait pas s'attarder sur l'histoire de la pension Dulac.

— Les Hollen ne vendront jamais.

— Qu'est-ce que vous en savez ?

— Mme Hollen est propriétaire, et ce n'est pas elle qui a des maîtresses, si vous voyez où je veux en venir. Elle aime son hôtel et est attachée à sa clientèle. Des habitués de la haute société internationale qui sont devenus des amis.

— Oh vous savez, dans nos milieux les amis, ça va, ça vient.

— Pas ici, je vous dis, c'est particulier.

M. Maillard négociait des affaires dans toutes les capitales d'Europe et la situation particulière décrite par le concierge du Gallia ne l'impressionnait pas. Ces quelques amateurs qui s'improvisaient hôteliers, des femmes qui plus est, ne lui faisaient pas peur.

— Ici c'est comme partout, monsieur Francis. Je vous demande juste de me trouver des propriétaires potentiellement intéressés. La quarantaine passée, ils sont prêts à tout liquider pour vivre une deuxième jeunesse, ils vendront.

Le concierge restait circonspect car il connaissait la mentalité du pays.

— On verra bien, mais ça m'étonnerait. Dulac, il n'a que trois passions, le rugby, la chasse et la politique. Et les copains pour lui, ça passe avant les femmes.

— On dit ça, cherchez. Vous gagnerez gros.

M. Francis aurait bien voulu se faire un « paquet d'argent » comme le lui faisait miroiter M. Maillard, mais il n'était pas sûr d'y gagner. Il avait sillonné la France pour les besoins de son métier et il n'avait plus envie de bouger. Sportif et amoureux de nature, il avait ici tout à portée de main. Les montagnes sauvages avec des paysages à couper le souffle, l'océan tout proche, l'Espagne, les gaves, la campagne paisible, cette terre des Pyrénées était un pays de cocagne où lui et sa famille ne s'ennuyaient jamais. Seulement avec une somme importante, il pourrait acheter un petit hôtel en haut de la ville, et, qui sait, prospérer. Il deviendrait peut-être un jour propriétaire comme ceux de « la haute » et plus tard ses enfants seraient à l'abri.

— Vous me prenez au dépourvu, dit-il prudemment, je dois en parler à ma femme. Mais…

— Oui ?

— Ce n'est pas parce que certains hommes ont des maîtresses qu'ils ne tiennent pas à leurs familles. La famille ici, c'est important. Au moins, je vous aurai averti.

— Décidez-vous vite, insista M. Maillard, je repars bientôt. Vous savez ce qu'un bon concierge touche chez nous, dans un quatre-étoiles sur la Côte d'Azur ? Là-bas, les stars américaines lâchent de gros pourboires. Pas comme ici, vos riches clients donnent tout aux bonnes œuvres et au bon Dieu !

Une silhouette s'effaça dans un renfoncement du couloir au moment où les deux hommes disparaissaient dans l'escalier. Marie n'avait rien perdu de la conversation. Ayant cherché en vain M. Francis à l'office, elle s'était mis en tête de le trouver coûte que coûte. Sa mère avait insisté.

« Au Gallia, ils nous doivent la note de la semaine dernière. Ne rentre pas sans avoir été payée. Ni sans la signature des bons de livraison. Sinon tu vas m'entendre. Avec eux, c'est la lutte pour récupérer ce qu'ils doivent. Ils t'obligent à venir mendier. Tu dois apprendre à être forte, impose-toi. Et n'oublie pas, un payeur régulier ne le sera pas toujours. »

Déterminée à avoir ses sous et sa signature, Marie avait bravé l'interdiction d'aller dans les parties réservées aux clients et elle était montée des cuisines, à la recherche de M. Francis. Elle avait fini par le découvrir au bout d'un couloir sombre, en train de parler à voix basse avec un inconnu. Instinctivement, elle avait préféré ne pas se montrer et guetter le moment opportun pour aborder le concierge du Gallia.

Inquiète, maintenant, à l'idée de se faire surprendre là où elle n'avait rien à faire, elle préféra repartir sur la pointe des pieds et attendre le lendemain pour faire signer le papier, en espérant que sa mère ne vérifierait pas les bons le soir même.

Elle descendit sur la pointe des pieds espérant ne pas croiser M. Francis. Par chance, il n'était pas dans les parages et à cette heure tardive, les clients étaient installés au fumoir ou au bar du grand salon, quant au personnel, il s'activait à l'office et à l'accueil, occupé avec un groupe de Britanniques et une grande famille d'Espagne dont le personnel s'affairait autour des bagages. Pour la première fois, elle se retrouvait dans ce hall majestueux qui la fascinait et personne ne faisait attention à elle. Un bouquet majestueux trônait sur un guéridon central. Les colonnes de marbre, les poignées de bronze, les fauteuils de velours, les lourdes tentures et les tapis, les dorures, les plafonds décorés de stucs, les galeries de portraits, l'atmosphère était chargée de parfums inconnus et d'odeurs de cigares. Attenant au grand hall, de larges portes vitrées ouvraient sur une galerie où Inès et sa mère prenaient le thé en fin d'après-midi. La circonstance est inespérée. Oubliant toute prudence, Marie entra dans la longue galerie déserte. D'épais tapis couvraient un magnifique parquet de chêne clair, étouffant le bruit de chacun de ses pas. Un piano à queue brillait dans la pénombre et une clarté de lune tombant des hautes fenêtres soulignait les courbes gracieuses de confidents en velours or. Intimidée par tout ce luxe, Marie s'approcha en jetant de tous côtés des coups d'œil inquiets, prête à disparaître à la moindre alerte, quand l'envie lui prit de s'asseoir au moins une fois dans l'un de ces charmants petits sièges capitonnés. Marie n'était ni timide ni effrontée, mais elle était curieuse et ne voyait pas le mal qu'il y avait à s'asseoir dans un de ces fauteuils, elle n'allait ni le salir ni l'abîmer. Elle s'y enfonça avec délice. Un monde inconnu s'ouvrit… Blottie dans le velours, elle ferma les yeux. Ici, pas de porte qui claque ni de cris comme à la boulangerie. Le silence régnait. Chez elle, les silences n'étaient pas bon signe. Annonciateurs d'orages, ils pouvaient tout aussi bien marquer la fin des disputes de ses parents à propos du travail. Elle leva les yeux. La lumière extérieure découpait contre le ciel le cintre élégant des hautes fenêtres et la lueur rasante du jour déclinant frôlait la laine des tapis. Marie se laissa envahir et, épuisée, elle glissa dans un doux sommeil.

Quelqu'un parlait. Marie sortit de sa torpeur. Une voix à peine audible, un murmure. Prise de panique à l'idée d'être découverte, son premier réflexe fut de s'enfoncer plus profondément dans son siège. L'étrange bruit cessa, puis reprit, alternant avec des silences plus ou moins longs. Au bout de quelques minutes, elle discerna plus clairement les choses. Quelqu'un s'était assis dans un confident proche du sien, et ce murmure étrange qu'elle n'avait pu identifier, elle en était certaine maintenant, c'étaient des pleurs de femme entrecoupés de hoquets et de reniflements.

Dans la nuit, il émanait de ces pleurs un désespoir profond. Quel déchirement vivait cette inconnue pour avoir tant de larmes ?

Rien ne bougeait, le temps s'étirait à n'en plus finir. Marie désespérait de cette situation quand des pas se rapprochèrent. Quelqu'un venait de faire irruption dans la galerie.

— Maman ! Je te cherchais partout, tu as quitté le repas sans rien dire ! Tu pleures, c'est ça. Pourquoi tu pleures… c'est encore à cause de cette femme, c'est ça ?

Marie ne pouvait y croire, cette voix, elle en reconnaissait le timbre mais ce ton doux, elle hésitait…

— Allez viens, ne reste pas toute seule. Il ne faut pas qu'on te voie dans cet état, tu sais bien. Viens…

Il y eut des frôlements de tissus, des bruits sourds, des pas feutrés.

La voix était bien celle d'Inès. Méconnaissable, elle implorait avec une compassion bien loin de son arrogance habituelle. Déstabilisée, Marie retenait sa respiration. Il y eut des sons étouffés, des pas sur les tapis, un crissement de porte. Elle se pencha prudemment hors de son refuge pour voir Inès et sa mère quitter la grande galerie et s'éloigner, serrées l'une contre l'autre. Mme Hollen s'appuyait contre sa fille qui n'en paraissait que plus droite, plus ferme, et pour Marie, il y avait dans cet abandon d'une mère sur l'épaule de sa fille quelque chose d'affreusement angoissant.

Une fois à l'air libre, Marie respira profondément. À Lourdes, la nuit était très gaie. Les boutiques et les cafés fonctionnaient à plein et fort tard, bien après la dernière procession aux flambeaux. Les pèlerins traînaient dans les rues illuminées qui grouillaient d'enfants, de jeunes gens fraîchement arrivés pour aider aux sanctuaires. À l'angle du vieux pont, on faisait la queue chez Pierrot, qui venait d'acquérir la nouvelle machine à glaces à l'italienne. Avec la délectation d'un artiste, il déroulait ses torsades de fraise, de vanille et de chocolat. Débarquant des quatre coins du monde, filles et garçons s'observaient, riaient et se chahutaient, des amourettes se nouaient. Marie aimait par-dessus tout déambuler au hasard. La foule cosmopolite et les chants faisaient éclater les codes sociaux. Congrégations et communautés arboraient les habits typiques de leurs régions et de leurs ordres. Dominicains, franciscains, ordre de Malte, Écossais en kilt, cette myriade de cultures donnait l'impression d'être dans un théâtre à ciel ouvert, au milieu d'acteurs préparés pour leurs rôles. Les Italiens jouaient l'élégance classique – costumes bleu marine et chemises blanches, foulards à la boutonnière et cheveux gominés. Marie se perdait parmi les passants, s'enivrait d'entendre ces langues étrangères, elle feignait d'être une touriste en terre inconnue. Quelques mots d'italien, d'espagnol ou d'anglais, et hop, elle se sentait romaine, madrilène ou londonienne. Sa ville lui donnait une joie et une confiance infinie dans la vie et le sentiment que le monde lui tendait les bras.

Ce soir-là pourtant, elle ne s'attarda pas, sa mère serait furieuse de la voir rentrer si tard. Elle remonta en courant la rue de la Grotte, passa le pont et fila par les rues de la vieille ville. À quelques pas de la boulangerie, elle s'arrêta, surprise de voir le fournil éclairé. Pourtant, à cette heure, son père aurait dû avoir terminé depuis longtemps. Quand elle pénétra dans la cuisine, sa mère lui jeta un œil noir. Par chance, son père était en pleine discussion avec M. Banier, un hôtelier, à la tête d'une belle affaire.

— Écoute André, dit ce dernier visiblement soucieux, tu comprends bien que si je viens à cette heure, c'est que je ne peux pas faire autrement, ces petits pains il me les faut, sinon qu'est-ce que je leur dis, moi, demain matin à mes Belges ? Qu'ils aillent se faire voir ?

— Oui, tu le leur dis. On ne change pas le programme du séjour comme ça, les directeurs de pèlerinage sont de plus en plus exigeants et toi tu cèdes. Ils n'avaient qu'à prévoir leur excursion, qu'est-ce qu'ils ont besoin de se décider à sept heures du soir. Pétrir la pâte, rallumer le four maintenant et surveiller la cuisson, après j'ai mes fournées du matin, j'y passe la nuit entière sans dormir avec toute la famille.

— Écoute André, c'est ma femme, elle dit oui à tout, que veux-tu que j'y fasse. Fais-le pour cette fois, mais la prochaine…

— La prochaine fois, ce sera pareil ! Ils changent leurs programmes et tout le monde doit suivre. Vous vous faites tous mener par le bout du nez. Un jour vous verrez, ils iront plus loin et ils vous paieront des clopinettes en vous demandant toujours plus. Faut pas les laisser déborder, moi maintenant à des heures pareilles je dirai non, tu comprends bien. Et ce ne sera pas la peine de me faire le coup du « c'est ma femme et je ne peux pas leur refuser », parce que je te dirai non et non. Tu es prévenu.

Banier respira... André allait lui faire cuire ses pains.

— Tu me les portes à quelle heure ? Parce que dès que je les ai, avec Odette et les filles, on fait les sandwichs. Campagne vient en bus prendre le groupe à sept heures, ils prennent le petit-déjeuner à six heures, alors il me faut les pains à quatre heures, quatre heures et demi, dernier carat.

— Ça va, j'ai compris, file et laisse-moi bosser.

Banier ne demanda pas son reste. Il aurait ses pains et ses clients auraient leurs sandwichs. Chaque fois, c'était la même comédie, André finissait par accepter, mais il fallait parlementer. Banier savait bien que les groupes exagéraient, demandant des services sur mesure au dernier moment, sans se soucier des efforts que ces changements imposaient à toute la filière. Mais s'il s'y opposait, le directeur de groupe menaçait de réserver ailleurs l'année suivante. Alors personne ne refusait le travail, pas plus André Cassagne dans sa boulangerie, que Banier ou les autres hôteliers. Quelle que soit l'heure, tout le monde s'y mettait.

— Dis donc Marie, tu es rentrée bien tard des livraisons. Où étais-tu ?

Certaine que personne ne penserait plus à son retard, Marie s'était crue sauvée. Elle répondit sans réfléchir.

— J'étais au Gallia.

— Tu te fiches de moi. Au Gallia ? Il ne faut pas tout ce temps pour livrer trois casiers.

— J'ai été retardée.

— Et par quoi, s'il te plaît ? fit son père d'un ton sévère. Il valait mieux qu'elle réfléchisse à deux fois avant de répondre. Elle se jeta à l'eau.

— J'ai surpris une conversation.

Elle avait pris un air dramatique pour laisser entendre qu'elle détenait une information particulièrement importante. Son père la regarda, sceptique. Sa fille avait le sens de la dramaturgie et elle avait appris à se sortir de nombre de situations similaires en prétextant avoir quelque révélation à faire.

— Une conversation ! Diable !

En maillot de corps dans le fournil, André Cassagne posa la brosse qu'il tenait à la main, prêt à écouter.

— M. Francis n'était pas là, commença Marie, et comme le soir tombait et qu'il ne venait toujours pas, je suis partie à sa recherche dans l'hôtel pour me faire payer.

Son père manqua en avaler la cigarette qu'il venait d'allumer.

— Mais qu'est-ce qui t'a pris d'aller te balader dans l'hôtel !

— C'est moi qui lui ai dit de ne pas revenir sans les bons signés par Francis, intervint sa mère. Je ne veux pas qu'elle aille mendier après coup, comme je l'ai fait trop souvent. La meilleure façon de ne pas avoir à réclamer, c'est de ne pas traîner. C'est toujours les mêmes qui se font tirer l'oreille.

Le père secoua la tête pour manifester sa désapprobation.

— Ce n'est pas pour ça qu'elle peut aller où elle veut, elle n'est pas chez elle. Il faut respecter nos clients.

— Oui, sauf ceux qui ne nous respectent pas.

Sentant monter le ton entre ses parents, Marie enchaîna au plus vite.

— M. Francis était au deuxième étage, il parlait avec un inconnu dans le couloir. Ils parlaient dans le noir…

Là, elle fit une courte pause, ménageant le suspense.

— Et qu'est-ce qu'ils disaient, la pressa son père intrigué.

La mémoire de Marie fut d'une grande précision. Elle répéta quasiment mot pour mot la conversation surprise dans le couloir, et un long silence qui accueillit sa dernière phrase. Francine se tourna vers son mari, ébahie.

— Ils demandent à M. Francis des informations sur les maîtresses des uns et des autres ? Qu'est-ce que c'est que ça, qu'est-ce que ça veut dire ?

André Cassagne tirait nerveusement sur sa cigarette et secouait la tête visiblement incapable de croire ce qu'il venait d'entendre.

— Marie ne peut pas avoir inventé ça, insista Francine.

Il continuait à secouer la tête.

— Elle a dû mal comprendre, c'est tiré par les cheveux son histoire.

Marie se récria. Elle avait très bien compris au contraire. Mais son père était fatigué, il n'avait pas particulièrement envie qu'on poursuive en famille cette conversation sur les tromperies des uns et des autres. Il botta en touche. Il y avait suffisamment de *cancaneries* dans la ville pour ne pas en rajouter. De plus, sa femme avait la figure des mauvais jours, lui-même ne se sentait pas à l'abri de tout reproche, il préféra écourter. L'heure tournait, ils se mirent au travail.

Pourtant, le lendemain, c'est lui qui remit le sujet sur la table. Il avait réfléchi et il trouvait que, ma foi, si le prix proposé à son copain Dulac était élevé, c'était peut-être une occasion à ne pas rater.

— Pour qui tu parles, sursauta Francine, pour Dulac ou pour toi ? Parce que ce n'est pas une boulangerie qu'il veut acheter le bonhomme en question, c'est des hôtels.

André Cassagne se récria, il ne parlait pour personne, il disait ça au passage, parce qu'il avait réfléchi.

— Et pour faire des affaires, ajouta-t-il, il faut réfléchir, saisir la balle au bond.

— Quelle balle ?

— Des millions, si je crois ce que la petite a entendu. Des millions, c'est pas tous les jours qu'on t'en propose. Tu peux les placer, puis vivre de tes rentes et moi, ma foi, au lieu de m'échiner tous les jours et toutes les nuits au fournil, je me verrais bien vivre un peu de mes rentes.

Francine voyait où il voulait en venir : la boulangerie était à lui, pas à elle. Elle ne le savait que trop et elle savait aussi que si un jour il décidait de vendre et de placer l'argent sans le lui dire, il pouvait le faire. Un confrère l'avait fait quelques années auparavant soi-disant parce qu'il trouvait que le métier de la boulangerie à Lourdes était trop contraignant. Sa femme n'en avait rien su et elle s'était retrouvée sur le carreau avec ses yeux pour pleurer et des avocats à payer pour faire valoir ses droits.

— Les rentes je m'en méfie, répliqua-t-elle. Ça va, ça vient, on en a vu plus d'un et même des malins qui se sont ruinés avec des placements soi-disant mirifiques. Moi je préférerais garder mon affaire. Si elle marche bien, pourquoi je m'en séparerais ?

— Pour vivre autrement et ailleurs. Par exemple, tu achètes un appartement en Espagne et tu te la coules douce, et au soleil par-dessus le marché.

— Et les enfants, ils iront vivre en Espagne eux aussi ?

— Et pourquoi pas ?

— Avec quoi ?

André Cassagne haussa les épaules. La conversation avait pris un drôle de tour. Ils parlaient comme si Marie et ses frères n'étaient pas là et ceux-ci sentaient une tension naître sournoisement sous des phrases d'apparence anodine. Les deux garçons choisirent de quitter la table et de partir au stade voir des copains. Leur père oublia de leur préciser une heure de retour et ils filèrent sans demander leur reste. Marie ouvrait grand ses oreilles. Elle percevait confusément que ce qui se jouait en ce moment était sérieux et même grave, et elle pensa à Josy. Où irait habiter sa camarade si son père vendait la pension ?

— Quand même, ajouta alors sa mère, on ne peut pas ne rien dire à Thérèse…

Son mari la coupa net.

— Et qu'est-ce que tu vas lui dire ? Que Marie écoute aux portes dans les couloirs du Gallia, là où les fournisseurs n'ont pas à aller ! Tu vois un peu la réputation que ça va nous faire, tu crois que les clients ils aiment qu'on traîne dans leurs hôtels et qu'on se mêle de leurs affaires ? Non. On ne dit rien à personne. On la ferme, chacun fait comme il veut. Ils sont assez grands chez

Dulac. S'ils veulent vendre, ils vendent, un point c'est tout. Et ils ont peut-être raison. Moi je ne suis pas loin de le penser. Des millions, ça ne se trouve pas tous les matins.

Marie vit sa mère pâlir. Les jours suivants, elle remarqua qu'une inquiétude lui barrait le front. Elle n'aimait pas voir sa mère dans cet état. Elle repensa à Mme Hollen et elle se demanda si sa mère pourrait elle aussi s'effondrer à un moment ou à un autre. Francine travaillait beaucoup et André Cassagne n'était pas un mari parfait. Marie avait entendu ses parents se crier dessus au sujet d'écarts de son père avec une femme ou une autre. Mais là, il s'agissait d'autre chose, de bien plus grave. Son père détenait un pouvoir que sa mère, pourtant si forte, n'avait pas et cette injustice la taraudait.

— Dis maman, tu as l'air d'avoir des soucis, si tu veux, je peux t'aider.

Francine leva le nez de son cahier de comptes, stupéfaite. C'était bien la première fois que Marie s'inquiétait pour elle ou en tout cas qu'elle lui en faisait part. Elle faillit l'envoyer s'occuper de ses affaires mais elle se retint. Une angoisse perçait dans la question, elle voulut savoir ce que ça cachait. Elle n'eut pas à beaucoup insister, les gémissements de Mme Hollen poursuivaient Marie.

— Et tu te demandes si moi aussi je vais me mettre à pleurer dans le noir et m'appuyer sur toi, c'est ça ?

Marie se sentit percée à jour et ridicule, mais sa mère la regardait en souriant et elle crut même déceler dans son sourire une tendresse qu'elle n'y voyait pas souvent.

— Rassure-toi, il n'est pas né celui qui me fera pleurer. Et ne t'inquiète de rien mais laisse-moi te dire une bonne chose et retiens-la. Travaille, gagne ta vie et sois indépendante. N'oublie jamais ça, tu entends ! Jamais ! Et maintenant, file aux livraisons, allez ouste !

La journée était belle et chaude. Dans la galerie du Gallia-Londres, Inès affichait un visage fermé. Le pèlerinage de Sestres venait d'arriver et avec lui, monsieur le doyen qui en était le responsable.

Depuis qu'elle s'était effondrée en lui avouant les liaisons de son mari, Mme Hollen avait fait de monsieur le doyen son confident. Il s'était montré si attentif, si patient qu'elle en avait été très touchée. Depuis, quand il était à Lourdes elle attendait sa visite. Il déjeunait avec elle à l'hôtel, elle pouvait tout lui dire et il était le seul. Mme Hollen se méfiait de toutes les femmes depuis qu'elle avait été trahie par celles qu'elle prenait pour ses amies et qui ne l'étaient en fait que de son mari. Monsieur le doyen était l'oreille dans laquelle elle déversait le moindre détail de ses peines sans crainte. Elle attendait ses séjours sur Lourdes avec fébrilité. Avec lui, elle pouvait rabâcher toujours la même histoire et la même souffrance due aux tromperies de son mari, il ne se lassait pas. Invité permanent à l'excellente table du Gallia, monsieur le doyen semblait satisfait de son rôle de consolateur. Et quand son séjour touchait à sa fin, la perspective de son départ affolait Mme Hollen. À qui dirait-elle le mal qui la rongeait ? À qui confier les incartades incessantes de ce mari adoré ?

— À votre fille, madame Hollen. Quand je ne suis pas là, confiez-vous à Inès. Elle peut tout entendre puisqu'elle sait tout.

— Mais elle est jeune, mon père, je ne devrais pas la mêler à tout ça. C'est si difficile…

— Inès est plus adulte qu'elle n'en a l'air. Et puis, je l'aide. Elle sait qu'elle doit tout me raconter à son tour. Notre Seigneur peut tout entendre dans le secret de la confession. N'est-ce pas Inès ?

Inès serrait les dents, elle aurait voulu que rien de cela n'existe, et se taire quand monsieur le doyen l'interrogeait avec insistance dans son confessionnal. Mais elle parlait, parce qu'elle devait aider cet homme à rassurer sa mère. Quand il était là, celle-ci allait mieux. Pourtant Inès le haïssait. D'une haine noire qui la submergeait depuis la scène entrevue un jour sous les toits de l'hôtel, tout au fond du grenier. Elle y était montée avec Laurette, la jeune apprentie chargée d'étendre les grandes serviettes blanches sous la charpente. Tandis que Laurette suspendait le linge sur les fils, Inès était allée vers une pièce qu'on appelait la chambrette, où l'on rangeait ce qui ne servait plus mais qu'on gardait, au cas où. Elle avait toujours été attirée par cette pièce mystérieuse fermée à double tour.

— N'insiste pas, s'agaçait Laurette, on a perdu la clef, même M. Francis ne sait pas où elle est.

Mais ce jour-là, Inès était sûre d'avoir entendu chuchoter à l'intérieur, elle avait frappé à la porte.

— Viens ici, il n'y a personne, s'était énervée Laurette.

— Mais je te jure, Laurette, j'ai entendu quelque chose.

Laurette s'était approchée, avait collé l'oreille à la porte. Le silence était total.

— Allez, tu vois bien qu'il n'y a rien, et descends maintenant parce que je vais me faire enguirlander si on sait que tu es montée. Ton père n'aime pas te savoir ici.

Inès n'insista pas, elle avait appris que ça ne servait à rien. Mais elle était revenue plus tard, sur la pointe des pieds. Cachée entre les grandes serviettes blanches, elle avait attendu. Et ce qu'elle avait découvert, quand la porte de la chambrette s'était ouverte, avait créé une telle confusion dans son esprit que c'en était devenu une obsession. Seul son instinct lui avait intimé le silence. Alors elle avait continué à sourire, en fillette docile, prête à faire tout ce qu'on lui demandait.

— Inès, as-tu vu ton père ? Sais-tu où il est ? Va le chercher, s'il te plaît…

Les missions d'espionnage lui tombaient dessus à l'heure du thé, alors qu'elle revenait de l'école. Inès aurait voulu fuir, aller dehors, nez au vent dans les rues, faire comme Marie Cassagne de la boulangerie qui avait la chance de voir du monde et de se promener partout, une fille libre qu'elle enviait. Qui n'était pas enfermée pour surveiller son père et écouter tous les jours les mêmes plaintes au son du même piano. Une scie qui lui écorchait les oreilles. L'heure du thé faisait grandir une boule dans son ventre. Elle redoutait ce moment dès le matin, et il arrivait, inexorablement.

— Ma chérie, va voir dans les chambres là-haut, fais bien le tour. Si tu trouves papa, cache-toi, et dis-moi avec qui il est.

Inès ne disait jamais non, elle connaissait les chambres que son père utilisait. Il allait au plus simple sans se gêner. L'hôtel était assez grand, pensait-il, pour dissimuler ses frasques. S'il savait… Inès avait vu tant de jeunes filles et de femmes sortir de ces chambres derrière lui. Elle connaissait les régulières, et il y avait les nouvelles, celles qu'on venait d'embaucher pour la saison. Elle les haïssait comme elle haïssait son père et aussi ces sourires entendus sur le visage des employées qui chuchotaient dans le dos de sa maman.

— Pour qui elle se prend, la patronne ? Avec les cornes qu'elle a, c'est bien la peine.

Heureusement il y avait celles qui la défendaient, comme Laurette.

— Laisse la tranquille, c'est une bonne patronne, avait-elle vertement répondu un jour à sa collègue. Et pour les cornes, tu ferais mieux de penser aux tiennes parce que si tu crois être la seule à avoir les faveurs du patron, tu te goures complètement. Tu ne vaux rien pour lui, tu n'es propriétaire de rien !

D'aussi loin qu'elle se souvienne, bien avant même qu'elle ne comprenne ce qui se jouait entre ses parents, Inès s'était protégée. Elle était devenue lointaine, hautaine. Elle donnait des ordres au personnel d'un ton froid. Et, un jour, elle était allée très loin, montrant clairement de quoi elle était capable. Depuis, on la craignait. Personne n'osait plus la contredire.

C'était une fin de journée, comme d'habitude Inès était montée surveiller les couloirs et les chambres à la demande de sa maman. Quand c'était une habituée, sa mère ne s'inquiétait pas, seules les nouvelles maîtresses l'effrayaient. Et si son mari tombait amoureux ? C'était sa hantise. Sa dernière conquête ne cherchait pas à se cacher comme faisaient les autres. Arrivée juste avant la saison d'été, elle avait un toupet qu'aucune autre n'avait eu avant elle. Au bout d'une semaine, elle se comportait comme si elle était la maîtresse des lieux. Ayant surpris Inès réfugiée dans une encoignure de porte, au lieu de faire semblant de n'avoir rien vu comme les autres, elle s'était avancée.

— Ce n'est pas la peine de te cacher, tout le monde connaît ton manège, tu surveilles ton père. Alors si ta mère veut tout savoir, va lui dire qu'il était avec moi.

Mortifiée, Inès l'avait regardée s'éloigner tranquillement en recoiffant sa lourde chevelure du bout de ses doigts aux ongles vernis. Son parfum lourd et son rire en cascade l'avaient crucifiée. Cette femme à la sensualité arrogante était tout ce que sa mère n'était pas. Jamais Inès n'avait senti la menace aussi proche. Cette femme allait voler son père et ce que craignait tant sa maman allait arriver. Aussi, quand deux heures plus tard, à l'heure du thé, elle avait vu cette même jeune femme s'avancer, le sourire aux lèvres, pour les servir dans la grande galerie, elle avait imaginé le pire. Sans réfléchir elle s'était levée et, d'une voix mal assurée sous les yeux ahuris de sa mère, elle avait intimé à la jeune femme l'ordre de repartir.

— Où est Henri ? Je veux que ce soit lui qui nous serve le thé, comme d'habitude.

— Désolée mademoiselle Inès, avait répondu l'employée d'un ton ferme, désormais c'est moi qui ferais le service à la grande galerie.

Puis, se tournant vers Mme Hollen, elle avait ajouté d'un ton de miel :

— Je le souhaitais et votre mari me l'a très gentiment accordé.

Elle n'avait pu aller plus loin, Inès s'était mise à hurler envoyant valser le plateau. La théière et les tasses s'étaient brisées contre le mur dans un fracas épouvantable, alertant tout l'hôtel. Quittant l'accueil où il vaquait à ses occupations, M. Hollen accourut.

Comprit-il ce qui venait de se jouer là ? Toujours est-il que sans demander d'explication, il prit les choses en main avec une fermeté surprenante. La jeune femme fut priée de retourner aux cuisines, deux employés firent le nettoyage en quelques minutes et le pianiste se remit à jouer.

— Tout va bien ma chère, dit-il à sa femme en posant un baiser sur son front, notre Inès a eu un mauvais moment. Je vais demander qu'Henri vienne comme d'habitude vous servir le thé.

La jeune femme au parfum lourd ne reparut jamais, elle fut renvoyée le soir même. M. Hollen n'avait pas d'états d'âme. Ce fut la première victoire d'Inès et elle fut décisive. Tout le personnel pensait que la jeune femme allait vraiment réussir à mettre le grappin sur leur patron et ce revirement les saisit. Ils constatèrent qu'à l'heure des choix, leur patron savait où était son intérêt. Et ils surent désormais qu'ils devraient compter avec Inès. Le changement fut radical. Le personnel se mit à la craindre et devint déférent à son égard.

Depuis ce jour, Inès ne surveilla plus son père. Elle faisait juste semblant et au lieu de le chercher, elle déambulait dans le parc où elle faisait un tour à la lingerie, aux cuisines.

— Tu t'es trompée maman, disait-elle en revenant, il n'y a rien. Papa est aux cuisines, il parle avec M. Francis.

Elle trouvait toujours une parade. Elle expliquait parfois qu'il était dans le parc avec Thomas le jardinier, parfois aux cuisines. Ses mensonges ne lui pesaient pas car ils soulageaient sa maman. Son visage toujours crispé pouvait enfin se détendre.

— Tu es sûre ?

— Oui je te dis, j'en viens.

Parfois sa maman en voulait davantage.

— Mais qu'est-ce qu'il fait aux cuisines, M. Francis n'a pas besoin de lui.

Il fallait alors inventer.

— Ils parlent du prochain match, ils disent que M. Dulac est confiant, que l'équipe va gagner contre les Biterrois.

Inès prenait soin d'employer des mots précis, comme si elle répétait une conversation qu'elle venait d'entendre. L'important était que ça sonne juste. Sa maman semblait alors apaisée. Puisque son mari parlait rugby avec M. Francis, c'est que tout allait bien. Elle buvait son thé, lentement, en fermant les yeux et Inès la laissait savourer ce moment de répit. C'est ainsi qu'elle devint redoutable dans l'art du mensonge. Mais les histoires qu'elle inventait pour travestir la réalité rongeaient son cerveau. Tout et tous lui devenaient haïssables, jusqu'à ce piano qui enfonçait tous les jours dans son crâne épuisé la même sournoise mélancolie. Inès enviait l'insouciance qu'elle prêtait aux autres jeunes filles, comme à cette Marie qu'elle imaginait libre de courir partout et cette Josy qui avait un frère pour la protéger. Inès les haïssait d'avoir ce qu'elle n'aura jamais, surtout un grand frère près d'elle, fort comme Paul. Pour qu'il l'aime et qu'il la protège de monsieur le doyen. Il était arrivé de Sestres la veille et en ce beau matin du mois de juillet, il s'avançait avec ce regard visqueux que personne ne semblait remarquer.

— Alors Inès, tout va bien, heureuse de me revoir ?

Inès ne se forçait plus à sourire. Sa victoire sur la serveuse lui avait fait comprendre qu'elle aussi avait un pouvoir, et elle ne comptait plus se laisser faire. Elle regardait le doyen froidement. Inquiet, il recula et plissa les yeux comme une bête flairant un piège.

— Tu ne souris pas ? Pourtant j'ai fait beaucoup de choses pour toi, tu te souviens de Pâques. Tu sais que tu peux me faire confiance, quand je dis quelque chose, je le fais.

Inès se raidit. Monsieur le doyen avait pris un étrange ton doucereux en lui parlant, mais ce qui aurait intrigué toute mère n'avait aucun effet sur Mme Hollen. Elle ne voyait pas le visage de sa fille changer de couleur.

— D'ailleurs, dit-elle, je ne sais toujours pas comment vous avez fait monsieur le doyen, pour convaincre monsieur le curé de Lourdes de laisser à Béatrice et à Inès ce petit plaisir de garnir les rameaux.

— Monsieur le curé de Lourdes est une forte tête mais il faut croire que la mienne est plus forte encore.

Tout en parlant, il fixait Inès de son regard visqueux et elle comprit l'avertissement. Elle ne devait pas s'amuser à faire la forte tête.

Son univers sans douceur ni joie était très loin de l'idée que l'on pouvait se faire d'une vie privilégiée. Autour d'elle tout n'était que dissimulation. Derrière les velours et les ors du palace où elle passait ses journées et ses nuits, sa vie était un enfer.

Depuis qu'elle avait appris l'éventuelle vente de la pension Dulac, Marie dormait mal. Et la nuit précédente, elle avait fait un cauchemar. Elle avait vu Josy et sa famille chassées de chez eux. Ils étaient tous à la rue, et Paul n'avait plus fière allure, il pleurait. Elle s'était réveillée en sursaut, décidée à tout raconter à son amie. Advienne que pourra ! Aussitôt levée, elle courut chez les Dulac pour trouver Josy en train de passer la serpillière sur le lino, à l'étage des chambres. Elle lui avait tout déballé.

— Cet homme va acheter votre pension, je l'ai entendu. C'est grave, vous ferez quoi si ton père vend ? Vous irez où ?

Josy écoutait, interdite, plantée au beau milieu du couloir, son balai à la main.

— Je n'y crois pas à ton histoire. Papa tient trop à la pension, c'est sa maison natale, celle de mamé d'Escot.

— Il y tient, c'est vite dit. Pour l'argent, il y en a beaucoup qui changent, tu sais.

— Pas mon père, s'énerva Josy.

— En tout cas, il ne vous dit pas tout. Il vous a parlé des millions ?

— Quels millions ?

— Le monsieur qui discutait avec M. Francis, il a dit : « Quand je lui ai annoncé les millions ! Je vais l'avoir, il va signer… »

Marie n'était pas du genre à inventer, Josy en resta bouche bée. Alors ? Et si son père vendait leur maison à un inconnu, qu'est-ce qui se passerait ?

— Tu dois avertir ta mère, suggéra Marie, elle va le raisonner.

— Oui, dit Josy sonnée par la nouvelle, mais ne reste pas là, elle penserait que je traîne.

— Tu viens ce soir ? demanda alors Marie.

— Où ?

— Les Italiens sont arrivés. On ira faire un tour.

Mais Josy n'avait pas le cœur.

— Je ne sais pas, je te dirai.

Leur hôtel, leur pension était ce qu'il y avait de plus cher au cœur des familles. Dans ces années-là, certaines y vivaient encore et en saison ; clients ou famille, tout le monde partageait tout. Quand c'était complet, on se débrouillait avec des dortoirs improvisés. Rares étaient les pèlerins qui connaissaient le confort moderne dans leurs propres foyers. La plupart étaient prêts à dormir n'importe où pour venir prier à la grotte. Ce voyage était le voyage de l'année, l'unique sortie. On arrivait de toutes les campagnes, de toutes les provinces et d'Europe. Les jeunes morts des guerres étaient tragiquement présents dans le cœur des familles de France et les cierges allumés en leur mémoire témoignaient tous les ans d'une fidélité à leur souvenir et de l'obstination des mères à ne jamais les oublier.

Bien sûr cette pension était son gagne-pain, mais au-delà de ça, Thérèse Dulac se sentait responsable de ses pensionnaires. Quand Josy eut fini son récit, elle accusa le coup et voulut en avoir le cœur net immédiatement. Elle fila à la cuisine trouver son mari. Les mains dans la farine, Roger Dulac avait vu sa femme se ruer dans la cuisine comme une furie et il était dans ses petits souliers.

— Mais qu'est-ce qu'il t'a pris de négocier avec cet inconnu ? Pourquoi tu ne m'as rien dit ?

— Négocier ! Tout de suite les grands mots. Je n'ai rien négocié du tout, je me tue à te le dire. Ce type est venu me voir au stade et il m'a raconté qu'il cherchait à acheter dans le quartier, qu'il avait déjà vu Junca et Bayle, c'est tout. On n'est pas allés plus loin.

— Junca et Bayle ! D'où ça sort ça ?

Il se récria.

— Mais qu'est-ce que tu vas chercher, on parlait juste comme ça…

— Ah oui, juste comme ça, et au passage, il t'a parlé de millions ! Juste comme ça !

Roger Dulac manqua avaler sa langue. Personne n'avait pu entendre quoi que ce soit quand ce M. Maillard était venu le trouver au stade. Il était seul sur le bord de touche à surveiller les cadets qui faisaient les échauffements.

— Qui t'en a parlé ?

— Tout le monde en parle, ça fait le tour du quartier. Tu es un naïf, mon pauvre Roger, occupe-toi de tes matchs et laisse-moi gérer la maison. Envoie-moi ton bonhomme la prochaine fois, il va trouver à qui parler, crois-moi !

Sa femme pouvait lui dire beaucoup de choses, mais elle venait de toucher un point sensible. Son honneur. Elle le prenait pour un naïf, autrement dit pour un imbécile. Roger Dulac se rebiffa.

— Alors selon toi, ce monsieur qui est un spécialiste de la grande hôtellerie, il va trouver à qui parler en venant te voir ? C'est la meilleure celle-là, si moi je suis un naïf, toi tu l'es mille fois plus que moi. Qu'est-ce que tu y connais en affaires, comparée à un professionnel comme lui ?

Thérèse fut abasourdie par cet aveu implicite. Il reconnaissait donc avoir parlé affaire avec cet inconnu et, en plus, il osait mettre en doute ses capacités à gérer leur pension alors qu'il ne s'était jamais préoccupé de rien.

— Ce que j'y connais ? Tu veux rire, j'espère ? Je n'ai jamais prétendu que je serais capable de gérer des milliers de chambres mais les nôtres je m'en occupe très bien et on ne s'en sort pas si mal.

Il insista.

— On s'en sort même tellement bien qu'au premier pépin, on ne sait plus où donner de la tête. M. Maillard lui, il veut en construire beaucoup des chambres, pas une ou deux, mais par dizaines, par centaines. Alors je ne vois pas pourquoi je ne ferais pas confiance à un homme d'affaires prêt à nous donner des millions qu'on n'aurait jamais rêvé pouvoir toucher un jour. Surtout pour une petite pension qui ne les vaut pas. Réfléchis un peu, sors de ton train-train…

Thérèse en avait le souffle coupé, l'idée de vendre avait déjà fait son chemin dans sa tête. Il l'envisageait même avec optimisme.

— Avec cet argent continua-t-il, pensant qu'elle l'écoutait d'une oreille plus réceptive parce qu'elle restait silencieuse, on pourrait faire construire une maison moderne sur les coteaux avec une belle vue sur les Pyrénées, faire des placements judicieux et vivre tranquillement de nos rentes sans plus avoir à faire quoi que ce soit.

Thérèse tombait des nues. Qu'est-ce que c'était que ce charabia dans la bouche de son homme qui savait à peine ce que c'était que des placements, surtout judicieux, et des rentes ? Quand Josy lui avait raconté l'échange au Gallia, elle avait pensé que Marie avait mal compris. Elle ne pouvait croire que Roger ait envisagé de vendre ce qui était leur gagne-pain et leur maison. Cette pension que sa mère lui avait léguée, heureuse de transmettre à son fils un bien qui les mettait tous à l'abri. Une angoisse la gagna. Elle pensa à ces pèlerins devenus des amis qui venaient régulièrement depuis des années, comment Roger pouvait-il les oublier ?

— Et où elle ira loger Mme Schuller, si on vend ? Et Jeanne Dubois, comment elle fera pour aller prier la Vierge pour son petit René. Tu y as pensé ?

— Où elle ira ! Mais tu veux rire, les chambres à Lourdes, ce n'est pas ce qui manque !

— Si justement ça manque, la preuve tout le monde en construit des supplémentaires. Et puis c'est une amie, ici elle est comme chez elle, ce séjour à Lourdes, elle l'attend toute l'année et le prix qu'on lui fait, personne ne lui fera. Et les Richter, et nos Belges et nos Irlandais ?

Thérèse attendait ses clients, comme on attend le retour des membres de sa propre famille. Les raisons qui les avaient conduits à Lourdes étaient plus souvent douloureuses que gaies et ils avaient besoin de s'abandonner. De se confier, sans se sentir jugés. Cela pesait lourd dans le quotidien qu'il fallait continuer à assurer comme si de rien n'était. Mais Thérèse ne le regrettait pas et n'aurait échangé sa pension pour aucune autre. Elle se sentait utile, et elle était aimée. La première fois qu'elle avait accueilli M. et Mme Dubois, ils n'étaient jamais allés à l'hôtel et ils ne savaient pas comment se comporter. Ils s'excusaient tout le temps et « ne voulaient pas gêner ». Elle avait reconnu dans leur timidité sa propre éducation, celle de gens simples et modestes. Elle leur avait donné la plus jolie chambre et leur avait offert le café. Ils s'étaient alors détendus et lui avaient confié qu'ils étaient venus du centre de la France prier pour leur fils unique, mort dans des conditions inexpliquées en juin 1945, un mois après la signature du traité de paix. Épuration, règlement de compte, dans le chaos qui avait suivi, ils n'avaient jamais pu savoir ce qui lui était arrivé. M. Dubois parlait peu, mais une complicité était née entre Thérèse et Mme Dubois. Ils revenaient tous les ans puis, une année, sans prévenir, ils n'étaient pas venus. Le curé de leur paroisse avait expliqué à Thérèse que M. Dubois était mort et que Mme Dubois n'avait plus les moyens de s'offrir le voyage et le séjour. Thérèse avait pris l'affaire à cœur. Avec le curé, ils avaient convenu de diviser la note par deux. Lui pour le voyage, elle pour l'hébergement. Roger avait donné son accord et Mme Dubois était revenue.

C'est pour ça que Thérèse ne pouvait croire que Roger ait pensé vendre la pension. Il ne courrait pas après l'argent et il était généreux. S'il pouvait discuter rugby et faire des virées à la pêche dans les gaves avec son copain Junca, il était le plus heureux des hommes. Pourtant elle devait se rendre à l'évidence, il avait bien parlé de la vente de leur pension familiale avec cet inconnu pendant qu'elle s'évertuait à trouver des solutions pour la faire prospérer. Elle comprenait à présent la détermination inhabituelle de ses paroles. Mais qui était donc cet inconnu du Gallia qui lui avait mis cette idée en tête, chamboulant leur existence en une seule conversation ?

— Josy !

Josy cessa de passer le chiffon sur les meubles et se pencha par-dessus la rampe de l'escalier.

— Oui, j'ai presque fini, je suis aux chambres.

— Après va ramasser les serviettes basques, elles sont dehors sur le fil à linge, elles doivent déjà être sèches, et finis les nappes. J'en ai déjà plié et repassé plus de la moitié. Je vais voir Jeanine. Je reviens vite. Et si tu as fini commence à éplucher les pommes de terre pour le gratin…

Thérèse n'était pas du genre à se morfondre. Elle n'avait qu'à traverser la rue pour gagner la pension de Jeanine Junca, ce qu'elle fit sur-le-champ.

Inès et Béatrice rentraient du tennis dans leurs ravissantes tenues blanches, raquettes à la main, quand Béatrice avisa Paul qui remontait tranquillement au beau milieu de la rue de la Grotte.

— Regarde, dit-elle fébrile, c'est Paul Dulac, le frère de Josy !

Il était rare de le voir seul car il avait toujours une bande de copains ou une fille avec lui. Il n'était plus qu'à quelques pas. Jamais une occasion pareille de lui parler ne s'était présentée à Inès. Les années étaient passées mais elle n'avait jamais oublié la lettre et cette humiliation infligée aux yeux de tous. Sans hésitation, elle s'avança vers lui.

— Bonjour, vous êtes bien Paul, le frère de Josy Dulac ?

En la voyant fondre sur lui, il avait été déstabilisé une fraction de seconde. Mais ce ton et ce vouvoiement le braquèrent tout de suite. Il fronça les sourcils.

— Oui, c'est moi. Pourquoi ?

— Je ne serais pas venue vous voir exprès car j'ai d'autres choses plus intéressantes à faire, mais puisque je vous croise c'est l'occasion. La lettre que vous m'aviez envoyée quand nous étions encore à l'école de Massabielle nous avait beaucoup amusées, on en rit encore. Le ridicule, voyez-vous, n'est pas toujours là où on le croit.

Silencieux et calme, il la regardait, essayant de comprendre ce qui se passait. Contrairement à ce qu'on pouvait imaginer de son tempérament, le rugbyman Paul Dulac n'était nerveux que sur les terrains de rugby. En dehors, c'était un garçon des plus réfléchis. Soudain, il lui revint en mémoire que quelques années auparavant, Josy était venue le trouver, très remontée à cause d'une lettre qu'il aurait soi-disant envoyée à une fille de son école. Il l'avait envoyée promener en lui disant de se mêler de ses affaires, qu'il n'envoyait de déclarations à personne ! Elle n'avait pas insisté. Il ne supportait pas qu'on s'immisce dans son univers personnel, pas plus sa sœur que les autres. Or voilà que cette histoire de lettre lui revenait en pleine figure. De quoi s'agissait-il ? Il hésita à poser la question mais l'arrogance d'Inès l'en dissuada. Il n'avait aucun compte à rendre à cette fille, pas plus qu'il n'avait envie de polémiquer et de poursuivre la conversation.

— Je ne t'ai envoyé aucune lettre et je sais à peine qui tu es, répondit-il. Mais tu as raison, le ridicule n'est pas toujours là où on le croit.

Personne ne parlait jamais de cette façon à Inès Hollen, et il le fit avec un tel naturel qu'elle en resta muette, figée par cette réponse cinglante assénée avec le plus grand calme. Il disait n'avoir jamais envoyé de lettre, et curieusement elle le crut. Il n'était ni déférent ni agressif. Déstabilisée, ne sachant plus comment se comporter, elle passait sa raquette de tennis d'une main à l'autre d'un geste nerveux. La situation lui échappait. Il s'en aperçut, après tout il n'avait rien contre cette fille et d'ailleurs c'était la première fois qu'il avait l'occasion de la voir de près et de lui parler. Et elle était jolie, très jolie même. Une fraction de seconde, il pensa que c'était peut-être l'occasion de la séduire, mais il était pressé. Les copains l'attendaient pour une course en montagne.

— Surtout ne t'inquiète pas..., ajouta-t-il alors gentiment avec ce sourire lumineux qui était son point fort, je ne t'en veux pas. Tu as dû te tromper, ce n'est pas grave. À bientôt !

Et il s'en alla. Cette gentillesse, cette tranquillité, Inès en fut soufflée.

— Tu en fais une tête, qu'est-ce que tu lui as dit ?

Béatrice avait assisté à la scène de loin sans comprendre et elle avait hâte de savoir. Mais Inès venait d'essuyer un camouflet qui avait mis à mal sa fierté.

— Alors raconte, qu'est-ce qu'il t'a dit ? insistait Béatrice.

— Rien.

— Comment ça rien, vous avez parlé, je l'ai bien vu.

Cette insistance la contraria au plus haut point. Ce qui venait de se passer ne regardait qu'elle. Elle n'avait aucune envie de le raconter.

— Je rentre, dit-elle froidement.

Et sans plus d'explication, elle partit laissant Béatrice plantée seule au beau milieu de la rue.

À la moindre chose qui n'allait pas comme elle le voulait, ou parce qu'elle était de mauvaise humeur, Inès la traitait comme un chien. Mais cette fois Béatrice ne chercha pas à la rattraper comme elle le faisait d'habitude. Elle devinait que son amie n'avait pas eu le dernier mot et qu'il avait dû se passer quelque chose de particulier entre elle et le frère de Josy. Soucieuse, elle rentra chez elle en se maudissant, quand elle avait vu Paul arriver au milieu de la rue, elle aurait dû faire en sorte de l'éviter. Dès l'instant où elle les avait vus ensemble, elle avait compris qu'il pouvait se passer quelque chose entre eux, et ça, elle ne le voulait surtout pas. Elle avait repéré Paul depuis longtemps, il passait devant leur hôtel pour rejoindre le stade, et elle pensait souvent à lui. C'était son secret.

Marie était partie faire ses livraisons le cœur léger d'avoir tout raconté à Josy et à son retour, elle trouva sa mère Francine, Thérèse et Jeanine en pleine conversation, si accaparées qu'elles ne la virent même pas quand elle entra dans la cuisine. L'information avait fait son chemin.

Jeanine Junca s'agitait. Elle ne pouvait imaginer que ses voisins quittent la rue et vendent à un inconnu. Toute cette histoire était invraisemblable, elle connaissait Roger depuis sa toute petite enfance, ils avaient grandi ensemble, il était comme son frère.

— Des racontars de gamine, ça ne suffit pas pour se faire un pareil mouron, insistait-elle.

— Moi, je ne sais rien de plus, leur avoua Francine très surprise qu'elles soient venues pour parler de ce qui justement ne devait pas sortir de chez elle. Elle était à la fois contrariée d'apprendre que Marie avait désobéi et soulagée de savoir que ses voisines étaient averties du danger que pouvaient courir leurs modestes affaires. Seulement elle ne voyait pas quoi faire.

— On va aller voir ce monsieur du Gallia qui veut acheter, s'exclama Thérèse Dulac au comble de l'inquiétude.

Jeanine se récria :

— Ma pauvre Thérèse, tu dis n'importe quoi. Tu te vois rentrer dans ce palace au milieu de tous ces clients ? Et tu vas demander qui ?

Francine Cassagne secouait la tête.

— Jeanine a raison tu vas demander qui ? Et puis tu nous vois rentrer au Gallia ?

À Lourdes, il y avait une société à part, « la haute ». Ceux qui n'y appartenaient pas ne la côtoyaient que pour des échanges commerciaux précis. On pouvait avoir l'illusion d'une communication entre les deux mondes, d'une vie sociale commune à cause du marché où tout le monde se rendait, du rugby qui les jours de matchs réunissait indifféremment tous les Lourdais au stade Beguerre, mais dès qu'on voulait franchir une porte plus intime de « la haute » sans y être invité, elle se fermait. « La haute » gardait son pré carré et le Gallia, c'était la crème de la crème. Thérèse sentit retomber l'exaltation qui l'avait poussée à sortir de chez elle et à passer à l'action. Ses voisines ne croyaient pas à la possibilité de se défendre. Elle se sentit écrasée.

— Après tout, rien n'est encore fait, la rassura Jeanine voyant son air défait. Tout ça, ce sont des bêtises. Roger ne partira pas de la rue du Bourg, il y est né. On s'affole pour rien, on ferait mieux de retourner au travail. J'ai ma lessive qui attend.

Marie s'était assise dans un coin et elle ne perdait pas un mot de leurs échanges. Elle voyait se déliter l'énergie combative du début, feu de paille qui avait laissé place à la résignation. Une chape de plomb semblait s'être refermée sur ces mères si vaillantes qu'elle voyait pourtant réaliser quotidiennement des tours de force dans leurs propres pensions pour que tout y marche au mieux. Mais devant une chose aussi simple que d'aller parler à un « Monsieur » dans un grand hôtel pour lui demander une explication légitime, elles ne luttaient plus et admettaient que la chose leur soit impossible. Cet épisode la marqua profondément, traçant un sillon pour sa vie future. Chaque fois qu'une difficulté de cet ordre devait se présenter à elle, elle puisait dans ce souvenir la force de se faire violence et de ne jamais avoir peur d'aller parler à qui que ce soit, quel que soit son grade ou sa position sociale. Avec son air hautain et méprisant, elle avait bien vu l'influence qu'Inès avait exercée sur les autres enfants de l'école Massabielle. Parce qu'elle était la plus riche de la ville, ils étaient soumis, respectueux. Certains allaient jusqu'à lui offrir des bonbons ou autres petites choses pour acheter une bienveillance dont ils auraient très bien pu se passer. Que pouvait réellement Inès pour eux ou contre eux ? Rien. Cette déférence devant le pouvoir de l'argent, Marie comprit qu'elle était exactement la même dans le monde des adultes. Si cet homme n'avait pas été dans cet environnement luxueux, elles auraient été le trouver. L'argent créait une barrière invisible mais très efficace. Et devant cette barrière, Marie se jura en les regardant de ne jamais faiblir.

Il tombait un mauvais crachin, le vent d'Espagne faisait tourbillonner les premières feuilles de l'automne. Perdus dans l'immensité des sanctuaires, les derniers pèlerins semblaient de minuscules fourmis. Le garde Courtot les surveillait du haut des rampes de pierre, quand il avisa au loin une silhouette qui marchait à vive allure.

— Mais c'est le curé de Lourdes, et il n'a pas l'air content du tout, se dit-il vaguement inquiet en voyant les pans de sa soutane noire se soulever vigoureusement à chacun de ses pas. Qu'est-ce qu'il peut bien nous vouloir encore ?

Les relations entre la modeste paroisse du curé de Lourdes et le puissant domaine des sanctuaires dirigé par son recteur et propriété de l'Église n'étaient pas toujours au beau fixe. Question de pouvoir, de moyens et d'histoire. Après « les apparitions de 1858 », l'administration des sanctuaires étant passée des mains du curé de la paroisse à celles des pères de Garaison eux-mêmes rattachés au diocèse de Tarbes, les dons qui arrivaient jusqu'alors à la paroisse du haut de la ville passèrent directement aux sanctuaires ainsi que la gestion des milliers de pèlerinages. S'ensuivirent d'interminables polémiques que les années ne réussirent pas à éteindre totalement. Le feu couvait encore et se rallumait à la moindre occasion.

Courtot quitta son poste d'observation et se précipita dans la basilique pour voir ce que fabriquait le curé quand il tomba nez à nez avec lui.

— Ah Courtot, tu tombes bien ! Je sors de la sacristie, je cherche le recteur, tu l'as vu ?

Les visites du curé n'étaient pas toujours les bienvenues surtout à l'improviste et dans cet état de contrariété. Mais Courtot se dit qu'il était là pour surveiller les lieux, pas pour gérer les relations des hommes d'Église.

— Je l'ai vu partir vers la maison des chapelains. Il doit y être encore.

— Ah là là ! grogna le curé, ça va encore me faire grimper…

Sur la colline des Espélugues, juste avant l'embranchement de la route de la forêt, la maison des chapelains paraissait plus massive et plus mystérieuse qu'elle ne l'était en réalité. Enveloppée dans les filets de brume qui montaient du gave et s'accrochaient à la pierre, la bâtisse offrait trois étages d'une interminable façade grise et sa sévère porte d'entrée évoquait celle d'une prison. Une petite sonnette sur le mur permettait d'avertir un gardien qui ouvrait, ou non. Le moins qu'on puisse dire, c'est que le lieu n'était pas des plus accueillants. Marie revenait de livrer le camping du loup par la route de la forêt quand elle tomba sur monsieur le curé en train de s'acharner vainement sur la sonnette. Fort mécontent, il marmonnait quand, brusquement, la porte s'ouvrit.

— Ah c'est vous monsieur le curé, et tu es là aussi, Marie ! Je m'étais absenté une minute, expliqua le gardien.

— Mais oui, mais oui, grogna le curé, pas dupe. Dites-moi plutôt où est le recteur.

— Je vous y conduis tout de suite, monsieur le curé. Toi Marie, tu connais le chemin.

Dans ces lieux dévolus exclusivement à l'hébergement des prêtres, « gardiens spirituels des sanctuaires », Marie éprouvait un sentiment étrange. C'était un monde feutré avec lequel elle n'avait pas réussi à se familiariser malgré ses visites régulières. Elle empruntait toujours le même couloir et jamais n'allait au-delà de l'office. Il lui arrivait parfois de croiser des prêtres en soutanes ou en costumes sombres, certains la saluaient gentiment, d'autres étaient trop absorbés par leurs conversations pour la voir, et pour les plus recueillis elle était invisible. Ce monde d'hommes évoluant dans le secret de cette bâtisse fermée l'oppressait. Elle se sentait incongrue, pas à sa place, et elle éprouvait un malaise qu'elle n'aurait pas su définir avec précision. C'était juste un sentiment. La pratique et l'habitude du lieu n'y changeaient rien.

Mais ce jour-là, il arriva quelque chose d'inhabituel. Après avoir déposé ses casiers, elle s'apprêtait à repartir quand elle entendit des voix d'hommes qui venaient d'une pièce au fond d'un couloir. Apparemment la discussion tournait mal. Personne en vue. Curieuse, Marie s'approcha et tendit l'oreille. Monsieur le curé de la paroisse parlait d'une voix forte comme à son habitude.

— Un jour, disait-il, il faudra se décider à parler, si on ne le fait pas on est tous responsables.

— Ce n'est pas si simple. On n'accuse pas sans preuves, d'autres s'y sont essayés et ça n'a pas pu aboutir, répondit l'autre voix.

— À ce compte-là, monsieur le recteur, on n'arrivera jamais à rien. Souvenez-vous de la pression que j'aie eue pour les Rameaux avant Pâques, ce doyen de Sestres se mêle de tout et il est si sûr de lui qu'il ne peut être que soutenu en haut lieu. L'Église doit être exemplaire.

— Taisez-vous ! Je ferai ce qu'il faut mais vous n'avez pas à vous en mêler.

— Je n'ai pas prononcé mes vœux pour me taire, et vous non plus, j'en sais quelque chose. Vous êtes un homme rude, mais aussi un homme de foi. Vous ne pouvez couvrir ceux qui trahissent la parole de Notre Seigneur. En tout cas, je vous aurai averti, et ce n'est pas la première fois.

— Pas de morale. Dois-je vous rappeler que vous n'êtes pas à la paroisse mais au diocèse ? Ici, le patron, c'est moi et je n'ai pas pour habitude de couvrir qui que ce soit. Vous n'êtes pas le seul à m'avoir averti, qu'est-ce que vous croyez, que nous sommes aveugles !

— Alors agissez ! Faites ce qu'il faut sinon un jour ça finira très mal. L'Église salira sa réputation et nous en souffrirons tous !

— Râler c'est bien, mais il faut prouver ce qu'on avance quand on accuse. Et ça, c'est beaucoup plus compliqué.

Le ton montait. Impressionnée, Marie fila au plus vite, juste avant que la porte ne s'ouvre avec fracas sur monsieur le curé, visiblement hors de lui.

Elle n'avait pas compris ce qui avait pu le mettre dans un tel état, mais son instinct lui disait que c'était sérieux. Pourtant, cette fois, elle décida de garder ça pour elle. Elle se ferait rabrouer par ses parents qui, comme toujours, lui diraient de ne pas se mêler des affaires qui ne la concernaient pas. Elle se recevrait même sûrement une bonne gifle au prétexte que chez les clients, surtout ceux-là, elle devait rester à l'office et ne jamais écouter aux portes. Se taire, c'était la première des règles.

— Papa a vendu la pension.

Francine Cassagne manqua tomber de sa chaise.

— Mais quand, comment tu le sais ? Et ta mère où elle est ?

Josy n'arrivait plus à parler. Elle sanglotait.

Francine quitta son poste de vigie derrière le comptoir, la prit dans ses bras et, suivie de Marie, l'entraîna dans la cuisine familiale qui jouxtait la boulangerie. Quand Josy fut un peu calmée, elle raconta que son père était arrivé tout content et qu'il leur avait annoncé la nouvelle comme ça, de but en blanc. Marie n'y croyait pas, elle n'arrivait pas à penser qu'il soit réellement possible qu'une chose pareille existe, qu'un homme puisse ainsi décider seul du sort de toute sa famille uniquement parce qu'il était propriétaire.

— Et ta mère, qu'est-ce qu'elle dit ?

Josy fit une grimace, renifla et, avant que Francine ait le temps de lui tendre un mouchoir, d'un revers de manche elle essuya ses larmes et la morve qui coulait au bout de son nez.

— Ils se disputent.

Marie comprenait que son amie n'aurait bientôt plus de maison et elle se demandait comment c'était possible de se retrouver du jour au lendemain sans un toit au-dessus de sa tête.

— Papa a expliqué à maman qu'on avait tout l'hiver, on ne déménagera qu'au printemps, avant la saison.

Francine avait le front soucieux et Marie sentait monter chez sa mère une inquiétude. Elle avait sa voix des mauvais jours, quand elle râle après les mauvais payeurs ou le retard des fournisseurs. Elle l'observait et se demandait ce qui pouvait bien l'inquiéter à ce point, ce n'était pourtant pas eux qui se retrouvaient dans cette situation, pourtant, à la regarder pâlir, Marie aurait pu le croire.

C'est alors que Thérèse entra et s'effondra sur la table de la cuisine. Marie la vit pleurer comme jamais elle n'avait vu aucune de ces femmes fortes pleurer. Alertée, Jeanine Junca accourut, complètement retournée. Elle avait dit à Roger sa façon de penser mais il l'avait envoyée promener en lui disant que s'il devait des comptes à sa femme, il ne lui en devait aucun à elle. Et elle ne s'en remettait pas. Marie devinait chez ces mères, d'ordinaire si fortes, une peur qu'elle n'arrivait pas à définir. Cette peur, les mères ne l'expliquaient pas à leurs filles. Elles ne disaient pas que, sans l'accord de leur mari, elles ne pouvaient rien faire, ni ouvrir un compte bancaire ni signer un chèque. À leurs filles, elles ne parlaient pas de ces choses-là.

— Le mien ne peut pas me faire un coup pareil, dit alors Jeanine encore tourneboulée, l'affaire était à mes parents. S'il veut passer devant le notaire pour vendre, il doit avoir mon accord.

Jeanine Junca éprouvait toujours le besoin de montrer que chez elle tout allait bien, qu'il ne risquait pas de lui arriver les malheurs qui arrivaient aux autres. À l'écouter, elle était garantie contre tout, ce qui était loin d'être le cas.

— Si tu crois que ça va l'arrêter ton Georges, l'interrompit Francine. Vois ce qui s'est passé avec Catherine Delas, il y a trois ans. Son mari est parti avec une autre et l'a laissée en plan. Elle a dû vendre et lui donner la moitié de l'argent. Comment aurais-tu voulu qu'elle s'en sorte ?

— Je ne vendrai jamais je te dis ! C'est hors de question !

— Tu oublies que ton homme fait la cuisine, lui rappela Francine, et un salaire de cuisinier, c'est un gros budget dans une affaire. Tu pourrais le payer ce salaire, s'il partait ? Ne sois pas si sûre de toi, aucune de nous n'est à l'abri.

Jeanine tordit le nez. Elle savait bien que son homme n'était pas toujours fiable, elle avait dû avaler bien des couleuvres. Elle s'était sentie fragile, elle aussi. Et la trahison de Roger, qui était comme son frère, lui faisait un mal de chien. Elle n'avait pas voulu accabler Thérèse. Juste se persuader qu'elle était protégée.

La vente de la pension eut lieu du jour au lendemain. Et la famille déménagea dans la vieille maison de la grand-mère Dulac, sur les coteaux, aux environs de Lourdes. Le coup fut trop rude pour cette dernière, incapable d'accepter que des millions invisibles puissent remplacer la pierre. Elle décéda dans le mois qui suivit la vente. Roger ne put éviter d'y voir un lien avec sa décision. S'il en eut du chagrin, il n'en conçut aucun regret, car il restait intimement convaincu d'avoir fait le bon choix. Cette pension « leur bouffait la vie ». Désormais, sa famille avait de l'argent. Plus qu'ils n'auraient jamais pu l'espérer. Maillard, tenant à se faire une bonne réputation, avait payé largement. Ils étaient à l'abri pour un bon bout de temps. Roger Dulac ne comprenait pas que sa mère, sa femme et sa fille, qui avaient tant trimé dans cette pension, puissent la regretter. Il leur offrait la liberté et elles rechignaient. Désormais, ils pouvaient vivre de leurs rentes, et à leur guise. À la banque, les placements « judicieux » rapportaient plus que le fruit de leur labeur.

— Peut-être, ressassait Thérèse, mais la pension c'était du solide. La bourse, ça va, ça vient. Et qui te dit que la rente, qui te paraît si importante aujourd'hui, sera suffisante demain pour les enfants ?

— Et alors ? Ils feront comme tout le monde, ils bosseront, répliquait Roger exaspéré. Être trop protégé, ce n'est pas bon.

— Qui te parle de les protéger ? Bien sûr qu'ils travailleront, mais chez les autres. Là, ils étaient chez eux, et ça change tout.

Une fois encore, Roger voyait l'avenir différemment.

— Au contraire, ils seront bien plus tranquilles. Salariés, ils auront des heures fixes. Leur journée terminée, ils pourront prendre du bon temps. Ils ne s'emmerderont pas comme nous, à penser au travail vingt-quatre heures sur vingt-quatre. Explique-moi comment toi qui as tellement marné, en râlant bien souvent, tu ne comprends pas ça ? J'ai fait le meilleur des choix. Surtout pour eux.

— Tu l'as fait tout seul, sans moi, et sans demander leur avis.

— Et alors ? Si c'est un bon choix ! J'ai déjà vu le maire pour Paul, il va l'embaucher aux espaces verts. Comme ça, il pourra s'entraîner autant qu'il faudra, personne ne viendra l'emmerder, et il sera le plus heureux du monde. Le rugby, c'est toute sa vie !

— Et Josy, tu y as pensé ? Elle ne joue pas au rugby, elle.

— Bayle la prend à la boutique. Qu'est-ce que tu crois ? Avec les copains, on se serre les coudes.

Il avait réponse à tout. Prise de court, Thérèse hocha la tête. Devant tant de détermination et de certitudes, elle finissait par douter de son propre raisonnement. Aurait-elle mal jugé son mari ? Serait-elle « archaïque », comme il le lui disait, incapable de se projeter dans un autre mode de vie ? Ses arguments n'étaient pas entièrement faux. Les enfants auraient moins de soucis qu'eux ; et sur le terrain jouxtant la vieille maison, ils allaient faire construire une maison moderne, ils y seraient installés bien plus confortablement qu'ils ne l'avaient jamais été.

Alors, comme elle l'avait toujours fait au cours de sa rude vie, en petite orpheline contrainte de travailler à quatorze ans, Thérèse Dulac essaya de voir le meilleur de la situation. Et d'intégrer le raisonnement de son mari. Mais elle avait beau examiner ses arguments dans tous les sens, un fond d'inquiétude persistait, qui l'empêchait de profiter de sa nouvelle condition de rentière. C'était irréel de vivre sans travailler ! Ce n'était pas normal. Forcément, ça s'arrêterait un jour. Et ce qu'elle taisait pour ne pas énerver Roger, c'est que ses pèlerins lui manquaient. Elle avait réussi à les recaser chez Jeanine, et dans des pensions à gauche et à droite, mais les liens avaient été coupés brutalement. Ajoutés à la perte de sa maison, ces changements créaient en elle un vide douloureux. Elle tournait en rond. Juste après la vente, elle redescendit à Lourdes, mais revoir sa pension lui broyait le cœur et, hormis les petites visites chez Francine ou Jeanine, elle n'avait rien à y faire. De plus, ses voisines ne pouvaient pas s'attarder. Elle se sentit vite encombrante. Puis déprimée.

— Tu enviais ces femmes de la haute qui ont le temps de se balader à gauche à droite, fais pareil ! Va en montagne, lis, tu n'as jamais eu le temps, tricote, tu aimais ça avant quand on s'est connus, fais un peu les boutiques comme ces dames que tu enviais tant, lui répétait son mari.

— Tu vas voir un peu le compte en banque comme il va descendre, si je me mets à faire comme ces dames !

— Tu n'es pas obligée de dépenser autant qu'elles, mais tu peux te faire des plaisirs quand même.

Elle haussait les épaules. Le coup que Roger lui avait porté était trop dur. Il n'avait tenu aucun compte de son avis, de son attachement viscéral à cette pension et à son travail qui était toute sa vie. Dépenser pour elle-même, elle ne savait pas. Éduquée à économiser le moindre centime dès son enfance, elle ne savait faire qu'une chose, travailler. On ne s'improvise pas dépensière quand on a passé sa vie à la gagner aussi durement. Elle s'inquiétait pour tout, bien plus encore qu'avant, car elle n'avait de prise sur rien. L'argent était une chose abstraite, juste des chiffres qu'elle recomptait sans cesse sur des feuilles de papier pour se persuader qu'il existait et que les choses étaient en ordre. Elle était dans un tel état d'inquiétude qu'elle réussit à convaincre Roger d'acheter deux appartements qu'ils louèrent à l'année. C'était loin d'être l'achat du siècle mais après cet investissement dans la pierre, elle s'était sentie un peu plus « en sécurité », même si ces biens restaient la propriété de son mari. Pourtant, son moral continuait à s'étioler dangereusement. Un jour, Jeanine vint lui rendre visite.

Jeanine Junca n'était pas un modèle de discrétion et tout le monde connaissait son goût pour les potins, mais les Dulac étaient un peu sa famille, et voir Thérèse dans cet état lui était insupportable. Son amie qui lui paraissait si puissante, capable de tout affronter dans la vie, avait rendu les armes. À la regarder ainsi défaite, elle mesurait la fragilité de leur existence.

— Tu ne peux pas rester comme ça, lui dit-elle d'un ton énergique, tu dois te reprendre. Cet hiver, viens m'aider à la pension, je dois faire l'inventaire, inspecter tous les services de table, mettre de côté les ébréchés et les fendus, vérifier le linge. Il faut recoudre certains dessus-de-lit, des draps déchirés qui sont encore bons, on discutera en travaillant, c'est mieux que d'être seules, chacune de notre côté. Il y a du boulot, ça me soulagerait tellement.

Autant elle aimait le contact avec les clients, autant Thérèse Dulac avait toujours eu horreur de ces travaux d'hiver car ce sont eux qui lui avaient, selon ses propres termes, « bouffé la vie ». Pourtant elle accepta l'offre de Jeanine sans hésitation, car rien n'était pire pour elle que ses journées sans but. Alors qu'elle se sentait perdue et désœuvrée, Jeanine lui redonnait de l'espoir, elle allait être à nouveau utile, et attendue. Elle organisa sa venue, toujours pragmatique.

— Je descendrai avec Roger dès demain en début d'après-midi quand il partira au Café Français, et je rentrerai le soir avec lui, dit-elle. Comme ça le matin, j'aurai le temps de faire le ménage et de préparer les repas. Je serai tranquille de ce côté-là et Roger n'aura rien à me reprocher.

— Tu penses à tout comme d'habitude.

— Et il vaut mieux sinon ça ne tournera pas. Mais si c'était à refaire, crois-moi, je passerais le permis. Toujours dépendre des uns et des autres et surtout de Roger, ah là là, des fois, j'en ai plus qu'assez. Elles en ont de la chance les filles d'aujourd'hui. Ce sera plus facile pour elles. Je l'ai bien dit à Josy, ne fais pas comme moi, passe le permis !

La ville avait son manteau d'hiver. Marie marchait dans les rues tout en dégustant une chocolatine que son père venait de sortir du four, et qu'il lui avait donnée. C'était rare, mais il avait de temps à autre des gestes comme celui-là qui lui faisaient sentir son amour paternel. Elle en était tout émue. Hors saison, le travail tournait au ralenti, elle en profitait pour flâner au hasard. Elle imaginait le silence et la pénombre derrière les murs des hôtels endormis, dans les longs couloirs, et les chambres. Bâtisses de pierre et de marbre construites au XIXe siècle, le Moderne et le Gallia-Londres la fascinaient particulièrement. Sous leurs porches barricadés de lourdes grilles de fer, le vent ramenait des feuilles mortes qui finissaient par se racornir. Au milieu de prospectus venus d'on ne sait où, il se faisait devant tous les hôtels un amas de poussière qui sentait l'abandon. Personne dans les ruelles, pas un chat. Seul, parfois, un concierge ou un propriétaire venu vérifier quelque chose ouvrait une porte et la refermait rapidement. Quelque chose d'indéfinissable nouait alors le ventre de Marie. La vente de la pension Dulac avait ouvert une brèche dans ses certitudes : tout ne durerait pas toujours. Elle avait brutalement découvert que des murs, un passé commun, des liens, des habitudes, tout cela ne protégeait de rien. Un jour, tout pouvait disparaître. Elle frissonnait, et si un jour sa ville disparaissait, si un jour les hôtels et les boutiques restaient obstinément fermés ? Si telle l'antique cité de Machu Picchu disparue et oubliée dans le gouffre du temps, elle devenait à son tour une masse de pierre fantomatique perdue dans les brumes froides des hivers pyrénéens. Tant de civilisations, tant de villes bâties pour l'éternité avaient disparu sans que l'on s'en souvienne.

Effrayée tout à coup, elle chassa cette pensée et se reprit. Des villes disparaissaient mais d'autres étaient toujours là, depuis la nuit des temps. L'espagnole Cadix, Athènes la grecque, Rome, Jérusalem et Beyrouth, Damas la splendide syrienne et encore Lisbonne la ville blanche, ou Corfou. Et tant d'autres encore qui avaient survécu aux guerres et à tous les cataclysmes, naturels ou économiques. Alors à Lourdes, il en serait toujours ainsi, la boulangerie et les petits pains sortis du four, les pensions et les pèlerins en prière, les familles qui vivaient ensemble dans la chaleur de la vieille cité, les grands hôtels, le retour des foules d'étrangers à chaque printemps, les rues pleines de vie, les prières montant vers le ciel. À cette idée, Marie s'apaisa peu à peu et se demanda pourquoi elle s'était lancée dans des réflexions aussi noires et aussi stupides.

Elle se décida à remonter vers la vieille ville. À peine avait-elle passé le pont qu'elle aperçut Paul. Lui ne la vit pas tout de suite, il regardait les hôtels, perdu dans ses pensées. Jamais elle ne lui avait vu un visage aussi grave, aussi soucieux, et elle en fut troublée. Elle pensa que la perte de la pension familiale avait dû beaucoup l'affecter et, comme à chaque fois qu'elle se retrouvait en sa présence, elle sentit une émotion incontrôlable l'envahir. Déconcertée, elle voulut rebrousser chemin pour éviter qu'il ne la voie dans cet état, mais il leva les yeux et fit spontanément un pas dans sa direction. Il sembla hésiter un instant puis, après un signe de la main, il disparut dans une ruelle proche.

Il l'évitait et ce n'était pas du tout son genre, Marie comprit qu'il se passait quelque chose d'inhabituel. Un peu perdue, elle décida d'aller rendre visite à Chantal. L'hôtel de son amie était proche et sa porte n'était jamais fermée. C'était un charmant petit hôtel avec un joli patio à l'espagnole où les clients adoraient venir s'asseoir l'été sur les bancs pour écouter le doux bruit de la fontaine. Les Fourcade y vivaient encore à l'année comme beaucoup de familles le faisaient autrefois, avant que les plus fortunées ne finissent par s'installer dans des maisons cossues, construites sur les coteaux avoisinants, d'où l'on pouvait admirer les montagnes pyrénéennes. Les parents Fourcade avaient eux aussi fait construire une imposante maison dans un village proche pour loger tout le monde, les grands-parents, eux-mêmes et leurs trois filles. Cette maison moderne était terminée depuis plus d'un an. Pourtant, ils ne quittaient toujours pas leur hôtel, ce qui intriguait au plus haut point les Lourdais. On disait qu'ils avaient vu trop grand et qu'ils manquaient d'argent pour finir, les ragots allaient bon train. Un jour, Marie posa la question à Chantal.

— Pourquoi vous n'allez pas habiter la maison neuve à Bartrès ? C'est vrai qu'elle n'est pas terminée ?

— Tu parles ! Si t'écoute tout ce qu'on dit… Elle est finie avec tout ce qu'il faut et même plus. Mais mon papé et ma mamé ne veulent pas y aller. Ils ont toujours vécu à l'hôtel, ils disent que c'est leur vraie maison et qu'ils n'en partiront jamais. Et moi je suis comme eux, je n'ai pas envie d'aller habiter à la campagne. Ici, c'est chez moi. Mais papa s'est sacrément énervé, il a dit à papé qu'il ne pouvait pas entretenir une maison et un hôtel juste pour eux avec le chauffage l'hiver et les frais, la cuisine et tout et tout. Ils n'ont rien voulu savoir. « Tu veux nous enterrer vivants ou quoi ! a dit mon papé. Là-bas, on ne verra rien ni personne. — Et le grand air, les paysages, vous pourrez vous promener tranquillement… — Les paysages et les balades, on s'en fout. Ici on voit du monde. On ne bougera pas. »

Comme l'hôtel leur appartenait encore et qu'ils n'en démordaient pas, la maison moderne restait fermée et la famille avait dû abandonner l'idée de déménager. La situation désespérait les parents de Chantal qui rêvaient de quitter leur lieu de travail où ils étaient enchaînés nuit et jour, toute l'année.

Marie aimait aller chez les Fourcade, où régnait une atmosphère chaleureuse et vivante. L'hiver, on était saisi par la douceur du lieu et le raffinement de certains détails. Trois grandes fresques représentaient les montagnes pyrénéennes, le gave et les pèlerins en prière ornaient le salon. Un lustre rococo à pampilles en verre soufflé de Murano de couleur mordoré éclairait un petit salon meublé d'une table basse en plaqué d'acajou, assortie de fauteuils bridge en moleskine camel. Çà et là, on trouvait un vase en opaline blanche avec son bouquet de roses fraîches ou de fleurs de saison. Dans l'esprit de Marie, c'était un idéal d'hôtel et elle s'était mise à rêver d'en avoir un jour un comme celui-là, qu'elle pourrait embellir, rendre douillet et accueillant comme savait si bien le faire Mme Fourcade. Que ce rêve devienne un jour réalité lui paraissait possible. Mais sa mère tentait de l'en dissuader.

— Avant que tu puisses t'en payer un, il va couler de l'eau sous les ponts, crois-moi, sauf si tu épouses un fils d'hôtelier. Et je ne te le conseille pas. Reste indépendante, gagne ta vie.

— Justement, si j'arrive à acheter un hôtel, je le serai.

— Et tu l'achèteras avec quoi ? Parce qu'en partant de rien, tu vas devoir économiser et travailler dur pendant des années, et t'endetter à vie. Nous, on ne pourra pas t'aider. Il faut préserver la boulangerie, rénover la boutique, acheter de nouvelles machines.

Marie avait soupiré et tourné les talons.

— Si je t'écoute, tout est impossible pour moi, sauf reprendre ta place à la livraison ! Toujours tout pour la boulangerie !

Elle enviait ces héritières comme Inès qui n'avaient rien à faire qu'à attendre que l'hôtel tombe sans effort entre leurs mains.

— Tu as de la chance, disait-elle à Chantal, j'aimerais avoir un hôtel, recevoir les gens, décorer. Chez nous, on ne reçoit jamais personne, on est tout le temps à la boulangerie, ma mère elle ne décore rien.

Chantal n'en croyait pas ses oreilles.

— Si tu crois que maman a le temps de faire de la décoration ! Elle est à l'accueil du matin au soir, elle se lève à cinq heures du matin pour ceux qui partent en excursion et se couche à pas d'heure pour accueillir ceux qui rentrent de la procession aux flambeaux. Hier, elle répétait à papa qu'elle n'en pouvait plus de fatigue. Les clients ont toujours un truc de travers… Un jour, elle a même dit qu'à force, c'était elle qui allait y perdre la santé.

Marie fronça les sourcils, perplexe. Ce que lui disait Chantal ne correspondait pas du tout à ce qu'elle voyait. Mme Fourcade était toujours souriante, coquette, impeccable comme son hôtel, et très attentionnée avec ses clients. Pas une fois elle ne l'avait entendue se mettre en colère ou s'agacer.

— Ah ça oui, maman est très patiente, mais avec les clients. Avec nous elle l'est beaucoup moins.

La sonnette vint interrompre leur conversation et un vieux monsieur entra sans faire de façons. C'était M. Fontan, l'archiviste de la ville et l'ami de jeunesse du papé de Chantal.

— Bonjour les enfants ! dit-il d'un ton jovial.

Ayant accroché son béret à une patère, il se dirigea le plus naturellement du monde vers le salon. L'archiviste, la voisine, un client égaré l'hiver cherchant une bonne âme pour le loger… il y avait toujours quelqu'un pour pousser la porte de l'hôtel qui était pourtant fermé comme tous les autres après le dernier pèlerinage du rosaire. Mais la maison, elle, restait ouverte car les grands-parents Fourcade aimaient les visites à l'improviste. Ils avaient toujours vécu comme ça. L'archiviste faisait partie de la famille et il avait toujours quelque chose à raconter sur la ville et sur ses recherches.

— Le problème, expliqua Chantal, c'est qu'ici la porte est toujours ouverte. Mon papé ne veut pas qu'on la ferme.

Marie ne comprenait pas, la solution lui paraissait pourtant bien simple.

— Vous n'avez qu'à mettre sur la porte « Hôtel fermé », les amis rentreront mais pas les clients.

— Tu nous prends pour des idiots, maman a mis de grosses pancartes, en rouge, mais les gens quand ils voient de la lumière, fermée ou pas, ils poussent la porte, et comme elle s'ouvre, ils entrent, et une fois dedans difficile de leur faire entendre raison.

Un salon éclairé par de douces lampes, le grand-père et l'archiviste devisant devant un feu de bois, la grand-mère absorbée par son tricot, et M. Fourcade par la lecture de *La Nouvelle République*, Marie aurait aimé connaître la paix d'un tel foyer. Chez elle, la vie entière se passait au fournil et à la boutique. L'appartement ne servait qu'à avaler un repas rapide et à se coucher. Un hôtel, dans l'idée de Marie, c'était l'inverse, et elle s'imaginait en tenir un plus tard, avec Paul… et leurs enfants. La nuit, avant de s'endormir, elle rêvait de ce futur idyllique. Mais, aujourd'hui, elle était triste et inquiète, Paul l'avait évitée. Elle se demandait ce qu'il cachait.

Quand les vols des oiseaux dessinèrent de longues lignes sombres contre le ciel, Marie comprit que le temps de l'insouciance était fini. Chantal partit dans une école hôtelière et Josy prit un emploi chez M. Bayle. Tout l'hiver, elle ferait du classement dans un gros stock de cartes postales, de souvenirs, de saintes vierges et d'objets de toutes sortes.

Et pour Marie, comme venait de le lui dire son père, le matin même à la boulangerie, il allait falloir passer aux choses sérieuses.

Le temps des bâtisseuses

Pour assurer la pérennité de leur patrimoine, André et Francine Cassagne firent les choses en suivant une tradition immuable. Il n'y eut besoin de rien dire. C'est ainsi que Daniel, le fils aîné, prit la succession de son père au fournil dès son CAP de boulanger en poche. Quand, trois ans plus tard, le cadet obtint à son tour son diplôme, la place était occupée. On lui proposa d'aider l'aîné au fournil. Il pourrait aussi développer la clientèle. Mais Fabien renâclait, « pas vraiment partant pour les seconds rôles ». On le traita d'ingrat. Et il fut prié de choisir : accepter ou exercer son métier ailleurs. Quant à l'avenir de Marie, ses parents y avaient aussi pensé. Elle venait d'avoir seize ans, l'âge d'entrer, pour de vrai, dans la vie active.

— À la boulangerie, tu auras affaire à Daniel puisqu'il a repris les rênes, lui dit son père.

Un commerce devait avoir un chef et un seul, ça ne souffrait pas la discussion. Certes, André aurait aimé donner le même rôle à chacun de ses trois enfants, néanmoins pour préserver l'entreprise, il avait fait au mieux, selon ses critères.

— Mais, poursuivit-il, soucieux de montrer son équité et sa prévoyance, tu as droit à un travail toi aussi. J'ai averti Daniel qu'il devait vous garder Fabien et toi, c'était une condition pour que je lui passe l'affaire… *(Il insistait sur les mots pour montrer combien il lui tenait à cœur d'être juste.)* Fabien n'a rien voulu entendre comme d'habitude, j'espère que tu seras plus raisonnable. On va te confier les livraisons. Petit à petit, tu en seras complètement responsable. Tu es habituée et tu connais le circuit et les clients. Plus tard, c'est toi qui remplaceras ta mère à la caisse et aux commandes de la boutique.

Marie baissa les yeux. Elle n'avait aucune envie de rester derrière une caisse, elle aurait voulu aller à l'école hôtelière comme Chantal, travailler chez les uns et les autres, et plus tard avoir son hôtel. Ses parents le savaient mais ne voulaient pas l'entendre.

— Tu es déjà formée pour la livraison et tu as la place toute prête ici, lui avait dit son père. Beaucoup seraient bien contents d'avoir une place pareille.

Les parents avaient décidé, on n'y revenait pas. Curieusement, sur le sujet sa mère était la plus intraitable. Elle ne voyait que par l'affaire familiale et ses enfants devaient se mettre au service de cette unique ambition. Elle avait trimé toute sa vie pour pouvoir leur transmettre cet outil de travail.

— Ça te va ? Tu es contente ? demanda-t-elle à Marie comme pour se rassurer. Tu as toujours aimé faire les livraisons.

Marie esquissa un hochement de tête qui pouvait passer pour une approbation et Francine Cassagne s'en contenta. Après toutes ces années de travail acharné pour construire et pérenniser l'affaire, elle n'avait plus le courage de revenir sur cette histoire d'hôtel. Elle aurait bien aimé, à l'âge de Marie, qu'on lui offre la même situation. Sa fille avait un travail assuré, en famille en plus, quoi de plus sécurisant ? Elle aurait un salaire à la fin du mois et serait indépendante, c'était l'essentiel. Depuis quelque temps, elle avait bien d'autres soucis en tête. Jusqu'alors elle n'avait jamais envisagé ses vieux jours. Ces dernières années particulièrement, le travail l'avait dévorée parce que c'était là, avec les milliers de pèlerins qui se déversaient dans la ville, qu'il fallait prendre les marchés.

— Les premiers ont toujours raison, c'est comme ça que se créent les affaires solides et prospères, rabâchait André qui avait toujours vu grand.

Conscients de leur chance d'avoir pu monter leur première petite boulangerie à Lourdes, les parents de Marie avaient travaillé comme des forçats du matin au soir, sans jamais s'accorder le moindre temps pour respirer. Aujourd'hui, de bonnes économies garnissaient leurs comptes en banque. Cet argent durement gagné suffisait à rassurer André qui comptait bien en profiter et balayait les craintes de sa femme, ne voulant pas penser à la vieillesse. « Je mourais au fournil ou à gueuler au stade devant un bon match ! » disait-il en riant. Francine ne riait pas. Elle avait vu les vieux à l'hospice où son mari n'avait jamais mis les pieds et elle ne voulait pas y finir sa vie. Elle craignait aussi que son mari ne vende l'affaire sans son accord. Avec quelques arrangements, les dispositions de leur mariage pourraient bien le lui permettre. Bien sûr, pour l'instant, ses peurs étaient totalement infondées. André et elle étaient soudés pour tout ce qui concernait les affaires et la famille, mais c'était arrivé à Thérèse et à d'autres, elle ne l'oubliait pas. Elle s'inquiétait pour ses vieux jours, aurait-elle la force de continuer ainsi, et jusqu'à quand ? Son fils aîné, Daniel, étant à ses yeux le plus raisonnable, elle s'était dit qu'elle serait protégée s'il était à la tête des affaires, qu'il s'occuperait d'eux. Et elle avait convaincu son mari de l'installer dans la place le plus tôt possible.

André avait renâclé.

— Quand même, et les deux autres ?

— Tu veux finir à l'hospice ? lui avait-elle rétorqué. On voit que tu n'y mets jamais les pieds.

Et elle avait donné la solution pour les deux autres, l'important était qu'ils soient à l'abri avec un salaire. Daniel serait bien épaulé et avec eux trois, la boulangerie serait en bonnes mains. André Cassagne avait cédé, sa femme était plus douée que lui pour traiter ces affaires familiales et ça l'arrangeait qu'elle prenne tout en charge, car s'il était fort pour pousser un coup de gueule, il était peu doué pour prendre ce genre de décisions. Il se défila et la laissa faire. Longtemps à l'avance, elle prépara les esprits à accepter sa solution en prenant soin de jeter çà et là, au hasard de conversations des « quand Daniel fera les fournées », « quand Daniel décidera ». C'était devenu un leitmotiv. Marie était encore jeune et ne voyait aucun mal à ce qu'on place Daniel en premier, puisque c'était le seul à avoir son CAP. Elle ne se sentait pas du tout en danger. Bien d'autres choses en ce temps-là occupaient son esprit, son futur hôtel auquel elle rêvait en permanence et surtout Paul… Celui qui était devenu un véritable héros dans la ville, après ses nombreux essais victorieux de la saison de la dernière, avait ravi son cœur sans le savoir.

Au fil du temps, il devint évident pour tout le monde que Daniel était le seul légitime : Fabien ne créait que des problèmes et Marie avait la bougeotte. Tout était donc organisé au mieux dans la tête de Francine, mais elle oubliait que même une mère ne contrôle pas toujours ses enfants. Loin de là.

Un soir où elle était absente, Daniel alla trouver sa sœur dans l'arrière-salle, là où elle était en train de compter les petits pains pour les mettre ensuite dans les casiers de livraison.

— Dis Marie, j'ai pensé à quelque chose… *(Elle leva le nez, intriguée.)* Je ne vais pas te déclarer tout de suite, pas besoin de se compliquer la vie avec la paperasserie. Mais pour compenser, je te laisserai faire des paniers-repas pour les trains d'Arras, de Lyon et de Saint-Frai. L'argent sera pour ta poche, je retiendrai les fournitures, c'est tout.

Naïvement, elle avait sauté de joie. Pour la première fois, elle allait gagner de l'argent pour ses livraisons alors qu'elle n'avait jamais touché le moindre centime pour son travail. En plus, elle aurait les paniers-repas. Marie avait l'âge où l'on vit au présent. L'avenir, la protection sociale, la retraite, tout ça ne la concernait pas. Elle avait acquiescé avec enthousiasme. À dire vrai, comme beaucoup de jeunes qui travaillaient en famille, elle ne connaissait pas vraiment le monde du travail et ne voyait pas ce que cette « déclaration » changerait pour elle. Son frère lui laissait faire les paniers-repas, c'était une sacrée chance pour mettre de l'argent de côté pour son futur hôtel !

— Daniel me laisse faire les paniers-repas et tout l'argent sera pour moi, je suis drôlement contente, je ne pensais pas qu'il serait aussi généreux.

Mais sa mère tordit le nez en l'apprenant, elle n'était pas du tout du même avis. Contrariée de voir que son fils avait pris cette initiative sans lui en parler, elle voulut remettre les choses en ordre.

— Qu'est-ce que c'est que cette histoire de ne pas déclarer Marie ?

Elle voulait bien favoriser Daniel pour pérenniser l'affaire, mais pas à n'importe quel prix pour les deux autres. Il lui fit valoir des arguments spécieux qui furent loin de la convaincre et elle le lui fit savoir.

— Mais maman, dit-il agacé, ne me dis pas que toutes les femmes sont déclarées dans les affaires ? Tu as été déclarée par papa toi, au début ? Non, alors, il faut bien se débrouiller. Marie n'en mourra pas, elle a le temps. En plus, elle n'a fait aucune école. Moi, j'ai un CAP…

— Ce n'est pas sa faute, c'est moi qui n'ai pas voulu qu'elle parte en hôtellerie pour te seconder au plus vite.

Francine voyait bien que les choses ne seraient pas aussi simples qu'elle l'avait imaginé. Son fils aîné prenait son rôle un peu trop à cœur et elle lui avait peut-être ouvert la voie de façon trop rapide. Il en profitait. Elle insista, il résista, puis ils finirent par se mettre d'accord. Dès la saison prochaine, Marie serait déclarée.

De son côté, celle-ci poursuivait obstinément l'idée de devenir hôtelière. Tout était clair dans sa tête, elle allait travailler beaucoup, économiser puis emprunter pour acheter son hôtel. Mais elle ne racontait ça à personne, pas même à sa mère qui ne jurait plus que par Daniel. Ce n'était pas la peine de lui faire savoir qu'elle partirait un jour. Elle avait bien vu le résultat avec Fabien. Il était parti travailler dans le Nord, et son départ l'avait bouleversée alors que les autres ne semblaient pas particulièrement affectés par son absence.

Sur ce point Marie se trompait, le plus grand désir de Francine Cassagne avait toujours été de voir ses enfants réunis autour d'elle. Elle avait travaillé toute sa vie pour ça, sans compter les heures ni les efforts pour bâtir cette affaire et la leur transmettre. Elle n'avait pas imaginé pareil changement de la part de Daniel et elle commençait à regretter de lui avoir donné toutes les clefs. Car après avoir travaillé à l'affaire durant toutes les vacances scolaires, les jours de congé et les week-ends jusqu'à l'âge de seize ans, sa fille se retrouvait du jour au lendemain simple employée et sans diplôme. Francine s'en voulait terriblement de l'avoir mise dans cette situation. Elle était bien décidée à rebattre les cartes.

De son côté, Marie découvrait une liberté nouvelle dans le travail. Sa mère n'était plus à la réprimander pour un oui ou pour un non. Son père profitait pleinement de sa nouvelle vie de retraité. Au Café Français, son QG, il retrouvait Roger Dulac et la plupart de ses copains commerçants ou hôteliers. Traverser la frontière pour aller chasser et faire la fête dans les bodégas, c'était la nouvelle passion de ces messieurs depuis qu'ils en avaient les moyens. Les femmes fermaient les yeux sur leurs escapades, rassurées de tenir les cordons de la bourse. Eux, les laissaient entièrement opérer puisqu'ils avaient la signature. En somme, elles faisaient rentrer l'argent, mais au moment de le dépenser, il fallait l'accord des maris. Dans l'esprit de ces derniers, tout allait pour le mieux dans le meilleur des mondes.

Dès la fin de l'école, Marie entra du jour au lendemain dans un autre monde, celui du labeur. Levée aux aurores, couchée à la nuit, épuisée, les jambes mortes d'avoir tant marcher pour livrer de lourds et encombrants casiers de petits pains à travers toute la ville, le cerveau en bouillie à force de les avoir comptés et recomptés pour mettre la bonne livraison au bon endroit, elle ne vit pas le temps passer. L'affaire tournait à plein régime, sa mère avait même embauché quatre personnes supplémentaires pour la vente à la boutique et au fournil.

Marie avait demandé qu'on lui donne un coup de main pour les livraisons car, avec l'augmentation des clients et les demandes en hausse à toute heure du jour et même de la nuit, elle n'arrivait plus à tout faire. Mais Francine lui avait répondu que pour l'heure, la vente et le fournil étaient la seule priorité.

— J'ai le double de commandes, aujourd'hui ! Et quand tu les faisais, je t'aidais beaucoup après l'école. Là, je suis seule, et je commence à être fatiguée… argumenta Marie.

Se plaindre n'était pas dans la culture familiale. Francine s'énerva.

— Fatiguée ! Déjà ! Eh bien, si j'avais dû gémir à chaque fois que je partais en tournée, moi qui en plus des livraisons devais m'occuper de vous, des lessives, de la cuisine, et du ménage ! *(Elle comptait chacune de ses activités sur ses doigts comme pour leur donner plus de réalité.)* Vois, dit-elle en tendant sa main ouverte, compte et compare avec ce que tu fais toi, vas-y !

Penaude, Marie regrettait déjà d'avoir osé demander de l'aide. Elle tenta de s'expliquer.

— Ce que je voulais dire, c'est que je ne peux pas courir plus et quand j'ai du retard, certains clients commencent à râler, il ne faudrait pas qu'ils aillent voir chez les concurrents. Tu sais bien, c'est la hantise de papa.

— Laisse les concurrents, ce n'est pas ton affaire. Les contrats, c'est moi qui les passe et s'il faut quelqu'un de plus aux livraisons, je saurai le voir le moment venu. Tu es seule, pas de mari pas d'enfants, tu n'as aucune charge. Alors profite de ta chance et ne viens plus réclamer comme ces employés qui rechignent à tout bout de champ.

Marie ne se le fit pas dire deux fois. Elle regretta aussitôt ses paroles, se disant que sa mère avait raison et qu'elle n'aurait pas dû demander de l'aide. Elle repensa à toutes les fois où elle avait vu sa mère rentrer des livraisons pour courir à la cuisine sans même prendre le temps de souffler, servir leur père à table, manger debout à la va-vite et courir à nouveau sans attendre pour préparer les livraisons suivantes, tout en trouvant un moment pour étendre les lessives, repasser le linge et faire un peu de ménage. Elle eut honte et se jura de tenir le coup.

Ne jamais penser à soi, n'être qu'une force de travail au service de la seule chose qui vaille, l'affaire familiale. Telle avait été l'éducation de Marie et de ses frères, et avant eux, de leur mère et de leur père. Cette obsession venait d'un temps où il avait fallu survivre. Avant d'être une ville riche, Lourdes avait été une bourgade pauvre, et le souvenir des difficultés passées était toujours très vivace dans les familles.

— Puisque tu vas au Français, reprit Francine, dis à ton père de rappeler à Soubies qu'il n'a pas livré la farine et que si je ne l'ai pas en fin de journée, j'irai me fournir chez Carette.

Marie fila sans demander son reste.

À peine sa fille partie, Francine s'en voulut de l'avoir malmenée au lieu de l'encourager. Elle se sentait de plus en plus irritable et fatiguée. Elle alla se confier à Jeanine Junca qui lui conseilla de « lever un peu le pied ».

— Tu dois voir le docteur, tu as peut-être un manque de quelque chose, il te fera des analyses. Fais attention, tu n'as plus vingt ans et tu es toujours au turbin comme avant. Tu vas finir par y rester.

— Et toi, tu n'es pas au turbin peut-être ? Pourtant tu tiens le coup. Non, je sais ce que j'ai. Je sens que je me suis trompée avec Daniel. Il travaille c'est sûr, mais il faudrait embaucher davantage. C'est le moment, tout marche bien. Marie a besoin d'être aidée, seulement il ne veut pas entendre raison. Il compte le moindre sou pour économiser alors qu'il faut toujours investir surtout en ce moment.

— Mais l'affaire est encore à toi et à André non ? Alors prends ta décision.

Francine n'osa pas avouer à Jeanine que c'était devenu difficile, voire impossible. Elle n'avait plus voix au chapitre si facilement, à moins de se mettre son fils à dos, ce qui pour elle était hors de question. Elle se promit toutefois d'aller au plus vite voir le notaire avec André pour remettre certaines choses en ordre. Une idée lui traversa l'esprit.

— Au fait, tu vois encore Thérèse ? Elle vient toujours te donner un coup de main ?

— Non, répondit Jeanine, en saison c'est compliqué. Les travaux d'hiver, c'était simple, on travaillait et on bavardait. En pleine saison, tu connais le rythme. Mon homme en cuisine et moi en salle, on n'arrête pas. Thérèse n'était pas à l'aise en salle, ça n'était pas sa place. En plus, elle avait le cafard en voyant sa pension fermée et ses clients chez moi.

— Justement tu ne saurais pas par hasard ce qu'il en est de la pension ?

— Rien ne bouge, et ça ne m'arrange pas du tout cette affaire fermée juste en face de la mienne.

— Ils ne vont pas pouvoir la laisser comme ça pendant cent sept ans.

— Penses-tu, ils s'en fichent, Francis m'a promis de me tenir au courant s'il se passait quelque chose. Je vais lui redemander.

Au Café Français, il y avait un grand brouhaha, Marie eut beau fouiller la salle du regard, elle ne trouva pas son père, mais elle aperçut Paul. Visiblement quelque chose n'allait pas. Il était énervé et parlait à son père en faisant de grands gestes. Que pouvaient-ils se dire pour que ce soit aussi tendu ? Contrariée de ne pas avoir mis la main sur son père, la jeune fille sortit du Français. C'est alors que, de la place centrale ornée de la fontaine aux dauphins de pierre, elle découvrit son père, au centre d'un petit groupe. À sa grande surprise, il était au Café de la Poste. Qu'y faisait-il, lui qui ne jurait que par le Français ? À Lourdes en ces années-là, les deux cafés voisins n'étaient ni amis ni ennemis. Simplement de l'un à l'autre, on ne se fréquentait pas. Sauf aux grandes heures, lors de succès rugbystiques, le temps d'une fête collective, quand les barrières sociales disparaissaient comme par enchantement. Le Café Français était le plus vieil établissement de la ville et il avait eu son heure de gloire. De cette époque, il avait gardé un chic très XIXe siècle, banquettes de velours rouge, boiseries, cuivres et verres gravés. Parfaitement entretenu par la même famille lourdaise de père en fils, il n'avait pas bougé depuis des lustres. Juste à côté se tenait le Café de la Poste, luxueux et moderne établissement récemment créé. La clientèle des deux cafés n'était pas la même, les « hôteliers de la haute » allaient au Café de la Poste, plus moderne, et les autres, petits et moyens commerçants et hôteliers du boulevard et du haut de la ville allaient au Café Français. André Cassagne allait toujours au Français, avec les copains. Perplexe de le voir à celui de la Poste, Marie s'apprêtait à l'y rejoindre quand Paul sortit du Français en claquant rageusement la porte, immédiatement suivi par son père. Une nouvelle discussion s'engagea sur la place, houleuse. Visiblement Roger Dulac tentait de raisonner son fils qui le dépassait maintenant de deux bonnes têtes. Agglutinés derrière les vitres des deux cafés, les clients ne perdaient pas une miette de la scène quand, brusquement, Paul s'éloigna vers la rue de la Grotte. Le père Dulac se retrouva seul, bras ballants, défait. À en juger par les têtes consternées que faisaient d'un côté comme de l'autre les clients des deux cafés, du Français et de La Poste, il avait dû se passer quelque chose de grave. Marie grimpa au plus vite dans son estafette garée à proximité et se dépêcha de descendre la rue derrière Paul, c'était son chemin puisqu'elle devait livrer les hôtels du bas. Elle avait envie de le questionner sur ce qui venait de se passer, mais elle n'osa pas et se contenta de rouler lentement plusieurs mètres derrière lui. La foule des pèlerins qui encombrait la rue l'obligeait à rouler au pas. Paul marchait à vive allure et semblait très nerveux.

Il passa le pont et poursuivit en direction des grands hôtels. Qu'allait-il faire là-bas ? Elle eut un mauvais pressentiment. Il n'avait aucune raison d'aller vers ce quartier où elle ne l'avait jamais vu traîner. Et elle s'affola carrément quand elle le vit franchir les portes du Gallia-Londres avec la détermination d'un vieil habitué.

Qu'allait-il faire dans le palace d'Inès ! Une peur la gagna, mais elle se raisonna aussitôt, Paul ne connaissait pas Inès et on ne la croisait plus dans la ville. Elle avait disparu depuis longtemps. Tout comme Béatrice, elle était allée poursuivre des études dans un établissement privé de Bordeaux. Quant à Paul, il enchaînait les aventures féminines et, à force de le voir passer de l'une à l'autre de ses conquêtes, Marie s'était convaincue qu'il finirait par se lasser de ces aventures sans lendemain. La fameuse lettre qu'il aurait écrite à Inès au temps de la petite école lui revint en mémoire. Personne n'en avait jamais connu le fin mot. Paul n'avait jamais manifesté le moindre intérêt pour Inès, pas plus d'ailleurs que pour les filles de la « haute ». Il courait les fêtes de villages où elles n'allaient jamais.

Les contes de fées que Marie avait lus dans son enfance et les romans-photos de la grand-mère de Chantal, qu'elle lisait en cachette avec cette dernière, avaient façonné l'idée qu'elle se faisait des choses de l'amour. Un imaginaire en parfait décalage avec la jeune fille si pragmatique qu'elle semblait être. Jamais Marie n'avait eu le sentiment d'être aimée. Jamais elle n'avait connu la tendresse et la douceur de câlins maternels ou paternels, dans ces familles entièrement tournées vers le travail, ça ne se faisait pas d'embrasser ses enfants et de leur dire qu'on les aimait. Seul son frère cadet Fabien avait été proche d'elle, et elle avait bien des amies, mais ni l'amour fraternel ni l'amitié ne sont l'amour. Le vrai. Celui d'un garçon qui vous regarde comme si vous étiez unique, la plus précieuse du monde. Cet amour-là, elle ne l'avait encore jamais connu et elle n'en désirait qu'un seul, celui de Paul. Elle attendait le jour où il viendrait vers elle, car à force de le vouloir et de s'en convaincre, ce rêve était presque devenu une réalité tangible. Marie avait un cœur de midinette. Elle pensait à Paul et l'admirait en cachette aux entraînements, quand elle livrait les pains pour le club. Ce serait lui et aucun autre. Sa détermination était si grande qu'elle avait choisi de lui faire sa déclaration à une date précise, le jour de ses vingt ans.

Elle était encore perdue dans ses pensées quand Paul ressortit du Gallia, avec aux lèvres ce merveilleux sourire qu'elle aimait tant. Il alluma tranquillement une cigarette et elle soupira, rassurée. Il avait dû aller voir M. Francis pour leurs histoires de rugby. Mais curieusement au lieu de s'éloigner de l'hôtel et de reprendre son chemin, il restait là à fumer tranquillement, sa main gauche enfoncée dans la poche de son pantalon. Visiblement, il prenait son temps. Et s'il attendait quelqu'un ? Elle n'eut pas à s'interroger longtemps. Inès apparut, très élégante, un large sourire illuminant son visage. Avec sa magnifique robe Courrèges de forme trapèze rose vif et ses ballerines blanches, elle ressemblait à une gravure de mode moderne. Elle arborait les immenses lunettes de Nina Ricci qui faisaient fureur depuis que Jackie Kennedy les avait portées en une de *Paris Match*.

Dans le cœur de Marie, ce fut comme une déflagration, tout vola en éclats. Inès était revenue et Paul était avec elle. Comme dans un mauvais rêve, elle les vit s'engager d'un même pas dans la rue de la Grotte, marcher à l'amble, lui si beau et elle si élégante et si sûre d'elle. Elle était bien loin, la petite Inès Hollen, avec ses passes de velours marine et ses jupes plissées. Mince et longiligne, impeccable jusqu'au bout de ses ongles vernis et de sa coiffure lisse, elle était radieuse. Marie se recroquevilla sur son siège, terrifiée à l'idée qu'ils ne la découvrent. Mais ils passèrent sans la voir à moins d'un mètre de l'estafette mal garée d'où elle entendit leurs voix par la vitre restée ouverte. Leur complicité ne laissait aucun doute et leurs rires glacèrent le cœur de Marie. D'un coup, elle se sentit ordinaire, laide dans son pantalon bon marché et son chemisier de coton acheté au marché, avec ses mains aux ongles blanchis par la farine des pains et ses casiers de livraisons tassés dans la vieille estafette familiale qui grinçait et renâclait tant elle avait déjà trop servi.

Comme assommée elle ne bougeait pas, plus rien n'avait d'importance, ni les livraisons ni les voitures qui klaxonnaient parce qu'elle gênait le passage. Son cerveau ne pensait qu'à cette seule chose : Paul était avec Inès, Inès était avec Paul.

Un jeune chauffeur de bus passa la tête par la vitre ouverte de son estafette et la ramena à la réalité.

— Ben alors, qu'est-ce que tu fous là, Marie ? Tu bloques tout le carrefour. Je klaxonne à fond, t'entends rien ou quoi ?

Elle sursauta. C'était René Lacaze.

— Ça alors, fit-il stupéfait à la vue de son visage baigné de larmes, mais qu'est-ce qui t'arrive, il s'est passé quelque chose de grave ? Qu'est-ce qu'il y a, dis-moi, je peux t'aider ?

Elle s'empressa de faire tourner son moteur.

— Non, non, ne t'inquiète pas René, c'est rien, c'est rien, j'y vais. Pardon.

Et elle partit précipitamment, libérant le carrefour.

René connaissait bien la famille Cassagne, il passait souvent à la boulangerie. Marie lui plaisait. Elle était jolie et pas pimbêche pour un sou. Mais en dépit de ses efforts pour se faire remarquer, elle ne le voyait pas et il l'avait bien compris. Obstiné, il n'avait pas pour autant renoncé à la faire changer d'avis. La découvrir en larmes le bouleversa, il se demanda ce qui avait bien pu se passer pour la mettre dans un tel état. Persuadé que ce devait être grave, il se promit d'en savoir davantage et rejoignit son bus rempli d'Italiens qui commençait à s'impatienter. Entre-temps, la file des voitures et des bus chargés à ras bord s'était allongée et tout ce monde klaxonnait à qui mieux mieux. On ne s'entendait plus.

— *Pazienza*, cria-t-il en redémarrant son bus, *pazienza ! Arrivo, arrivo, va bene.*

Marie avait dégagé le carrefour, avant d'aller stationner dans une petite rue adjacente. Elle n'arrivait pas à reprendre ses esprits. Sa peine était trop grande. La beauté d'Inès l'avait sonnée. Elle mesurait à quel point elle était loin de pouvoir rivaliser avec elle. Autour de l'estafette, la foule allait et venait. On était au plein cœur du mois d'août. Dans les boutiques, les vendeuses ne savaient plus où donner de la tête, jonglant avec les langues en faisant preuve d'une virtuosité étonnante. Mais aujourd'hui Marie n'entendait rien d'autre que les rires complices de Paul et d'Inès.

Essuyant ses larmes d'un revers de manche, elle descendit de son estafette et alla trouver Josy qui travaillait près des sanctuaires. Elle voulait tout savoir. Hélas, elle dut patienter. Aux prises avec un groupe d'Écossais, Josy lui fit signe de l'attendre. Marie nota que pour son amie, tout allait de mal en pis. Boudinée dans un tablier de travail en coton épais bleu roi, elle avait encore plus d'embonpoint qu'avant et ses cheveux mal coupés et retenus sur le côté par une mauvaise barrette lui faisaient une tête ronde peu flatteuse. Marie savait que son amie n'allait pas bien. En dehors des heures de pointe où elle aidait en boutique, elle passait ses journées à la cave pour faire les rangements et le classement des stocks. Une cave exiguë dans laquelle il fallait répertorier tous les colis dès leur arrivée, avant de les ouvrir pour ranger leur contenu sur des étagères étroites et peu pratiques. Pas question de traîner, sinon la boutique était envahie de cartons et la patronne râlait. Dans sa précipitation, il arrivait à Josy de casser des objets, surtout les boules de neige qui glissaient facilement et salissaient tout en se brisant.

— Tu arrives au pire moment, qu'est-ce qu'il y a ?

— Je ne peux pas te le dire ici, tu as le temps de prendre un café ?

— J'ai ma pause dans une demi-heure. Rejoins-moi au Royal.

Pour patienter, Marie se dirigea machinalement vers les grilles des sanctuaires. Des bouquets de fleurs ronds et colorés y étaient accrochés par centaines. Fabriqués par les femmes du pays pour les pèlerins qui allaient ensuite les déposer au pied de la Vierge, ces bouquets, offerts par des milliers d'anonymes, faisaient autour des pieds de la Madone une impressionnante couronne de couleurs. Marie se décida à en acheter un, elle irait le déposer aux pieds de la Vierge couronnée.

Elle lui demanderait d'ouvrir les yeux de Paul, il ne connaissait pas Inès telle qu'elle était vraiment. Marie, quant à elle, avait découvert sa face noire, ce jour d'hiver où Béatrice aurait pu mourir. Elle n'avait jamais oublié cette scène. Paul se laissait prendre. Elle lui en voulait d'être aussi bête, de courir vers ce genre de fille, cette blondeur, ce chic des filles riches dont Inès était la représentante parfaite, y compris dans ce mépris qu'elle affichait en permanence. Comment ne le voyait-il pas ?

Au pied de la Vierge couronnée, des centaines d'inconnus priaient à genoux. Certains pleuraient sans chercher à se cacher, d'autres couvraient leurs visages de leurs mains jointes, on entendait des psalmodies, des reniflements. On se sentait étreint. Que voulaient ces inconnus ? Quelles étaient leurs peines ? Marie leva son regard vers la haute statue au visage immobile. La Sainte Vierge existait-elle ? Et Dieu ? Quand elle était au milieu de la foule en prière, Marie ne manquait jamais de se poser la question. Étaient-ils entendus ces croyants, trouvaient-ils un apaisement dans le recueillement ? À côté de Marie, le visage dissimulé derrière un voile sombre, une femme implorait, la voix chargée de sanglots. Quand elle semblait à court de mots, elle tirait un mouchoir de sa main gantée, soulevait légèrement sa mantille de dentelle noire et se mouchait. Puis elle reprenait sa supplique qu'elle répétait inlassablement : « Sainte Vierge, rendez-le-moi... » Soudain, le voile de la femme glissa et son visage apparut, bouffi de larmes. Marie ne pouvait y croire. C'était Mme Hollen. Lui revint alors en mémoire la scène surprise dans la galerie du Gallia-Londres. Inès soutenant sa mère en pleurs. Comment pouvait-on pleurer ainsi tout au long d'une vie ? Cette femme abîmée semblait ne plus exister qu'à travers ses larmes.

— On dit que son mari la trompe depuis toujours, qu'il a plein de maîtresses, lui expliqua Josy quand elles se retrouvèrent au café. Mais tu sais, les rumeurs... Alors, qu'est-ce que tu voulais me demander ?

Marie hésita. Elle n'avait plus envie de parler de Paul et de ressembler ne serait-ce qu'une seule seconde à cette femme toute en larmes et en plaintes.

— Je voulais juste te parler un peu, dit-elle, on ne se voit plus. Tu travailles tout le temps.

— Ah bon, c'est tout ! Pourtant ça avait l'air pressé. Enfin, de toute façon, ça tombe bien parce que moi j'ai des choses à te raconter.

Marie dressa l'oreille.

— Paul fait n'importe quoi.

— Il va se marier ?

Marie avait presque crié, c'était sorti de sa bouche sans même y réfléchir.

— Paul, se marier ? répéta Josy ahurie. Qui t'a mis une idée pareille en tête, tu n'y es pas du tout. C'est bien plus grave, il quitte le club ! C'est la crise entre mon père et lui.

Ce fut au tour de Marie de tomber des nues. Paul quitterait le club de rugby, le FCL, le club le plus titré de France et le plus prestigieux qui soit. Le club de sa vie !

— Ça alors, c'est une nouvelle ! Et… il va où ?

— Nulle part. Il arrête le rugby.

— Quoi ?

Comment imaginer que celui dont toute la vie se résumait à ce sport puisse arrêter d'un coup.

— Et tu sais pourquoi il arrête ?

— Non, enfin, peut-être…

Josy savait et ne voulait pas le dire.

— C'est à cause d'une fille ?

— D'une fille ! s'exclama Josy. Tu veux rire ou quoi ? Ce que je sais, c'est qu'il n'en peut plus des entraînements, il y passe ses journées. Ça a pris des proportions incroyables, il y est tous les jours, matin et soir.

— Tu es sûre ? Tu n'exagères pas un peu. Tu ne crois pas qu'il y a autre chose…

— Autre chose ? Qu'est-ce que tu veux dire ? fit Josy, intriguée par l'insistance de son amie.

— Je ne sais pas moi, d'autres… activités.

Ce terme neutre d'« activités » lui était venu spontanément, il laissait place à toutes les réponses possibles.

— Paul ne fait rien d'autre que du rugby, tout le monde le sait. Et moi ce qu'il m'a dit, c'est qu'ils l'en ont dégoûté à force de lui mettre la pression. Parce qu'il faut voir ce qu'il prend chaque fois que l'équipe perd, c'est toujours de sa faute. Le soir, il a la rengaine avec papa. Il en a marre. Il ne veut plus entendre parler d'entraînements ni de matchs. Ces derniers jours, il ne voyait pas d'issue. Alors d'un côté, je suis soulagée qu'il ait parlé.

Depuis que la pension familiale avait été vendue et que la mairie lui avait offert un poste à l'entretien de la ville, Paul Dulac s'entraînait sans discontinuer. Quand il binait les plates-bandes, les passants lui demandaient ce qu'il faisait là, et ils l'encourageaient à filer au stade. Le rugby était alors la grande affaire de Lourdes. Depuis plus de onze ans, le FLC tenait le haut du tableau national sans jamais faillir, et l'excellence de ses joueurs était reconnue au plus haut niveau du rugby mondial. Depuis le 18 avril 1948, date où le club avait battu Toulon en finale du championnat de France au stade des Ponts Jumeaux à Toulouse devant plus de 30 000 spectateurs, cette épopée glorieuse avait porté le club bigourdan au zénith. Huit fois champions de France, les joueurs lourdais avaient engrangé titres et records. Leurs noms étaient alors sur toutes les lèvres, et leurs supporters, exigeants, les suivaient à travers la France pour applaudir leurs exploits. La perfection et l'élégance de leur jeu d'attaque marqueraient durablement les esprits et les cœurs. Cependant, en ce début des années soixante, les victoires n'étaient plus aussi sûres. L'aura du club était toujours immense mais après le décès de son président, Antoine Béguere, et le départ de figures mythiques, des dissensions étaient apparues. Élevé au cœur d'un club hors normes, porté par une ville entière et un père qui avait cru en lui dès le jour de sa naissance, destiné à devenir le successeur des plus grands, Paul Dulac se retrouvait au sein des querelles des dirigeants. Après ses nombreux succès en cadet, il avait subi en senior des revers auxquels il n'était pas préparé. Pour les anciens du FCL, l'échec n'était pas envisageable et la nouvelle génération était montrée du doigt : « Ah ! Ce n'est pas Jean Prat qui aurait fait cette mauvaise passe, ni Estrade. » Les critiques pleuvaient à la moindre défaillance, et le moral de Paul avait fini par en être profondément atteint.

Comment succéder au « mythe » ? Après avoir vu évoluer quinze hommes dans une harmonie parfaite sur les plus grands stades et les avoir vus soulever les foules, difficile de devenir quelqu'un. Paul rêvait d'être applaudi, porté en triomphe comme les anciens. C'était du moins ce qu'on lui avait rabâché depuis toujours. À la place, il devait se contenter de recevoir, au mieux des encouragements et, au pire des sifflets et des regards sombres. L'espoir que le club remonte la pente grâce à lui était dans tous les esprits, mais lui ne pouvait plus supporter la pression. Il avait décidé de jeter l'éponge. Il voulait devenir moniteur de ski à la station de Barèges. Son contrat était signé. Pour son père et pour tous les Lourdais, cette démission était un coup de tonnerre. Marie comprenait soudain pourquoi son père était au Café de la Poste et pourquoi ils faisaient tous de drôles de têtes. Paul était le meilleur. Qu'il quitte le rugby pour aller pratiquer un « sport de vacanciers » était aux yeux de tous ces hommes une trahison et une hérésie. Ils étaient abattus.

— On ne comprend pas ce qu'il lui a pris, s'énerva André Cassagne le soir à la table familiale. D'un coup, monsieur s'en va. Comme ça sans prévenir. Tranquille comme s'il ne devait rien à personne. Roger est dans tous ses états et notre président, je ne vous dis pas.

— Il vous a dit pourquoi il arrête ? questionna Daniel intrigué.

— Non et on aimerait bien le savoir. À ce qu'il dit il n'en peut plus, il n'a plus la niaque !

— Voilà ce que c'est que d'avoir vendu la pension, glissa Francine, non sans arrière-pensées. Roger peut s'en mordre les doigts, Thérèse déprime et son fils fiche le camp ! Au moins avant, il était tenu à la pension et s'ils l'avaient encore, il serait resté. Il savait qu'il reprendrait l'affaire.

— Il va faire quoi alors, insista Daniel intrigué, parce qu'à part le rugby, je ne vois pas bien ce qu'il sait faire.

— Moniteur de ski ! À Barèges !

Daniel éclata de rire, soulevé de hoquets et il manqua même s'étouffer.

— Alors comme ça, dit-il, Paul vous a expliqué qu'il allait à Barèges parce qu'il n'avait plus la niaque, qu'il n'y croyait plus et patati et patata... C'est ça ?

— Oui, répondit son père agacé par ce ton moqueur. Tu aurais voulu qu'il dise quoi ?

— Que s'il n'a plus la niaque pour le rugby, il l'a toujours pour autre chose.

— Quoi ?

— Pour les filles pardi.

— Quelle découverte ! s'esclaffa André Cassagne en se recalant sur sa chaise. On le sait qu'il court les filles, ça change quoi ?

— Que cette fois, c'est la fille Hollen. Il passe tout son temps avec elle, ça fait des mois que ça dure.

Que Paul Dulac fréquente Inès Hollen ou une autre, André Cassagne ne voyait pas la différence.

— Être un coureur, ça ne l'a jamais empêché de faire du rugby.

— Oui papa, mais la fille Hollen, c'est une véritable Bordelaise maintenant, une fille à la mode. Pour elle, un skieur c'est plus chic qu'un rugbyman, tu comprends. Et comme par hasard, elle est toujours fourrée sur les pistes à Barèges, là où il va devenir moniteur. Tu as compris maintenant pourquoi il claque la porte ?

Marie ne les écoutait plus, ainsi l'histoire de Paul et Inès durait depuis des mois. Naïve qu'elle était, naïve Josy qui croyait que son frère était épuisé et qui le défendait alors qu'il les trahissait. Quelle désillusion !

— D'après ce que je sais, ajouta Daniel d'un air de deux airs, le mariage est dans l'air.

— Je n'y crois pas ! intervint Francine interloquée. Qu'est-ce que tu veux qu'il aille faire dans la famille Hollen, il n'a ni les manières ni l'argent.

— Avec sa belle gueule, il n'en a pas besoin. D'après les copains, c'est elle qui est venue le chercher et elle s'est donné du mal. Il n'était pas partant.

— Ça ne se fera pas. M. et Mme Hollen ne doivent pas être au courant.

— Justement, il paraît que si.

— Ça m'étonnerait. Ici, chez les grosses familles, on n'épouse que dans son milieu.

— Qu'est-ce que tu en sais ? Ils sont peut-être amoureux, et l'amour ça soulève des montagnes. La preuve, pour elle, il quitte le club. Elle a fini par l'avoir.

Daniel avait prononcé ces derniers mots avec une pointe de nostalgie. Son cynisme habituel avait disparu. Pensait-il à sa propre vie, lui qui n'avait plus le temps de courir avec ses copains et de séduire les filles. Francine se mit à craindre que la pression ne soit insupportable et qu'il finisse par lâcher l'affaire pour prendre un travail ailleurs, bien payé et moins contraignant. Il ne fallait pas laisser croire que Paul était au paradis.

— Il quitte le club pour elle, et elle fait quoi pour lui ? Rien. Il va tomber de haut, elle va le mener en bateau et elle le laissera tomber dès qu'elle aura trouvé le bon, celui de son milieu.

Marie avait quitté la table sans que personne ne s'en rende compte. Elle était montée dans sa chambre pour être seule. Elle enrageait, elle aurait voulu être indifférente, Paul était un imbécile, tant pis pour lui. Mais sa peine l'étouffait. Elle pensait à la robe rouge qu'elle s'était juré de porter le jour de ses vingt ans pour lui déclarer son amour et le conquérir. Ce jour était proche, dans un mois, et cette robe, elle l'avait choisie et achetée avec l'argent des paniers-repas. Elle l'avait découverte dans la plus belle boutique de Lourdes et, sur ce mannequin de vitrine, la sensualité de son rouge flamboyant l'avait éblouie. Elle n'avait pas osé entrer tout de suite, avait tergiversé, tourné les choses dans tous les sens et, finalement, une après-midi, elle avait poussé la porte, décidée à ne pas se laisser impressionner. La patronne l'avait regardée, intriguée, et une vendeuse s'était avancée vers elle.

— Vous désirez, mademoiselle ?

— Je voudrais essayer la robe que vous avez en vitrine.

— Laquelle, mademoiselle, celle à fleurs, le modèle vichy ou celle à pois bleu ?

— Non, je voudrais la rouge.

— La rouge ! Vous êtes sûre ?

— Oui, c'est ça. La rouge.

La vendeuse l'avait toisée et la patronne avait levé le nez de la revue qu'elle feuilletait.

— Eh bien mais... voyons... je crains que nous n'ayons pas votre taille, vous êtes un peu jeune pour ce modèle. Cette robe est destinée à des femmes plus... plus, enfin... *(Elle ne savait comment trouver les mots justes.)* Disons plus mûres que vous. Mais, je peux vous montrer autre chose.

Marie allait sur ses vingt ans, pourtant ses traits et son allure gardaient quelque chose de juvénile. Sans manches, décolletée, pincée dans le dos, sur les côtés et sous la poitrine, la robe rouge était destinée à des corps aux formes plus affirmées que celui de Marie. Elle était surtout inadaptée à son style habituel. Mais celle-ci ne voulait rien savoir et elle avait insisté.

— Je veux essayer celle-là !

Intriguée, la patronne avait levé le nez de sa revue et observait la scène. Elle connaissait ce visage, elle avait déjà vu cette jeune fille mais elle n'arrivait pas à mettre sur elle le nom d'une famille. Ce dont elle était sûre en revanche, c'est qu'elle ne faisait pas partie de sa clientèle habituelle. Perchée derrière son comptoir, elle était descendue de son siège et s'était avancée.

— Voyons, dit-elle d'un ton qui se voulait aimable mais qui en réalité était hautain, ma vendeuse a raison, ce modèle de robe vous vieillira. Il est près du corps, étudié pour une femme d'une trentaine d'années au moins. Et je suis sûre que vous n'avez pas encore vingt ans.

Il en aurait fallu bien davantage que cette femme avec ses grands airs et ses phrases alambiquées pour déstabiliser Marie et l'empêcher d'essayer cette robe, de l'acheter et de la porter. Car ce que cette femme ne savait pas, c'est que derrière cette robe, il y avait Paul.

— Je veux quand même l'essayer.

La patronne n'était pas prête à céder aussi vite.

— Je comprends que ce modèle vous attire mais cette robe coûte très cher. C'est même la plus chère de ma boutique.

— Le prix de votre robe est marqué en vitrine, avait-elle répondu posément. Je l'ai vu avant d'entrer chez vous.

La dame s'était contentée de hausser les épaules et de regagner dignement son comptoir.

— Vous savez, moi c'est pour vous que je disais ça. C'est mon rôle de conseiller les clientes qui se fourvoient.

Après quoi elle s'était replongée dans sa revue, non sans avoir au préalable demandé à sa vendeuse de faire « essayer la robe puisque tel était le caprice de mademoiselle qui verrait bien par elle-même ».

La cabine d'essayage était un ravissant petit boudoir garni d'un fauteuil capitonné de velours rose et d'un grand miroir encadré de bois doré. Un bouquet de roses pales était posé sur un petit guéridon. Dans ce lieu raffiné, Marie s'était sentie autre, plus femme, elle avait enlevé ses tennis et son pantalon de toile et passé la robe.

— Vous voulez que je vous aide pour la fermeture Éclair ? s'était impatientée la vendeuse qui sans attendre la réponse avait pointé son nez puis remonté la fermeture le long du dos de Marie. Devant la grande glace en pied au cœur de la boutique, Marie se tournait et se retournait, éblouie par ce reflet de femme, oubliant la présence des deux vendeuses qui l'observaient, consternées.

Marie avait quitté la boutique avec la robe dans un beau sac en papier glacé. La tête lui tournait, elle avait « fait une folie ». Pour la première fois de sa vie, elle s'était offert une vraie robe ! Pas une robe de chez Préchac, le vendeur du marché spécialisé dans les vêtements de travail qui faisait quelques pièces à la mode « pour la jeunesse et pour ne pas s'encroûter », comme il disait. Elle avançait, émue. Elle avait découvert l'incroyable différence qu'il existait entre passer un pantalon derrière deux bouts de rideaux dans le camion de Préchac, et enfiler une robe sublime dans le boudoir d'une boutique de luxe. À la sortie, on n'était plus la même femme. Cette découverte lui avait coûté tout l'argent gagné avec les paniers-repas, mais elle ne regrettait rien. Cette robe représentait le début d'autre chose. Elle avait osé la vouloir, elle s'était donné les moyens de se l'offrir avec son propre argent et elle avait tenu bon face à ces deux femmes qui avaient voulu lui faire croire qu'elle n'était pas pour elle. C'était une victoire sur elle-même, et sur les autres. Mais elle ne voulait surtout pas que sa mère le sache, Francine serait scandalisée par cette robe, et par son prix ! Elle avait caché sa robe sous son lit en se jurant de ne la mettre que le jour de son anniversaire, ce jour fameux où elle aurait le courage de déclarer son amour à Paul. Savoir que cette robe était dans sa chambre quand elle rentrait le soir, sale et épuisée comme un vulgaire torchon, la remplissait de bonheur. Cette robe, c'était une autre vie. Parfois elle l'enfilait avant de se coucher et elle imaginait la surprise de Paul. Mille fois elle avait tourné et retourné cette scène dans sa tête.

Et voilà qu'en une seconde la robe d'Inès, si moderne et si fraîche, avait jeté sur sa robe rouge un voile poussiéreux. La vendeuse et la patronne avaient vu juste, c'était une robe de « vieille », trop sensuelle, déplacée. Alors, dans le silence de sa chambre, Marie se mit à pleurer ! Les larmes glissèrent le long de son visage, puis de son cou, elles venaient d'un lointain pays intérieur où elles s'étaient accumulées, n'attendant que la peine de trop pour déborder sans fin. Sans jamais en parler à quiconque, à peine à elle-même, elle avait trop aimé Paul, elle l'avait trop espéré, trop attendu. Elle avait rêvé les choses au lieu de les vivre. Le vieux dessin fané de la tapisserie sur le mur, le parquet noirci par les ans, la descente de lit, son quotidien lui apparut dans sa terne réalité. Inès vivait dans la beauté des choses et des lieux. Elle foulait les tapis épais et le marbre, buvait du thé dans des tasses de porcelaine fine, elle vivait à Bordeaux avec des filles de son temps qui couraient les boutiques et faisaient des études. Tout autour d'elle renvoyait à la modernité, au luxe et à la beauté. Elle en était irradiée. Comment lutter ?

Marie pleura longtemps. Elle se vida de toute cette tristesse retenue au fil des années où elle avait aimé Paul sans retour. Quand elle leva les yeux, la glace de son armoire lui renvoya l'image de son visage rougi, de ses yeux gonflés. Un visage semblable à celui de Mme Hollen. Horrifiée, elle sécha ses larmes et attrapa la robe rouge. Loin de la luxueuse vitrine, posée à plat sur la cretonne ordinaire de son lit, elle paraissait vulgaire. Dégrisée, elle prit conscience de l'effet qu'aurait pu produire son apparition dans cette robe devant Paul. Comment avait-elle pu imaginer faire une chose aussi ridicule ?

Inès serait toujours la plus chic, la plus désirable aussi, tant il était vrai que la richesse embellissait. Sa vie à Bordeaux lui avait donné des attitudes citadines, avait conforté son aisance. Marie n'avait jamais fait que travailler, et les gestes du travail n'étaient ni gracieux ni insouciants. Elle était une travailleuse, elle ne serait jamais une héritière. Déterminée à en finir avec les larmes et les illusions, elle prit la robe rouge, alla dans la salle de bains et fit craquer une allumette. La robe s'enflamma. Quand il n'y eut plus au fond de la baignoire qu'un tas de cendres grises, elle ouvrit le robinet. Les cendres tourbillonnèrent puis disparurent vers les égouts, emportant avec elles une émouvante naïveté que Marie ne retrouverait plus jamais.

La nuit s'étendait sur la ville et la rumeur des chants du soir montait jusqu'à sa fenêtre. Dans le ciel, luisait l'étoile du Berger que de lointaines civilisations du Mexique vénéraient sous l'imprononçable nom de « Tlahuizcalpantecuhtli ». Pour ces peuples disparus, cette étoile était le cœur réchappé des cendres d'une divinité qui s'était immolée par le feu. Marie la regarda fixement, les yeux secs. Ce soir elle ne croyait plus aux étoiles.

Paul épousa Inès au printemps suivant. Le mariage eut lieu au grand hôtel du Palais de Biarritz dans la plus grande intimité, juste quelques invités triés sur le volet par la famille Hollen. Aucun ami de Paul, aucun membre de sa famille ne se déplaça. Il quitta de ce fait tout ce qui avait été son univers jusqu'alors. Sans chercher à comprendre ce qui avait pu faire changer aussi radicalement un garçon que tout le monde aimait, on se hâta de l'envoyer au néant. Il ne pouvait y avoir d'intermédiaire pour ceux qui se sentirent trahis. Marie s'occupa de Josy que la nouvelle avait brisée. Elle n'avait rien deviné de cette liaison, il ne la lui avait révélée que peu de temps avant le mariage. Elle fut la seule personne à laquelle il essaya de parler, mais elle se jeta sur lui comme une furie. Il n'arriva pas à la raisonner. Alors il s'en alla.

Josy crut qu'il reviendrait, mais il ne revint pas. Elle passa plusieurs jours sans manger, elle dépérissait. Petit à petit, Marie la ramena à la raison. Il devint dès lors impossible de parler de Paul avec elle et la violence de son sentiment prit des proportions inquiétantes. Sa haine pour Inès revint à la surface, démultipliée, la rendant responsable de tout. Marie pensait que le temps atténuerait le ressentiment de Josy, qu'il lui permettrait d'oublier. Et effectivement, les mois passant, le travail absorbant tout leur temps et toute leur énergie, il n'en fut plus question. Josy semblait guérie. S'autorisant enfin à penser à elle, Marie s'aperçut que sa peine et son immense déception s'étaient également apaisées. Elle en fut soulagée. Paul maintenant, c'était du passé.

M. Francis n'avait plus revu M. Maillard, après avoir refusé sa proposition plusieurs années de suite. Sa femme lui avait remis les pendules à l'heure quand il lui avait exposé la chose.

— Pars si tu veux. Moi, je ne bouge pas !

Le ton était sans appel. Il était donc resté.

Et puis, un matin, flanqué d'une femme, de deux enfants et d'une vieille dame, M. Maillard fit son entrée dans le grand hall du Gallia.

— Quel plaisir, s'exclama M. Francis, très professionnel, en s'avançant vers lui avec un large sourire. Vous nous avez manqué.

M. Maillard fit ses civilités, présenta sa famille, puis il prit M. Francis à part et alla droit au but.

— Mon directoire jette l'éponge. Lourdes ne fait plus partie de nos objectifs.

— Je vous l'avais bien dit que ce n'était pas pour vous.

M. Maillard lui avoua qu'acheter s'était avéré un parcours du combattant comme il n'en avait jamais connu. Trop de petites structures, trop familiales, tenues par trop de femmes qui ne voyaient pas les choses en grand et restaient obstinément décidées à garder leurs petites affaires. Le patron du groupe avait tranché.

— On abandonne. Même si on finissait par arriver à s'implanter, on ne saurait pas faire.

Selon lui, les femmes avaient imprimé leur marque sur l'hôtellerie lourdaise. Celle de mères habituées à tenir les maisons et à mettre le couvert, à cuisiner comme en famille. Elles avaient développé des liens étroits avec les pèlerins mais aussi avec les fournisseurs des environs et ces liens comptaient. M. Maillard avoua que son groupe avait commandé une étude et le résultat était sans appel. Les pèlerins et touristes tenaient à cette hôtellerie familiale. L'accueil à l'ancienne, les patronnes devenues des amies auxquelles on peut se confier sans crainte et qui ne s'émeuvent pas de donner un coup de main pour laver un mari devenu impotent ou un enfant handicapé, toutes ces difficultés qu'il fallait partager, comprendre, ces gens en souffrance... M. Maillard avoua que tout cela n'était pas compatible avec leur business. Ils travaillaient avec des protocoles, des concepts de vacances identiques pour tous, des buffets chargés de nourriture standardisée et des piscines bordées de transats impeccablement alignés. Pas question d'improviser au jour le jour en s'adaptant à des familles, des malades, et des handicapés. Ils avaient décidé de se recentrer sur ce qu'ils savaient faire et qui selon eux allait connaître une explosion sans précédent. De gigantesques constructions standardisées pour des armadas de touristes dans des paradis de lagons bleus.

— Mais alors, ne put s'empêcher de demander M. Francis, que faites-vous ici ?

— On revend.

— Et vous êtes venu pour ça ? s'exclama le concierge, sidéré qu'on fasse le déplacement pour la mise en vente d'une petite pension, dont le premier agent immobilier pouvait se charger.

Maillard lui chuchota à l'oreille qu'il profitait de l'occasion pour faire venir sa femme, leurs deux fils, et sa propre mère aux frais de la princesse.

— Vous savez, moi, ajouta-t-il, j'y crois pas du tout à ces histoires d'apparitions, mais ça leur fait tellement plaisir.

M. Francis esquissa un sourire complice avant de passer derrière le comptoir.

— Tenez, dit-il en tendant les clefs, je vous donne les chambres avec vue sur le parc, face aux sanctuaires. Le soir, madame votre mère pourra assister à la procession de son balcon.

M. Maillard venait juste de disparaître dans l'ascenseur avec toute sa tribu quand Inès arriva, vêtue d'une robe Cardin couture jaune vif aux lignes épurées.

— Votre amie Béatrice a téléphoné, la prévint M. Francis, c'est au moins la troisième fois qu'elle tente de vous avoir. Elle insiste pour avoir votre réponse pour le séjour à Biarritz avec votre mari. Que dois-je lui répondre ?

— Je ne sais pas encore, je la rappellerai, répondit Inès tout en dénouant son carré Hermès, un modèle Zéphyr jaune assorti à sa robe. Mais dites-moi Francis, le monsieur qui était avec vous à l'instant, il me semble le reconnaître.

— C'est lui qui a acheté la pension Dulac.

Elle fit une étrange grimace.

— Ah c'est ça, j'avais dû le croiser dans l'hôtel à l'époque.

— Vous avez une sacrée mémoire, s'étonna M. Francis.

— Oui, j'étais jeune, je ne sais plus.

Elle devait le connaître plus qu'elle ne semblait vouloir l'avouer. Dans sa réponse quelque chose sonnait faux. Le soir même, M. Francis aborda M. Maillard sous un prétexte quelconque et lui glissa au passage que Mlle Inès le saluait.

— Elle se souvient donc de moi, fit ce dernier, c'est gentil de sa part.

— Oui, et je vous avoue que cela m'a étonné, souligna non sans arrière-pensée M. Francis. Ce n'est pas dans ses habitudes de s'intéresser aux clients.

M. Maillard s'approcha avec un air mystérieux.

— C'était elle mon indicateur pour la pension Dulac. Elle était jeune mais très bien informée et elle était venue me trouver spontanément. À l'époque, ça m'avait frappé, mais bon, tout ça reste entre nous.

Tout en l'assurant de sa totale discrétion, M. Francis accusait le coup. Il n'en revenait pas. Comme tout le monde, il s'était intéressé aux difficultés de la famille Dulac et s'était souvent demandé qui avait pu guider Maillard vers leur pension. Or, voilà que des années après, il avait la réponse. Il se remémora la scène violente des rameaux. Était-ce par vengeance qu'Inès avait informé l'homme d'affaires ? Aussi légère et incroyable que paraisse l'explication, il n'en voyait pas d'autre et il était soufflé que la gamine qu'elle était à l'époque ait pu faire preuve d'un tel cynisme et d'un pareil aplomb.

L'été passa comme par enchantement. Les pèlerinages se succédèrent sans interruption. Et puis, un matin, la lumière déclina légèrement et à nouveau les feuilles roussirent dans les jardins et dans les parcs. L'automne revenait et avec lui le dernier grand pèlerinage. Peut-être le plus cher au cœur des Lourdais. Les pèlerins arrivaient de toutes les provinces françaises avec les bannières de leurs villes ou de leurs paroisses, Bretons, Corses, Occitans, Picards, Ch'tis, Alsaciens, Provençaux, chaque année plus nombreux. La ville ressemblait à une immense caravane en perpétuel mouvement. À la boulangerie Cassagne, c'était la cohue. Les coups de feu stimulaient Francine, elle avait beau râler, dire qu'il fallait toujours courir, elle aimait ça. Mais cette fin de saison fut particulièrement éprouvante pour ses nerfs, ils étaient débordés et elle dut faire face à un assaut de suppliques qui la laissèrent exsangue.

— Attention, lui dit Jeanine Junca. Tu vas finir par y rester. Laisse un peu tes employés faire le travail, ils en sont capables, tu veux tout contrôler.

Francine n'était pas dupe, Jeanine avait dû avoir des échos des uns et des autres. Les employés se plaignaient qu'elle leur tenait la bride et les empêchait de faire le travail en étant toujours derrière eux. Elle savait bien qu'avec sa surveillance permanente elle dérangeait et qu'ils auraient bien aimé la voir moins souvent à la boulangerie.

— À l'âge que j'ai, on ne va pas me changer. Mais…

Un client lui avait glissé une information le matin même et une idée commençait à germer dans son esprit.

— Dis-moi Jeanine, j'ai entendu dire que la pension Dulac serait en vente, tu es au courant ?

— D'où tu sors ça.

— Essaie de savoir au plus vite.

— Pourquoi, elle t'intéresse ?

— Ce serait pour Marie. Avec Daniel, ça ne se passe pas très bien.

— Ton Daniel, il exagère, lâcha alors Jeanine. Tiens, je ne voulais pas t'en parler mais le jeune René, le fils Lacaze, figure-toi qu'il l'a vu rabrouer Marie plusieurs fois et une fois il a même trouvé ta fille en larmes dans l'estafette. Il paraît qu'elle bloquait toute la rue. René a su par un de tes employés que Daniel la houspillait tout le temps.

Francine haussa les épaules, contrariée.

— Si on écoute tout ce que disent les uns et les autres.

Mais elle devait bien se rendre à l'évidence, son fils la débordait et elle n'avait pas la force de le recadrer en permanence. Elle lui reconnaissait du courage mais il était trop autoritaire et trop près de ses sous, avide de faire du chiffre à tout prix.

— J'ai fait une erreur en mettant Marie avec lui, avoua-t-elle à Jeanine, et je veux l'aider à en sortir. Elle rêve d'un hôtel, la pension pourrait lui mettre le pied à l'étrier sans trop de difficultés, du coup elle serait indépendante. Mais ne dis rien à personne. Je n'en ai pas encore parlé à André. Ça va surtout dépendre du prix.

— Je serais bien contente que ça se fasse, renchérit Jeanine qui pensait aussi à son propre intérêt. Cette pension fermée juste en face de la mienne, c'est mauvais pour mes affaires. Je vois Francis et je te tiens au courant.

Jeanine partie, Francine dut s'asseoir derrière son comptoir pour ne pas tomber, elle ne se sentait pas bien. Elle continua malgré tout le travail comme si de rien n'était.

Réfugiée dans l'embrasure des hautes fenêtres du Gallia, Inès regardait la pluie tomber sur la ville. Paul avait disparu depuis le matin et elle l'attendait. Cela lui arrivait souvent. Dans la rue en contrebas, des pèlerins se pressaient sous des parapluies de couleur cependant qu'au loin dans les sanctuaires de pâles fantômes enveloppés de capes de plastique malmenées par le vent tentaient stoïquement de se maintenir dans la file de la procession. L'orage avait éclaté d'un coup, comme ça arrivait parfois dans ce pays imprévisible. Dans un ciel encombré de nuages lourds, il y avait eu un grondement et la procession venait à peine de commencer quand le tonnerre se répercuta dans le moindre recoin de la ville bâtie sur la roche de granit, pénétrant jusque dans les salons des hôtels où les miroirs et les pampilles des lustres s'étaient mis à vibrer. Effrayés, les pèlerins s'étaient hâtés de rejoindre un abri et les clients des cafés, inquiets, avaient reposé les verres et les tasses. Un silence s'ensuivit, tous attendaient. Alors l'orage avait libéré des eaux torrentielles. Des trombes d'eau, une pluie drue et serrée qui semblait ne jamais finir. La foule en panique cherchait à se réfugier au plus vite dans la première boutique, le premier café, à s'engouffrer dans le premier hall d'hôtel venu. Du haut de ses fenêtres, Inès regardait les gens courir, paniqués. Elle aimait ces orages violents, elle les espérait chaque fois plus forts qu'ils n'étaient et elle aurait voulu qu'ils emportent tout, les pèlerins et l'esplanade, les églises et les rues. Elle aurait voulu qu'une eau dévastatrice envahisse la ville, déborde dans les maisons et les hôtels comme dans le déluge des temps anciens, et qu'il ne reste plus rien. Pas même les murs de son grand hôtel qui ne l'avaient jamais protégée de rien. La vision de monsieur le doyen sortant de la chambre mystérieuse du grenier avec un jeune garçon de la chorale ne s'effaçait pas. Il ne venait plus depuis longtemps, il était trop vieux, mais elle n'avait jamais pu oublier son visage qui se tordait en un affreux rictus quand il s'approchait d'elle et qu'il la caressait. Elle n'avait jamais rien dit, jamais pu en parler, sa maman n'aurait pas entendu. Quant à son père...

Dans le paysage détrempé, les arbres du parc paraissaient plus sombres. Plus grands aussi. La pluie tombait toujours lorsqu'un employé se précipita pour ouvrir le portail. Elle reconnut la voiture de Paul et son cœur se mit à battre plus fort. Il s'engagea sur la longue allée de gravier blanc et se gara en contrebas sous les arbres. Où son mari avait-il bien pu aller pour revenir avec sa voiture maculée de terre et couverte de feuilles déchiquetées. La portière s'ouvrit et il sortit sans se presser, comme si la pluie sur lui n'avait pas d'importance. Elle ne pouvait détacher son regard de cet homme qui l'obsédait. Depuis qu'elle avait passé ses doigts dans l'épaisseur de sa chevelure et goûté à l'infinie douceur de l'amour dans ses bras, depuis qu'il était son mari, qu'il vivait près d'elle et qu'elle l'observait, elle ne pouvait plus se passer de ce sourire joueur accroché en permanence au coin de ses lèvres.

Il avait allumé une cigarette qu'il fumait tranquillement, adossé à sa voiture, comme s'il était naturel de rester là, à fumer sous la pluie. Il était trempé, mais ne semblait aucunement pressé de se mettre à l'abri. Elle le regardait, fascinée, la fumée de sa cigarette montait vers la cime des grands arbres.

Brusquement, comme s'il avait eu un pressentiment, il leva la tête et elle eut juste le temps de se reculer. Elle ne voulait à aucun prix qu'il comprenne qu'elle l'attendait. Elle était prise au piège qu'elle lui avait tendu, elle ne pouvait plus se passer de ce garçon mal fringué et rustique qu'elle avait épousé dans une sorte d'indifférence et qui était devenu cet homme dont le moindre des gestes la faisait chavirer. Elle l'avait pris comme on fait un caprice, et s'était juré de le faire plier. Ça n'avait pas été facile, elle avait tenté des approches, rusé pour le rencontrer par hasard mais il avait résisté, visiblement indifférent. Alors puisqu'il ne lui ouvrait pas sa porte, elle avait décidé de risquer le tout pour le tout. C'était un jour à la sortie de son club d'entraînement, il était entouré de copains mais ça ne l'avait pas retenue. Pour avoir ce qu'elle désirait, Inès n'avait pas peur des coups d'éclat. Elle était allée vers lui et avant qu'il ait le temps de comprendre ce qui se passait, elle l'avait embrassé. Il aurait pu la repousser devant les autres, l'insulter, pourtant elle n'avait pas hésité. Elle se souvient encore de leur sidération à tous. Ils étaient restés bras ballants et lui comme eux, stupéfaits. Mais il s'était laissé faire et son baiser était devenu leur baiser, il n'en finissait plus. C'est comme ça que leur histoire avait commencé, sous la contrainte de son désir tenace. Après, puisqu'il avait cédé à ses avances, elle avait cru pouvoir le façonner à sa guise. Elle avait payé les vêtements, les coiffeurs, la voiture, là aussi il s'était laissé faire. Rapidement, elle avait compris que malgré ses efforts, sous la panoplie de l'homme élégant qu'il était devenu, battait le cœur du garçon d'avant. Et sans qu'il ne fasse rien de spécial, au fil des jours, elle avait senti le poison de la dépendance s'insinuer en elle. Le même que celui qui rongeait sa mère depuis tant d'années. Horrifiée, elle en avait vomi, ne comprenant pas comment elle avait pu se retrouver dans le même piège, la même affreuse attente et le même désir. Elle s'en défendait, usait de toute sa volonté. Mais il suffisait qu'il apparaisse pour que ses défenses soient anéanties. Elle n'en montrait rien, mais quand il s'absentait, une heure, une après-midi, une journée, elle l'attendait. Et quand il était là, elle l'observait à la dérobée, sa voix basse nouait le creux de son ventre. Il nasillait très légèrement en fin de phrase, avec l'air de s'en fiche pas mal.

Qui était vraiment son mari ? Qui était Paul Dulac ? En changeant de milieu, il avait acquis un charme indéfinissable. Il allait avec aisance, conscient de l'attraction qu'il provoquait, mais une gravité nouvelle barrait son front. Les femmes rêvaient de le guérir de ce vague à l'âme, et leurs maris se demandaient ce qui pouvait bien soucier un homme qui avait tant de choses pour lui.

Paul avait toujours été aimé, adulé même, par son père, sa sœur, le club, les copains, les entraîneurs, les filles. On voulait toujours plus de lui, plus d'amour, plus d'essais, plus de victoires. Il cherchait autre chose. En quittant sa vie d'avant, il était devenu quelqu'un d'autre, mais sans bien savoir qui. Dans l'intimité des Hollen, ses illusions sur un monde qu'il avait imaginé plus raffiné et plus ouvert s'étaient vite évanouies. En épousant Inès, il avait cru aller vers des routes nouvelles, mais elles ne le menaient nulle part. Il avait juste changé de décor. Il aurait voulu aimer sa femme, mais elle ne le lui avait pas permis, marquant dans leurs moments d'intimité une distance qu'il ne s'expliquait pas. Pourquoi était-elle venue un jour l'attendre à la sortie du stade en fin d'entraînement pour se jeter dans ses bras et pourquoi l'avait-elle voulu très fort jusqu'à le demander elle-même en mariage, si c'était pour garder ensuite cette froide distance. Le bonheur qu'Inès tenait à afficher à l'extérieur s'effaçait dans l'intimité, elle le tenait à distance. Au début, il avait été malheureux et au bout d'une année, déstabilisé par ces incohérences, il avait tenté de lui parler. Mais elle s'était moquée de ce qu'elle avait appelé avec mépris des « états d'âme de jeune fille ». Piqué au vif, il avait répliqué sans réfléchir, froidement.

— Tu as raison, je ne me reconnais plus. Notre mariage ne te convient pas mais à moi non plus. Alors je pars.

Et il était parti immédiatement avec quelques affaires prises à la va-vite. Il l'avait laissée là, suffoquée, incrédule, bras ballants. Il était allé chez son ami Nicolas, mais le soir même elle l'avait retrouvé. Elle était métamorphosée. Tremblante, en larmes, elle le suppliait en suffoquant.

— Reviens, pardonne-moi, je vais changer je te promets, mais ne me laisse pas, sans toi je meurs, tu le sais, je ne peux plus vivre, ne me laisse pas.

C'était excessif et il ne savait plus s'il en était ému ou gêné. Mais il ne l'avait jamais vue dans cet état et une chose était certaine, elle était sincère, il le sentait. Touché par son désarroi, il avait accepté de revenir, bien que sans enthousiasme. La nuit qui avait suivi, le sentant sur la réserve, elle s'était blottie contre lui. Enfin, elle avait parlé d'elle, de son enfance, de son père pour lequel elle n'existait pas, de sa mère toujours déprimée. Elle n'était pas allée plus loin, mais il avait senti qu'elle taisait sans doute des secrets plus importants encore. Il n'insista pas. Il pensa que leur vie allait prendre un autre tournant, plus confiant, et qu'au fil du temps Inès se confierait. Il se trompait. Dès le lendemain, elle reprit son attitude lointaine. C'était incompréhensible, mais il avait la certitude qu'elle ne supporterait pas son départ. Il pressentait même qu'elle pourrait en mourir, comme elle l'avait prédit. Alors, à défaut de trancher, il avait décidé de s'accommoder de la situation, et son naturel ne le portant pas à cultiver la souffrance, il avait profité pleinement des agréments de sa nouvelle existence. Il avait de l'argent, une belle voiture, un confort luxueux, des semaines entières à la neige ou sur la côte à Biarritz, et le plaisir de continuer à séduire. Depuis qu'il agissait ainsi il avait remarqué un changement dans l'attitude de sa femme. Elle l'observait. Il s'en était aperçu un soir lors d'une réception organisée dans le grand salon qui accueillait l'ordre de Malte. Alors que tout le monde se pressait autour du buffet, il avait surpris dans le reflet d'une glace son regard posé sur lui et il en était sûr, c'était un regard amoureux. Une autre fois, elle s'était abandonnée entre ses bras, et l'intensité des paroles qu'elle avait prononcées l'avait laissé à bout de souffle. Il voulait comprendre et n'y arrivait pas. Parfois ses copains, le rugby, ses parents et sa sœur lui manquaient, une douleur le dévorait. Il savait que s'il les revoyait, il n'aurait pas la force de leur parler. Alors pour penser à autre chose, il montait dans sa voiture et il s'en allait rouler pendant des heures.

Ce jour-là, il était parti vers les landes désertes. Il aimait la puissance des vents sur ces terres sauvages qui le lavaient de tout. De cet amour qui n'en était pas un, de ses conquêtes de passage qui le laissaient indifférent, de ceux qui avaient adulé le joueur qu'il avait été jusqu'à l'étouffer, de la vie qui passait désormais, sans but. Et après comme toujours il rentrait. Où aurait-il pu aller ? Après s'être garé dans le parc, il avait allumé une cigarette machinalement, malgré la pluie, pour rester encore au grand air avec du vent plein la tête. Il tirait des bouffées de gitane et laissait ses pensées vagabonder. En relevant la tête, il avait eu le temps d'apercevoir Inès derrière les fenêtres de l'hôtel. Elle l'observait. Que voulait-elle ? Cette question le rongeait et l'argent avait beau lui procurer de grandes libertés, il se rendait bien compte qu'il perdait sa joie de vivre, un étau se refermait sur lui. Son univers s'était rétréci. Les dîners avec ses beaux-parents étaient rares, son beau-père les fuyait. En dehors des politesses d'usage, ils n'avaient jamais eu l'occasion de se parler vraiment. Il ne connaissait pas davantage sa belle-mère, elle n'était jamais en état, toujours plongée dans ses affres. Ces quatre personnes qui vivaient sous le même toit se sentaient finalement aussi étrangères et lointaines que si elles avaient vécu aux quatre coins du monde. Paul n'envisageait pas de passer toute sa vie ainsi mais il ne savait pas non plus quelle existence lui conviendrait. Une dangereuse mélancolie s'emparait de lui.

La pluie avait cessé sans qu'il s'en aperçoive. Il frissonna, rejeta d'un mouvement nerveux la mèche de cheveux qui était retombée sur son front, écrasa son mégot du bout de son mocassin et, comme toujours après ses vaines escapades, il revint au Gallia-Londres.

— La pension n'est plus à vendre.

Jeanine crut avoir mal entendu.

— Mais ce n'est pas possible, bafouilla-t-elle, pourquoi ?

M. Francis haussa les épaules, il était désolé. Maillard ne lui en avait pas dit plus. Il aurait bien voulu annoncer une bonne nouvelle, mais il n'y pouvait rien, lui non plus ne comprenait pas cette volte-face.

— Peut-être qu'ils la gardent encore, tout simplement.

— Mais ce n'est pas possible.

Jeanine en bégayait, incrédule. Les volets resteraient fermés comme un tombeau devant sa porte. Elle ne pouvait plus le supporter.

— Il faut le rappeler, insista-t-elle avec des vibratos dans la voix, il faut savoir.

M. Francis lui promit, sans grande conviction, d'essayer de se renseigner à nouveau.

Francine aussi fut très désappointée, elle avait placé beaucoup d'espoirs dans le rachat de cette pension. Le sort de sa fille aurait été bien différent si l'affaire s'était conclue. Il fallait oublier. Le soir, à la table familiale, elle bavarda de choses et d'autres. Elle ressentait une intense fatigue qu'elle attribua à sa déception du matin. Elle monta se coucher.

Au même moment, M. Francis tournait et retournait cet étrange revirement du groupe hôtelier dans sa tête. Sa curiosité était aiguisée. Malgré l'heure tardive, il se décida à faire une sérieuse entorse à sa discrétion professionnelle. Il appela Maillard sur sa ligne privée. Par le passé, ce dernier lui avait téléphoné souvent à des heures avancées pour obtenir divers renseignements. De son point de vue, M. Francis pouvait se permettre la même liberté. Il ne s'attendait guère à l'accueil que l'homme d'affaires lui réserva.

— Vous téléphonez chez moi à cette heure tardive pour savoir si nous gardons la pension ou si nous l'avons vendue ? Et vous voudriez savoir qui l'a achetée ? J'ignore quel intérêt personnel vous pousse à cet écart, mais je suis consterné !

M. Francis accusa le coup.

— Je n'ai aucun intérêt personnel, s'empressa-t-il de rectifier, c'est simplement pour une amie lourdaise…

— Dites-lui que la pension est vendue. Et que je n'en dirai pas davantage.

Le ton avait changé et M. Francis s'excusa du mieux qu'il put. Dans son for intérieur, il regrettait cette démarche qui l'avait mis dans une position gênante. Mais il en voulait encore plus à Maillard de le traiter de la sorte. Que se passait-il avec cette pension pour que Maillard adopte un ton si peu courtois ?

Comme tout le monde, M. Francis apprit la mort de Francine le lendemain. Elle avait eu un arrêt cardiaque. Cette mort subite plongea André dans une profonde détresse. Sa femme avait toujours été là, il ne comprenait pas comment elle avait pu partir si vite, si près de lui, et sans qu'il s'en aperçoive. Accablé par cet abandon, il pleura sur lui-même.

À l'enterrement, il pleuvait dru sur les nombreux Lourdais réunis pour cet adieu. Au côté de ses frères et de son père, Marie recevait les hommages d'amis et de connaissances qui se bousculaient, encombrés d'imperméables et de parapluies. Ayant baissé sa capuche pour se protéger, elle ne prêtait plus attention ni aux uns ni aux autres, quand elle sentit une main serrer la sienne plus fort et plus longtemps. Elle releva le bout de sa capuche et découvrit René Lacaze. La pluie ruisselait sur son visage. Il souriait gentiment.

— Si tu as besoin de quoi que ce soit Marie, je suis là. Je serai toujours là pour toi, n'hésite pas.

Il le dit d'une telle façon qu'elle entendit un message personnel, plus profond et elle en fut touchée. Elle se sentait si seule.

Les mois qui suivirent furent particulièrement difficiles pour elle. Son père abandonna complètement la boulangerie aux mains de Daniel, comme si après le départ de sa femme, plus rien ne comptait. Daniel devenait de plus en plus irascible, certainement dépassé par l'absence de sa mère et le vide immense que ce bourreau de travail laissait derrière elle. Marie lui avait bien proposé son aide, mais il avait été très clair, il ne voulait pas lui confier plus de responsabilités et il avait préféré embaucher une caissière. C'était une impasse. Marie comprit qu'elle n'évoluerait jamais. Il ne le lui permettrait pas. Ces dernières années, elle s'était entièrement donnée au travail et la seule chose qu'elle avait réussi à obtenir de lui, c'était d'être déclarée. Mais en échange, il lui avait demandé de contribuer aux frais de la maison familiale puisqu'elle logeait dans une chambre. Comme elle ne gagnait pas plus, elle n'économisait rien. L'argent des paniers-repas qu'elle mettait de côté avant passait entièrement dans la participation. Contrarié par sa volonté tenace d'être déclarée, son frère ne lui avait pas fait de cadeau. Cette situation nouvelle avait eu le mérite de lui faire prendre conscience de la nécessité de quitter la boulangerie pour suivre son propre chemin. Mais elle ne voulait pas partir en laissant les siens dans l'embarras.

Le destin prit la décision à sa place. Depuis le décès de Francine, René Lacaze venait régulièrement, il passait pour un oui pour un non, il trouvait toujours un prétexte et elle n'était pas dupe. Elle avait fini par attendre ses venues, il la faisait rire, il était gentil et il lui faisait du bien. Il dut s'absenter quelques jours et elle s'aperçut qu'il lui manquait, aussi quand il revint et qu'elle le vit entrer dans la boulangerie, elle en fut émue. L'absence donna peut-être à René le courage qu'il n'avait pas eu jusqu'alors, car de but en blanc, il lui fit sa demande en mariage. Elle était à ce moment-là si perdue, dans un tel état d'épuisement, qu'elle accepta. René était sérieux, vaillant et sincère. Dans cette ville où le patrimoine revêtait une importance particulière et où les familles s'observaient, il savait qu'elle n'était qu'une employée, avec un tout petit salaire. Rien à espérer pour lui de ce côté-là, elle n'était pas une héritière. Mais ça ne le dérangeait pas le moins du monde, il y a longtemps qu'il lui manifestait de l'intérêt. Elle l'avait compris à de multiples détails, des délicatesses qu'il avait toujours eues pour elle, dans sa façon de lui parler, en y mettant des formes de politesse malhabiles, des égards que peu de personnes avaient. Il travaillait avec son père qui possédait une toute petite société de transport, composée de deux bus. Des bus fabriqués maison qu'il entretenait avec un soin maniaque. Marie le voyait toujours devant leur garage en train de les bricoler et de les briquer.

— Ah ça, ils brillent les bus Lacaze, ironisa son frère quand elle leur apprit la nouvelle de son mariage. Bientôt on va voir au travers. Tu n'aurais pas pu trouver mieux loti que ce pauvre bougre de René avec les deux antiquités de son père qui vont le lâcher d'une minute à l'autre !

Elle n'avait rien répondu, à quoi bon. De toute façon, elle avait l'habitude, pas une seule fois dans sa vie, Daniel ne l'avait encouragée ou complimentée. Mais quand elle lui annonça qu'elle quittait la boulangerie pour travailler avec son mari, il s'empressa de lui prédire le pire, enrageant de perdre une employée précieuse qu'il lui serait impossible de remplacer dans les mêmes conditions…

— Toi ! Dans une société de transport ! s'était-il exclamé en colère. Et qu'est-ce que tu vas aller y faire ! Tu ne peux même pas conduire un bus. Épouse-le si ça te chante mais si tu ne veux pas te retrouver sur le carreau d'ici peu, je te conseille de rester chez nous aux livraisons.

— Je ferais la comptabilité et les commandes avec les directeurs de pèlerinage. René m'a expliqué, il y a du travail pour moi, il va développer l'affaire.

Daniel avait éclaté d'un mauvais rire.

— René Lacaze va développer une affaire ! C'est la meilleure celle-là, et avec quoi il va développer ? En mettant en gage les deux tacots de son père dont personne ne veut ? Tu parles d'un développement ! En tout cas, avait-il ajouté, si tu quittes le travail ici, ne compte pas que je te reprenne si un jour ça va mal. Tu me laisses en plan, et ce sera trop tard pour faire marche arrière. Tu es prévenue.

— Mais je ne te lâche pas, protesta Marie, soucieuse de montrer qu'elle assumait ses responsabilités jusqu'au bout. Je reste le temps de trouver quelqu'un justement, et pour me remplacer je pensais à Josy. Elle n'est pas très bien chez Bayle…

— Josy ! Cette hystérique qui piétine les chocolats des autres ! Pas question. Je m'occupe de choisir mes employés. Pars, je ne te retiens pas, mais comme je t'ai dit, ne viens pas réclamer si ça ne marche pas.

Marie avait beaucoup donné à l'affaire familiale sans compter ni les heures ni les jours, ni les années. Elle découvrait son frère tel qu'elle n'avait pas su le voir du temps de leur jeunesse, angoissé, agressif et toujours en train de prédire le pire. En comparaison, René était plein d'élan, il croyait en elle, il croyait en l'avenir. Elle était heureuse près de lui. Passionné de moteurs et de mécanique, débrouillard, il arrivait même à lui faire partager son enthousiasme.

Son père qui était un peu ferrailleur et brocanteur avait récupéré à la fin de la guerre des moteurs américains GMG qu'il avait fait monter sur des châssis Berliet pour lesquels il avait commandé à la société Dufau d'Aureilhan deux belles carrosseries jaunes à bandes rouges. On y lisait, en larges lettres noires peintes à la main, « Société de transport Lacaze ». Les carrosseries étaient en bois, on en fabriquait encore à cette époque-là. Ces bus « bricolés » avaient permis de lancer l'affaire, mais après des années et d'innombrables allers retours entre la gare de Lourdes et les hôtels, ils étaient en bout de course. René avait beau les réparer et les astiquer, ils avaient fait leur temps et même plus que ça. Le bois pourrissait par endroits, il devenait dangereux d'y entasser les pèlerins. René avait tenu à être honnête avec Marie.

— Les bus n'en ont plus pour longtemps et l'affaire est fragile. Mais je peux la faire progresser. Je souhaite investir, voir plus grand. Mon père ne veut rien entendre pour l'instant, mais je sais qu'on a changé d'époque, il faut passer à autre chose. Je peux emprunter et acheter un bus, un vrai, comme l'Isobloc de Vignes…

Marie l'écoutait, émerveillée par son ardeur. Il débordait de vie. Son visage s'animait, ses yeux brillaient. Elle découvrait son charme. Il ne ressemblait en rien aux autres chauffeurs, ceux de la compagnie Lourdes-Pyrénées, liés à la SNCF, impeccablement gominés, arborant blouses blanches et casquettes bleues siglées LLP. René avait une tignasse désordonnée, il venait de la débrouille, et ça se voyait. Avec lui, tout semblait possible. Pour faire sa demande en mariage, il avait emmené Marie au bord du lac de Lourdes. Et il lui avait expliqué ses plans.

— Le bus de Vignes a trente-deux places, tu te rends compte ? Il peut faire le tour de Gavarnie, du Tourmalet et de tous les cols, ça grimpe sans problème, ces trucs-là. Et surtout, ils sont équipés de bons freins avec les nouveaux systèmes Telma à ralentisseurs électriques. Une révolution. Si on arrive à en acheter un, au lieu de nous contenter des allers retours à la gare et des petits trajets jusqu'aux grottes de Bétharram, on pourra monter à Aubisque, au Tourmalet…

Il était exalté. Marie n'avait jamais connu une fougue pareille. Chez ses parents, le travail avait toujours été vécu comme un fardeau, jamais comme une chance, ni un cadeau. René rêvait, il était toujours joyeux.

— Les excursions en montagne, c'est l'avenir ! Les gens veulent se balader, voir les Pyrénées, les lacs, l'Espagne. La grotte et les sanctuaires, c'est important, mais ça ne suffit plus. Le grand air pur, les touristes en redemandent. Vignes a compris ça avant tout le monde. Il investit, il achète du beau et du solide, et il est toujours complet. Si on fait pareil, après une saison, on pourra même envisager d'acheter un deuxième bus. Peut-être même trois, qui sait ?

Il riait, heureux, et elle aussi. Alors d'un geste spontané, il l'avait attrapée et soulevée à bout de bras. C'était la première fois qu'un garçon la faisait tournoyer ainsi. Il avait une force insoupçonnée, et ce geste d'homme, que même son père n'avait jamais eu pour elle dans son enfance, l'avait bouleversée. Alors, avec la même spontanéité, elle avait pris son visage entre ses mains et elle l'avait embrassé. Ému, il l'avait reposée doucement à terre, inquiet, comme s'il n'y croyait pas encore.

— Alors, tu veux bien m'épouser ?

— Oui, avait-elle répondu d'une voix claire. Et elle avait chuchoté à son oreille : « parce que je crois bien que je t'aime ».

Il l'avait serrée à l'en étouffer et il avait laissé couler des larmes d'émotion. Autour d'eux, les rayons de soleil rasaient les eaux du lac. C'est ainsi qu'avait commencé leur histoire, avec des rires et un projet d'avenir.

Marie découvrait enfin le bonheur d'aimer et d'être aimée en retour.

Loin d'être aussi enthousiaste, le père Lacaze n'avait pas le tempérament optimiste de son fils, et l'affaire lui appartenait.

— Acheter un bus moderne ! Il n'en est pas question !

René eut beau faire, beau dire, et Marie eut beau le soutenir de son mieux, M. Lacaze resta sur sa position. On ne devait rien changer et, surtout, ne pas faire d'emprunt. Inquiet de tout, il pensait qu'économiser le moindre centime était la meilleure façon d'avancer.

— Pas question d'aller se fiche dans les pattes des banquiers, ils te prêtent, ah ça oui, mais ils te prennent dix fois plus. Moi, je me suis fait tout seul et les bus qui nous ont fait vivre, je les ai peut-être fabriqués de bric et de broc, mais ils tiennent toujours. Si tu veux un bus à toi, tu n'as qu'à faire comme moi, te débrouiller. Mais je ne mets pas un sou dans ton histoire, personne ne m'a rien donné à moi.

René avait du mal à garder son calme.

— Je sais papa, tu t'es fait tout seul, mais aujourd'hui pour partir en excursion, on ne peut plus mettre les clients dans nos bus. Les freins tiennent à peine le coup et le châssis est pourri.

— C'est pour ça que je ne pars pas en excursion, je vais à la gare point. Et ça me va comme ça. Si tu veux partir en montagne, tu n'as qu'à racheter la C4 Torpédo de Lascabe, il l'a toujours dans son hangar. Fais les révisions et tu commences avec. Sinon tu as le Berliet de Boudou qui dort aussi dans son garage, il sera ravi de te le refiler, il en mettait du monde sur son Berliet, Boudou !

Les véhicules dont parlait le père Lacaze étaient des sortes de minibus non couverts, fabriqués artisanalement et qui permettaient d'emmener une quinzaine de passagers vers les montagnes dans des conditions de sécurité très relatives. Ils avaient connu leurs heures de gloire dans les années trente et on en trouvait encore après la guerre, mais les premiers autocars d'excursion couverts étant apparus dans les années cinquante, ces voitures peu rentables et peu pratiques avaient disparu des circuits. Entendre son père lui conseiller de les ressortir pour monter une affaire en ce début des années soixante mettait René dans tous ses états. Il était allé voir le banquier pour tenter une négociation. Mais sans apport il n'avait rien pu obtenir sauf la promesse d'un emprunt à bon taux s'il revenait d'ici un an ou deux avec une somme de base correcte. Il prêtait à ceux qui avaient des gages à donner. René n'avait rien. Pour autant, pas question de se décourager. L'exemple de Joseph Besset le galvanisait. Ce fils de paysans ardéchois avait commencé par des bouts de ficelle en rachetant une modeste et ancienne carrosserie après son apprentissage de charron. Dans les années trente, il s'était exilé aux États-Unis sans parler un mot d'anglais. Revenu avec la licence d'un car sans châssis avec moteur à l'arrière, il avait lancé une carrosserie révolutionnaire sous sa marque Isobloc. En très peu de temps, le succès de Besset était devenu énorme et son usine d'Annonay fournissait du travail à des centaines d'employés. René aimait ces histoires d'hommes partis de rien qui avaient osé se lancer.

Alors il avait mis sa fierté de côté, adopté l'idée de son père et négocié l'achat du vieux Berliet de Boudou non couvert.

— C'est ce vieux tacot, avait-il expliqué à Marie rongée d'inquiétude, mais je vais en faire quelque chose qui tiendra la route. Je tourne une saison avec, on se serre la ceinture et l'an prochain avec les économies on achète un Renault d'occasion à la LLP. J'ai appris par Cazenave qu'ils vont bientôt changer deux bus alors j'suis allé voir Campagne à la direction. Il me réserve le Renault. Je l'ai vu, c'est un autocar très solide, ils l'ont équipé d'un moteur de Micheline récupéré de la SNCF, il tiendra le coup longtemps, crois-moi. On tourne avec à fond pendant une deuxième saison, on fait les comptes et je vais revoir notre banquier. Cette fois, il nous prêtera, et avec l'emprunt, on s'offrira le tout dernier modèle de bus, le haut de gamme. On fera le plein à chaque voyage. On va se le gagner notre paradis, Marie. Et après, je t'emmènerais en vacances à Benidorm, comme les riches, dans un bel appartement avec vue sur la mer.

Marie riait, René avait cette capacité de toujours rebondir, de ne douter de rien. Il l'avait libérée de la servitude dans laquelle elle avait été élevée au nom d'un devoir, d'une fidélité à la famille. Elle avait compris avec lui qu'il était possible d'inventer sa vie. Ils firent une équipe formidable et formidablement heureuse.

Avec son talent de mécanicien et de carrossier rompu à tous les bricolages possibles, René réussit à redonner un certain lustre au vieux Berliet et elle eut l'idée de l'embellir en recouvrant les sièges d'un tissu négocié auprès du directeur d'un l'hôtel quatre étoiles, le Béthanie. Le propriétaire venait de refaire ses doubles rideaux et il fut très content de se débarrasser des anciens. Ce tissu fleuri d'un intense bleu d'azur donna à l'intérieur du véhicule un aspect confortable et précieux, totalement inhabituel. Dans la même idée, Marie prépara des cafés chauds dans des thermos avec de petites collations sucrées destinées à être servies durant le voyage. Ces petits détails donnèrent aux excursions des Lacaze une touche de luxe qui contribua rapidement à leur renommée. Les femmes et les jeunes filles voulurent toutes s'asseoir sur ces sièges raffinés, en buvant du café, tout en admirant les paysages, tête au vent. Elles entraînèrent leurs époux, fiancés et amis qui se laissèrent convaincre sans mal. Le vieux Berliet eut un succès fou et par chance l'été fut magnifique. À la fin de la saison, comme René l'avait prévu, ils allèrent négocier avec le banquier, et ils partirent pour Annonay d'où ils revinrent avec un magnifique Saviem d'un bleu d'azur sur lequel René fit peindre en lettres rouges bien visibles le nom de leur société :

Excursions-Voyages
René et Marie Lacaze

Pour rembourser l'emprunt, ils se serrèrent la ceinture comme ils l'avaient dit, et ça ne leur posa aucun problème. Ni l'un ni l'autre n'étaient habitués à faire des dépenses inutiles. Ce fut le début du succès, et ils purent ensuite faire exactement ce qu'ils avaient prévu et même plus. Ces années d'intense bonheur passèrent à la vitesse du vent.

Marie rayonnait. Elle aimait son mari et il l'aimait. Ils eurent une petite fille et construisirent tout, ensemble, sans jamais faillir. Les difficultés ne les voyaient jamais se dresser l'un contre l'autre, au contraire, ils avançaient soudés, déterminés à résoudre les problèmes. Ils travaillaient sans relâche mais toujours dans la joie.

Pourquoi, un jour d'été, sous un soleil éclatant, le destin décida-t-il brutalement d'inverser le cours des choses. On ne sait.

Quand Marie vit arriver les gendarmes dans son petit bureau, elle sut que c'était grave.

— C'est René... lâcha simplement le gendarme Souyau d'une voix brisée.

Il n'arriva pas à en dire plus. Marie le regardait sans qu'il arrive à savoir si elle avait bien compris ou pas. Et comme elle ne réagissait pas, soucieux d'être le plus clair possible et de ne laisser planer aucun espoir inutile, il éclaircit sa voix d'un raclement de gorge et ajouta :

— Il a eu un accident et il est mort. Sur le coup.

Marie entendit le reste dans un écho. Un bus venant en sens inverse sur la route de Cauterets avait percuté leur magnifique bus Saviem flambant neuf dans une épingle à cheveux. René était la seule victime.

Elle serait la deuxième.

On ne lui laissa le temps de rien. On l'arracha à sa douleur sans ménagement, elle qui tenait à peine debout dut tout affronter, aller sur place, assister au constat, prendre en charge tous les papiers et, le pire, se battre avec les assureurs qui s'acharnèrent à prouver une faute de René. Personne de sa famille ne vint l'aider, ni son père ni son frère. Ils étaient occupés. Quant à son beau-père, il ne faisait que répéter « qu'il l'avait bien dit qu'il ne fallait pas faire des excursions ». Seules Jeanine et Chantal vinrent lui dire que si besoin elles étaient là, mais on était en pleine saison, elles étaient surchargées de travail et ne pouvaient pas trop s'absenter. Heureusement, il y eut Josy. Elle vint chaque soir à la fermeture de la boutique après la remonte de la procession aux flambeaux et elle s'occupa du bébé. Son aide sans faille et sa présence sauvèrent Marie qui peinait à revenir à la réalité. Anéantie par la mort de René, elle allait tout de suite découvrir un autre enfer. Les assurances l'assaillirent de demandes de papiers et firent de telles complications pour décider des torts des uns et des autres qu'elle ne put rien toucher alors que l'emprunt du bus courrait toujours. Or il était inutilisable et elle n'avait pas le moindre argent pour le faire réparer et payer un chauffeur pour le conduire. Ce fut si violent que, sans l'aide de Josy, elle aurait pu s'effondrer.

— Tu as la petite, tu n'as pas le choix. Tu dois chercher un travail et faire rentrer l'argent.

— Même si j'en rentrais, je n'aurais pas assez pour l'emprunt et le loyer.

— Le loyer, tu laisses tomber, tu vas voir ton beau-père et tu lui expliques. Il a de la place, je suis sûre qu'il t'en fera. C'est un grognon mais pas un mauvais bougre.

Le père Lacaze était veuf et avait une maison modeste au Garnavie, un quartier populaire du haut de la ville.

Marie rechigna, car elle lui gardait rancune de son manque de soutien et de sa dureté envers René.

— Ne fais pas ta fière, insista Josy, tu n'as pas les moyens. Va le voir et pense à la petite, elle a besoin d'un toit. Je veux bien vous accueillir chez moi mais dans une chambre de bonne de neuf mètres carrés, ça sera difficile.

Marie avait le sens des réalités. Seule avec un bébé et sans argent, elle n'irait pas loin. Si elle devait demander de l'aide, elle préférait s'adresser à son beau-père plutôt qu'à son frère qui l'avait rejetée et qui était désormais marié avec la caissière. Quant à son père, il vivait en Espagne où il avait acheté un appartement en bord de mer à Benidorm. Le bruit courait à Lourdes qu'il y vivait avec une nouvelle compagne. Jeanine lui avait même avoué que c'était une ancienne vendeuse avec laquelle il avait eu une aventure dans le temps, Francine l'avait su et ça avait failli faire un drame. Il avait rompu, mais une fois Francine décédée, il l'avait retrouvée. Jeanine soupçonnait que leur histoire n'ait jamais pris fin.

— Si tu veux mon avis, ta mère le savait.

— Je ne crois pas, maman ne l'aurait pas supporté, elle était bien trop fière.

— Et que voulais-tu qu'elle fasse ? Partir ? Et avec quoi ? Elle le savait je te dis, mais elle a fait avec, comme beaucoup d'entre nous et elle l'a supporté pour vous, pour que l'affaire continue et aussi parce qu'elle avait peur de se retrouver seule sans rien. L'autre aurait tout pris parce qu'il lui aurait tout donné, on connaît les hommes quand ils sont ferrés.

Marie n'aimait pas ces mots, ni imaginer son père dans cette situation, elle l'avait vu vivre auprès de sa mère et elle ne pouvait croire qu'il l'aurait flouée après tout le travail qu'elle avait fourni pour faire prospérer la boulangerie. Elle préféra penser que Jeanine écoutait trop les potins, qu'elle exagérait. Mais elle dut se rendre à l'évidence le jour où son père leur annonça qu'il s'était remarié en Espagne. Ce jour-là, elle comprit. Elle lui avait téléphoné pour la naissance de la petite, il s'était contenté de la féliciter et d'envoyer une peluche. Il ne s'était pas déplacé pour voir sa petite-fille. Il s'occupait de lui. Alors Marie avait jeté la peluche.

Le paysage était on ne peut plus clair aujourd'hui autour d'elle. Elle n'avait pas d'argent et plus de famille. Alors elle écouta Josy. Elle mit ses états d'âme de côté et alla trouver le père Lacaze pour lui demander de bien vouloir les accueillir, « le temps que ça aille mieux, que les assurances me remboursent ». Il accepta. La disparition de son fils unique l'avait bouleversé, il aimait René plus qu'il ne le laissait paraître et la douleur l'avait fait vieillir brutalement. Avoir sa petite-fille près de lui fut un bonheur auquel il ne s'attendait pas. Marie, elle, n'eut pas le choix, elle dut se mettre à son service. Le père Lacaze était l'inverse de René, jamais content, toujours à râler après une chose ou une autre. Son véhicule étant l'un des moins bien entretenus de la flotte lourdaise, il n'arrivait jamais à le remplir et en rejetait la faute sur tout ce qui se présentait. Les concurrents déloyaux, les hôteliers magouilleurs ou les directeurs de pèlerinage qui s'en mettaient plein les poches avec des bakchichs.

— Pendant que je suis à la gare en train de charger les arrivées, Abadie envoie des rabatteurs à la sortie des hôtels et des sanctuaires comme ça, il nous pique les clients pour le retour. Comment veux-tu que je m'en sorte, je ne peux pas être partout à la fois. Alors ce matin, j'ai eu une idée…

Elle l'écoutait, inquiète.

— On va faire comme lui, tu vas aller me rabattre les clients à la sortie des hôtels. Tu connais le petit personnel depuis longtemps puisque tu livrais les pains, ils ne te jetteront pas.

Marie crut avoir mal compris. Le travail que son beau-père lui offrait était le pire qui soit. Les rabatteurs constituaient le bas de l'échelle sociale de la ville. C'était une caste à part. Rien ne les arrêtait, pour arriver à travailler sans se faire jeter à gauche et à droite, ils avaient développé un toupet et un clapet hors normes. Ils alpaguaient directement les pèlerins dans la foule pour leur faire acheter des tickets d'excursion. Pour ça, ils acceptaient de se faire insulter par les portiers des hôtels et les commerçants qui voyaient d'un très mauvais œil cette concurrence sauvage qui détournait l'attention des clients de leurs boutiques. On les sortait d'une rue ou d'un coin, ils revenaient dans l'autre.

— Vous voulez que j'aille rabattre ? Comme les autres, comme Tillous ?

Il fit mine de s'étonner.

— Et pourquoi tu ne le ferais pas ?

Marie fit tout pour le dissuader car elle n'imaginait pas une seconde se retrouver parmi ces hommes, mais il n'en démordit pas. Il lui dit que si elle n'était pas contente, elle n'avait qu'à aller faire la plonge à gauche à droite mais alors il ne voyait pas pourquoi il devrait faire l'effort de la loger. Il voulait bien garder la petite mais elle, il n'était pas obligé. La saison était largement commencée, tous les hôtels étaient déjà pourvus en personnel. Dans l'immédiat, elle n'avait pas d'autre issue. Il fallait garder la petite à l'abri, payer les traites pour le bus et gagner de quoi manger. Une fois encore elle s'adapta, mit sa fierté de côté et accepta la proposition.

— Tu as vu, c'est la femme à René, qu'est-ce qu'elle vient foutre ici, s'exclama un rabatteur en la découvrant un matin rue de la Grotte en train de placer ses tickets.

— Le vieux l'a mise au turbin dans la rue, ajouta un autre en rigolant, ça ne m'étonne pas de lui. Mais vendre des tickets pour le tacot de son beau-père, c'est pas un cadeau. Elle ne va pas nous faire grande concurrence, ne t'inquiète pas. Elle va se faire jeter et elle ne résistera pas. Elle n'a pas la carrure pour ce boulot.

Tillous était connu pour être le plus gueulard des rabatteurs, il avait le coup de poing facile. Le patron pour qui il rabattait était bien placé au syndicat des transporteurs, aussi comme par hasard Tillous occupait le territoire le plus prisé, un grand triangle tout en bas de la rue Bernadette-Soubirous, juste à la fourche entre la sortie des sanctuaires, et la montée des rues où se trouvent tous les gros commerces et les grands hôtels. À cet endroit, la foule est particulièrement concentrée, impossible de rater les clients, il y en a par milliers dans un va-et-vient permanent. Il fallait beaucoup de force pour tenir dans pareille marée et donner de la voix pour s'y faire entendre. À la fin de la journée, même des hommes aussi solides que Tillous finissaient éreintés. Les rabatteurs étaient payés au résultat, il ne fallait pas compter les heures. De la première messe vers six heures du matin jusqu'à la fin de la deuxième remonte après vingt-deux heures, les plus teigneux ne lâchaient pas. Ils terminaient la saison vidés. Le marché des excursions se partageait en différentes catégories. La plus prisée et aussi la plus chère était celle qui, dans de grands et beaux bus sécurisés, pouvait emporter une trentaine de personnes vers les sommets, le cirque de Gavarnie, les lacs et les cascades, les interminables lacets du col du Tourmalet, le Somport, la frontière espagnole ou les fameuses *ventas* avaient poussé comme des champignons. Dans ces années-là, les pèlerins étaient très friands de ces voyages exceptionnels. Les bus se remplissaient sans problème. Pour les autres, une catégorie de véhicules qui ne pouvaient monter si haut et chargeaient au maximum une quinzaine de clients, le marché était plus rude. Ils faisaient visiter les alentours immédiats avec des sommets de moindre importance, le Béout ou le Pibeste équipés d'un funiculaire et du haut desquels le paysage se découvrait à perte de vue. Il y avait enfin des lieux aux charmes particuliers comme le lac de Lourdes avec sa guinguette, ses pédalos, et un bateau qui permettait d'en faire le tour, et enfin les grottes de Bétharram à une dizaine de kilomètres. Une dizaine de transporteurs se partageaient ce marché plus étroit et se faisaient une guerre sans pitié. Leurs rabatteurs arrachaient les clients là où ils se trouvaient. La présence d'une femme dans cette faune aguerrie était inédite et étonnait tout le monde.

— Je la connais, c'est la fille Cassagne, dit l'un. Je l'ai vue travailler quand elle livrait les pains. Elle connaît le milieu et c'est une vaillante.

— Il nous manquait plus qu'une femme dans les pattes, s'énerva Tillous. Comme si on n'était pas assez nombreux et comme si on n'avait pas assez d'emmerdements entre nous. Attends, je vais aller lui dire deux mots moi, et voir un peu ce qu'elle a dans le ventre !

Marie était en train de parlementer avec un groupe de Suisses qu'elle essayait de convaincre de partir le jour même aux grottes de Bétharram quand Tillous l'interrompit. Il se mit d'autorité entre elle et les Suisses.

— Alors comme ça, tu fais du rabattage maintenant, dit-il avec le ton de celui qui ne s'en laisse pas conter.

Surprise, Marie lui répondit qu'elle faisait juste son métier de transporteur en cherchant des clients.

— Juste ton métier, c'est la meilleure celle-là ! Un transporteur, il transporte. Ici tu rabats, ça ne te fait peut-être pas plaisir, mais c'est bien ce que tu fais. Et je t'informe que tu es sur mon secteur et que tu vas devoir t'en trouver un autre.

Il la tutoyait comme ils le faisaient tous dans ces professions où l'on ne perdait pas de temps en politesses. Rompus aux difficultés et aux humiliations, ces hommes se moquaient bien qu'elle soit une femme ou une veuve, ils ne lui feraient pas de cadeaux. Comprenant l'avertissement dès le premier jour, elle décida de ne pas faire de provocation inutile. Elle allait s'éloigner quand on la bouscula.

— Ça alors ! Marie !

Elle sentit le feu gagner son visage. Paul était devant elle. Il y avait si longtemps qu'elle ne l'avait pas vu. Comme il avait changé, il était si élégant maintenant. Depuis qu'il avait déserté les stades de rugby et épousé Inès, Paul était devenu un sujet tabou et elle savait peu de choses à son sujet. Moniteur de ski l'hiver, il se disait que dès les beaux jours, Inès l'emmenait à Biarritz d'où ils émigraient au milieu de l'été vers San Sebastián et son palace Belle Époque baigné par les eaux de la mer Cantabrique. Mme Hollen mère payait ces vacances extravagantes sans difficulté, elle en avait largement les moyens. Dans la ville, on le voyait rarement. Quand il passait, il était au volant d'une Aston Martin DB4 d'un vert sombre, toujours dissimulé derrière ses lunettes noires. Une folie à plusieurs millions qu'il garait à la vue de tous, sous les grands arbres centenaires du Gallia-Londres. Une exception dans cette ville où les Ferrari des riches hôteliers dormaient dans les garages et ne sortaient qu'à l'aube ou à la nuit, discrètement, pour filer elles aussi vers les palaces de la côte atlantique.

— Tu as changé de métier ? fit-il en désignant les tickets qu'elle tenait à la main.

Il était surpris mais pas moqueur. Honteuse, elle bafouilla qu'elle faisait ça juste pour dépanner son beau-père. C'est alors qu'Inès arriva.

Elle attendait son mari dans l'entrée du Gallia lorsqu'elle l'avait vu s'arrêter pour parler avec une femme qu'elle n'avait pas reconnue tout de suite. Très droite, avec cette posture et le port de tête un peu raide et indéniablement racé de celles qui pendant des années ont pratiqué le rituel exigeant de la danse classique, elle vint prendre le bras de son mari affichant l'autorité d'une propriétaire. Un parfum raffiné flottait autour d'elle. Elle portait une robe de soie floue ceinturée à la taille qui mettait en valeur sa silhouette parfaite et son teint légèrement hâlé. De grands anneaux d'or bougeaient à ses oreilles.

— Ça alors ! s'exclama-t-elle réellement étonnée en reconnaissant Marie. Mais... Tu es rabatteuse maintenant ?

Écrasée de honte, Marie cherchait ses mots, quand M. Francis les interrompit.

— Madame Inès, votre amie Béatrice vous attend au téléphone...

— Comment sait-elle que je suis là ?

— C'est moi qui viens de le lui dire, elle a déjà téléphoné plusieurs fois, c'est pour Biarritz. Je ne sais plus quoi lui répondre.

— Oui, oui, je sais, dites-lui que j'arrive.

— Béatrice est déjà là-bas ? demanda Paul surpris. Pourquoi tu ne me le disais pas ?

— Parce que je viens de l'apprendre, lui répondit-elle sèchement. *(Puis, se tournant vers Marie.)* On va te laisser travailler. On est pressés, on part sur la côte.

Paul eut juste le temps de lui faire un sourire amical et de lui dire qu'il allait avertir le portier du Gallia de la laisser tranquille si elle prospectait devant leur hôtel. Elle ouvrit la bouche pour l'en dissuader mais Inès l'entraîna.

Qui n'a jamais connu l'humiliation de devoir gagner sa vie en mettant sa fierté de côté, ne peut comprendre ce que ressentit Marie à cet instant. Mendiant au milieu de la rue comme une fille de rien, malmenée par les rabatteurs, mise à nu devant Inès et, comme si ce n'était pas assez, mise à nu dans ses savates de toile devant le garçon dont elle avait été si amoureuse et qui était plus beau que jamais.

Pourtant elle ne sentait plus son cœur battre de la même façon pour lui, René avait pris cette place désormais et ce sont ses mots qui, à cet instant, lui revinrent en mémoire.

— Quand on n'a rien Marie, lui avait-il dit le jour où il avait dû accepter de commencer par le vieux tacot, on n'a pas de fierté mal placée. La fierté, c'est pour ceux qui en ont les moyens. Nous, il faut juste qu'on s'en sorte, et on va y arriver. On n'a pas le choix, c'est de la survie.

Celui qu'elle avait appris à aimer pour de vrai, celui qui lui avait tout donné et avec lequel elle avait tout partagé, celui-là seul au-delà de la mort venait à son secours. Dans cette rue où elle venait de se faire humilier, il lui disait de ne pas flancher, de ne pas s'occuper des autres, d'oublier le passé et de ne penser qu'à une seule chose. Ce qu'elle devait faire pour se sortir de l'impasse. Le soir même, assise sur le banc devant la maison de son beau-père sur la place du Garnavie, les yeux secs, Marie regardait les étoiles. René lui manquait terriblement mais elle n'avait pas de larmes. Pleurer aussi, c'était pour qui en avait le temps et les moyens, elle n'avait ni l'un ni l'autre. Pleurer, c'était bon pour des femmes comme Mme Hollen qui n'avaient pas à se soucier de savoir comment elles allaient manger et dormir. « Au fond, les chagrins d'amour, se dit-elle, c'est du luxe. » En remontant, elle retrouva sa petite qui l'attendait, sagement assise à la table de la cuisine. Au quartier du Garnavie, tout le monde connaissait tout le monde. Les mères du quartier étaient solidaires et la petite Louise y grandissait en sécurité, loin de la foule. Émue de la voir si sage, Marie la serra dans ses bras. Fière, la petite Louise lui montra les lettres de l'alphabet qu'elle avait tracées avec application sur son cahier d'écolière. Une boule serra la gorge de Marie à la vue des lignes parfaites. Des pleins et des déliés, à l'ancienne. Elle aussi faisait des pleins et des déliés du temps de sa scolarité. En regardant sa petite fille exécuter ce même geste tant d'années après, elle eut l'impression que rien ne changerait jamais. Que sa fillette suivrait naïvement le même chemin appliqué qu'elle avait suivi dans l'enfance et qu'elle n'en tirerait rien de plus. À quoi lui servaient aujourd'hui les pleins et les déliés qu'elle avait mis tant de bonne volonté à tracer, à quoi lui servaient les poèmes naïfs appris par cœur ? Il aurait mieux valu que, froidement, on lui apprenne les règles sans concession de la rude existence.

Beaux dimanches ! Beaux dimanches !
Mes enfants, levez-vous donc !
Et mettez vos robes blanches,
le ciel est sur la maison…
Et ding ding dong, et ding ding dong,
les enfants se lèveront…
Le coq joue de la trompette,
l'hirondelle du violon,
de la flûte l'alouette,
et du fifre le pinson…

Le monde poétique où la vie se déroulait aux sons des violons et des fifres, gracieuse comme dans un songe, n'était pas celui où il fallait vociférer comme Tillous, pousser les autres pour prendre la meilleure place et arnaquer de pauvres bougres pour les embarquer dans de vieux tacots dangereux. La vie était loin d'être un songe, pour Marie, c'était un coup de poing. Elle était convaincue que son devoir était de préparer sa fille aux difficultés réelles avec des armes utiles, celles qu'on apprend dans les grandes écoles. Voilà comment Marie ce soir-là voyait les choses. René lui avait permis de voir le monde autrement, mais il était mort, et face à la nuit étoilée, elle mesurait à quel point elle était seule et prête à tous les sacrifices pour aider sa petite. Alors oui, elle ferait le travail de rabatteur et peu lui importait l'avis de Paul et de toutes les Inès de la terre. Comme toujours elle s'adapterait, avancerait et ferait tout pour envoyer sa fille étudier dans les grandes écoles, et pour assurer sa réussite.

Elle commença par l'essentiel : réfléchir. Comprendre la situation, trouver ce qu'il lui faudrait changer pour agir et ne plus subir. Elle y passa une bonne partie de la nuit et en retint que si elle cherchait à s'imposer et à jouer des coudes sur les terrains que les rabatteurs occupaient et sur lesquels ils se battaient déjà entre eux avec une force qu'elle n'avait pas, elle serait perdante à tous les coups. En revanche, en s'éloignant dans des coins de la ville reculés et peu fréquentés, là où les clients étaient rares mais disponibles et où elle serait seule, ce serait plus dur mais elle avait peut-être des chances de réussir. Dès le lendemain, délaissant le carré d'or (boulevard de la Grotte, avenue Bernadette-Soubirous, rue du Paradis et rue de la Grotte), elle monta vers les petites ruelles autour de la place Peyramale et passa de l'autre côté de l'avenue Maransin. Elle visa la clientèle à faibles moyens qui logeait dans les modestes pensions de ces ruelles, ce qui lui demanda de faire des kilomètres de déplacements permanents d'un coin à l'autre, de monter et de descendre sans cesse le long des ruelles, d'attendre parfois longtemps pour voir arriver le client. Dans le carré d'or, elle aurait passé la journée au même endroit et vu dix fois plus de monde, pourtant son calcul fut le bon. Dans ces endroits tranquilles, les pèlerins étaient disponibles pour l'écouter et elle n'avait aucun besoin de crier pour les attirer. Posée, elle sut se montrer persuasive et y gagna en efficacité. Les inscriptions progressèrent spectaculairement. Prise au jeu, elle alla plus loin encore. Elle réussit à convaincre son beau-père de faire imprimer des prospectus et alla faire du porte à porte dans les hôtels, à l'aube, comme au temps des livraisons. Passant discrètement dans les entrées dévolues aux fournisseurs qu'elle avait la chance de connaître pour les avoir pratiquées, elle alla trouver directement les veilleurs de nuit et les premiers serveurs du matin auxquels auparavant elle livrait les pains et les viennoiseries du petit-déjeuner. Sans honte elle expliqua sa situation, n'hésitant pas à les attendrir. Et elle l'emporta. Ils se montrèrent solidaires en glissant directement son prospectus aux directeurs de pèlerinage qui se voyaient offrir la place s'ils venaient avec leurs groupes. Cela ne se fit pas sans mal. Elle sollicitait sans cesse les uns et les autres, se faisant remballer parfois, mais à chaque fois elle sut mettre ses états d'âme de côté. Sa réelle force fut cette capacité exceptionnelle qu'elle avait de s'adapter à toutes les situations. Elle devint rabatteuse comme elle était devenue livreur, transporteur, rénovatrice de vieux bus, cuisinière et ménagère. Et ça marchait. La cohabitation avec son beau-père ne se passait pas trop mal puisqu'en plus de tout le reste, elle prenait en charge la maison. Organisée à la minute près, elle était debout à quatre heures du matin, allait au marché avant de partir pour sa tournée des prospectus, rentrait sur le coup de huit heures pour préparer la petite qui partait à l'école avec les enfants du quartier et dans la foulée préparait le repas de midi. Sans attendre, elle filait ensuite dans les ruelles avec ses tickets. Vers les cinq heures de l'après-midi, la petite rentrait avec une voisine. Elle revenait, la faisait goûter tout en préparant le repas du soir et elle repartait dans sa course aux clients. Le beau-père prenait le relais et elle rentrait après la procession aux flambeaux, aux alentours de vingt-trois heures.

La seule distraction que Marie connut durant ces années si dures fut de passer parfois prendre Josy après la fermeture des commerces pour manger ensemble et parler. Elles remontaient la rue de la Grotte, encore bruyante dans les cafés, disparaissaient dans l'escalier de pierre étroit qui filait entre les hauts murs de deux hôtels, et arrivaient tout en haut dans l'univers protecteur de la place du Garnavie. Il y avait des fleurs le long des balcons de bois, une fontaine qui coulait paisiblement et, juste au-dessus de leurs têtes, un ciel étoilé. Elles prenaient un morceau de pain et un bout de jambon ou de fromage, et s'asseyaient pour le manger sur le banc devant la maison, parlant de tout et de rien, s'encourageant l'une et l'autre, traînant parfois au-delà du raisonnable.

— Tu penses encore à René, demanda Josy un soir où elle sentait Marie plus soucieuse que d'habitude.

Marie y pensait toujours mais elle avait du mal à en parler.

— Et toi Josy, lui répondit-elle pour changer de sujet, je ne sais même pas si tu as un amoureux. Tu ne dis jamais rien. Et Paul ? Tu ne parles jamais de ton frère, de toi.

À peine avait-elle prononcé son prénom qu'elle se mordit les lèvres. Dans sa volonté de changer de sujet, épuisée par sa journée, elle n'avait pas réfléchi. On ne parlait plus de Paul avec Josy. Le sujet était trop douloureux. En excès de poids, mal attifée, Josy tirait ses cheveux en une queue-de-cheval qui alourdissait dramatiquement son visage et elle ne se maquillait jamais. Son seul geste de beauté était de s'asperger d'une eau de lavande offerte en douce par un fournisseur aux vendeuses pour qu'en échange, elles placent son produit devant ceux de la concurrence. Et cette odeur, qui rappelait le fond des armoires anciennes, flottait tout autour d'elle accentuant l'image veillotte dans laquelle elle semblait installée pour la vie. D'après Marie, aucun garçon ne s'était jamais senti attiré par Josy, et pour cause, elle n'y mettait pas du sien. Elle avait longtemps eu le plus beau à la maison, Paul, ce frère à côté duquel aucun autre garçon ne valait qu'on s'y attarde. Et il l'avait trahie, ses anciens camarades le traitaient maintenant de « nouveau riche » et pire, de « gigolo ». Josy en souffrait terriblement et le père Dulac ne voulait plus en entendre parler. C'était comme s'il n'avait jamais existé. À la simple évocation de ce prénom, Josy se leva et partit sans un mot. Marie se retrouva seule sur le banc sans avoir eu le temps de la retenir. Ce départ brutal fut la blessure de trop pour Marie qui luttait depuis trop longtemps pour ne pas craquer à chaque seconde. Les jours se succédaient, harassants, et elle se demandait tous les soirs comment elle allait faire pour aborder le jour suivant. Il lui sembla qu'une chape de plomb venait de tomber sur ses épaules. Josy partie, elle n'aurait plus la force de continuer, elle n'avait même plus celle de se lever de ce banc. La nuit était immense. Et le ciel infini. Ce soir-là, il lui parut effrayant. Trop grand, trop lointain, trop vide, trop noir. Elle-même était si peu de chose…

Quant au matin son beau-père ouvrit les volets, il la trouva à la même place. Elle n'avait pas bougé.

Une nouvelle vint la retenir au bord du gouffre. Elle ne l'espérait plus.

— Bonjour madame Lacaze. Ce n'est pas souvent que je vous trouve sur le banc le matin, mais ça m'arrange, j'ai un recommandé pour vous.

Le facteur lui tendit la lettre qu'elle signa mécaniquement.

— Allez, dit-il, je sens que c'est une bonne nouvelle, à demain et bonne journée !

Marie le regarda partir, hésitant à ouvrir la lettre. Des recommandés, elle en avait trop reçu dernièrement avec tous ses problèmes, et c'était toujours pour lui réclamer de l'argent. Mais cette fois, à l'intérieur, il y avait un chèque avec un chiffre à plusieurs zéros. Les assurances avaient fini par payer ce qu'elles lui devaient. Elle lut et relut le montant pour être sûre de ne pas se tromper, puis elle serra le chèque tant attendu contre elle et se mit à hoqueter, des larmes coulèrent. Elle s'abandonna, désormais elle avait de l'argent, elle était sauvée.

Le soleil brillait là-haut et le ciel était d'un bleu pur. Elle lui envoya une prière silencieuse. Tout était donc possible, peut-être bien que là-haut quelqu'un l'avait entendue.

Le banquier ne fit cette fois aucune difficulté pour lui accorder un emprunt. Il lui demanda combien elle voulait et si elle savait déjà ce qu'elle allait en faire. Parce que si elle ne savait pas, lui avait une idée.

— Tu devrais t'acheter une petite pension, lui glissa-t-il sur un ton qui se voulait aimable.

Décidément, on voyait toujours « petit » pour Marie, même quand elle venait avec un bon chèque. Or, elle ne voulait surtout pas d'une petite pension où elle serait cantonnée au ménage, à la cuisine et d'où elle ne sortirait jamais.

— Je vais acheter l'hôtel Saint-Laurent.

Il sursauta, éberlué.

— Le Saint-Laurent ! Cinquante chambres ! Ma foi, tu as de l'ambition. Mais pourquoi cet hôtel ? Il est démodé et difficile d'accès.

— Peut-être, mais il est dans mes prix. Il faut le rafraîchir et je peux l'améliorer sans trop de frais. Il n'est pas bien exploité, j'ai des idées et avec cinquante chambres, il y a de quoi faire.

Le banquier ne prenait pas de gros risques, la demande de réservations à Lourdes était pléthorique. L'hôtel tournerait, il ne doutait ni de la détermination ni des capacités de Marie.

On disait qu'elle était efficace, vaillante et qu'elle ne rechignait pas devant les difficultés. L'affaire du beau-père avait bien progressé et tout le monde savait que c'était grâce à elle. Il lui proposa une somme, mais à sa grande surprise, elle ne l'accepta pas. Elle voulait plus et à un taux moindre. Il poussa les hauts cris mais elle ne se démonta pas. Calme, elle se leva en lui disant que ce n'était pas grave, qu'elle allait voir un concurrent. Le banquier sidéré découvrait pour la première fois qu'il allait devoir se battre pour garder un client. La leçon de René avait fait son chemin. Elle n'obtint pas tout ce qu'elle demandait, mais elle obtint beaucoup plus que ce qu'il lui avait offert.

Et c'était ce qu'elle voulait désormais, ne pas se contenter de ce qu'on lui proposait mais obtenir le meilleur.

L'hôtel Saint-Laurent était une bâtisse du début du XXe siècle, avec un petit style Art déco, plein de charme mais peu entretenu et, surtout, fort mal desservi car comme le soulignait fort justement le banquier, sa rue était particulièrement difficile d'accès. Or à Lourdes, avec le va-et-vient permanent des bus et le nombre de pèlerins transportant quantité de valises, l'accessibilité d'un hôtel était un point capital. Marie en avait pleinement conscience. En achetant le Saint-Laurent, elle faisait un grand pas. Il faudrait juste le transformer et le remettre au goût du jour, comme elle l'avait fait pour leur vieille Torpédo. Le rendre si séduisant que l'effort pour trimbaler les valises dans la rue serait relégué au second plan. Elle avait tout l'hiver pour se préparer à ouvrir la saison suivante. Sa toute première démarche fut d'aller trouver Josy.

— J'ai acheté l'hôtel Saint-Laurent, lui dit-elle, et j'aimerais que tu viennes y travailler à mes côtés.

Josy en resta bouche bée. Par quel miracle une rabatteuse effondrée sur un banc pouvait-elle se transformer du jour au lendemain en propriétaire d'un grand hôtel ?

— On avait pris une bonne assurance avec René, lui expliqua Marie. On s'est serré la ceinture pour plein de choses, mais pour ça il était intraitable. Et il a eu raison, c'est grâce à lui que j'ai cet argent et que je peux rebondir. Il nous a protégées, notre petite Louise et moi.

Elle oublia de dire à quel point elle avait dû se battre avec les assurances pour obtenir ce qu'elles lui devaient et à quel point cette lutte avait été violente. Quand un combat était derrière elle, Marie passait à autre chose.

— Alors, dit-elle à Josy qui faisait des yeux ronds, tu es partante ?

Josy ne pouvait y croire. Toutes ces années, elle avait bien tenté d'aller travailler ailleurs pour sortir de cette cave, mais l'affaire des chocolats massacrés avait marqué les esprits. Sa réputation « d'hystérique » la poursuivait encore. Et quand il arrivait qu'on lui propose quelque chose, c'était pire que ce qu'elle avait chez Bayle. Il faut dire que son physique peu gracieux et son manque de soin n'incitaient personne à la mettre en boutique ou au service en restauration. On la reléguait aux coins sombres.

— J'ai confiance en toi, l'avertit Marie, mais il faut que tu changes. Tu n'es pas présentable. Prends soin de toi, fais-toi faire une coupe correcte et habille-toi mieux. Tu dois être impeccable. Parce que je t'offre une vraie place dans mon hôtel, tu me seconderas.

Josy tombait des nues.

— Te seconder ! Mais je n'ai jamais travaillé dans l'hôtellerie.

— Et ton travail à la pension, c'était quoi ? De la couture ?

— La pension, c'était en famille. Et j'ai oublié, je ne sais pas...

— Moi je sais. Tu peux. Je ne te fais pas un cadeau parce que tu es mon amie, j'ai besoin de quelqu'un de confiance et je n'ai confiance qu'en toi. Mais il faut que tu sois crédible, et ça commence par ta présentation. Je veux te voir impeccable.

Il y avait bien longtemps que Josy n'avait plus la moindre ambition pour elle-même ou pour son avenir. Ses parents, anéantis par le départ de Paul et la perte de la pension, ne se préoccupaient plus d'elle. Elle vivait seule dans une chambre sous les toits et elle s'en contentait. Comme elle se contentait de tout. Marie la mettait face à ce qu'elle était devenue, et elle se vit, mal peignée, sale, et moche. « Tu pues, tu pues ! » Jamais elle n'avait oublié ces mots.

— Alors, tu dis quoi ?

— Je n'arrive pas à y croire, c'est... si rapide, si imprévu. Mais je ne peux pas. Comment veux-tu... Je ne te rendrais pas service en acceptant, je suis comme tu me vois là. Tu te rends compte de ce que tu me proposes, je n'y arriverai pas.

Josy était dans un tel état que la convaincre qu'elle pouvait changer ne serait pas facile. Marie en prenait la pleine mesure mais elle était sûre qu'ensemble elles réussiraient à surmonter ça aussi. Seulement, il fallait se décider vite. Josy était butée.

— Décide-toi, lui dit-elle d'un ton ferme. Sinon j'ai une autre solution. Maïténa.

Maïténa était une saisonnière basque qui avait fait l'accueil au Saint-Laurent du temps des anciens propriétaires. Elle avait une excellente réputation et Josy sursauta en entendant son nom. Si elle ne saisissait pas sa chance tout de suite, c'était perdu, elle redescendrait à la cave. Elle accepta comme on peut se jeter à l'eau parfois, sans savoir nager. Tout simplement parce qu'il n'y a pas d'autre issue.

— Tu verras Josy, lui assura Marie émue, on va faire quelque chose de bien avec cet hôtel. Ta mère et ton père seront fiers de toi. On va les étonner ceux qui nous ont tant méprisées. Tu verras...

Marie avait traversé tant d'épreuves, qu'en cet instant, elle se sentait indestructible. Elle avait encore toutes les audaces. Quant à Josy, elle ne comprenait pas bien ce qui lui arrivait, c'était si soudain. Comment imaginer qu'elle allait quitter la cave des Bayle où elle pensait rester jusqu'à la fin de ses jours. Comment croire qu'elle n'y redescendrait plus jamais de sa vie. Et son frère qui l'avait abandonnée du jour au lendemain, lui aussi elle voulait le surprendre.

Contrairement à ce que pensait Josy et à ce que tous pensaient, Paul était resté un homme libre. Seule Inès le savait. Les apparences étaient trompeuses. Elle lui offrait beaucoup de cadeaux, mais lui ne demandait jamais rien. Elle était certaine que si un jour il décidait de partir, cet argent qu'elle avait cru si puissant ne le retiendrait pas. Le spectre de Josy et des parents Dulac n'était jamais loin. Un jour, il avait émis l'idée de racheter la vieille pension. Elle lui avait ri au nez.

— Racheter cette baraque ! Quelle idée, sors-toi ça de la tête !

Il s'était braqué.

— Cette « baraque », c'était une maison, la mienne, et si elle est en vente un jour, je l'achèterai.

— Tu n'as pas assez d'argent, mon pauvre ami, avait-elle répliqué, cinglante. Et je ne t'en donnerai jamais pour ça.

— Je ne t'en demanderai pas, Inès.

Ce n'était pas une phrase en l'air, il avait répondu avec calme. Il semblait y avoir réfléchi. Et elle avait frémi. Avec ses cours de ski, il avait mis pas mal d'argent de côté. Si un jour la pension était remise en vente, elle était convaincue qu'il ferait ce qu'il avait dit. Alors elle ne le verrait plus. Car contrairement à ce qu'avait prétendu la rumeur, Paul n'avait jamais voulu quitter ni les siens ni la pension. Cela s'était fait malgré lui.

— Ce sont eux qui m'ont renié, lui expliqua-t-il un matin, tous ne voyaient en moi qu'un champion et je ne serais jamais devenu celui qu'ils voulaient que je sois. Moi je savais que je n'en avais pas le potentiel, les temps avaient changé dans le monde du rugby et ils ne voulaient pas le comprendre. Je n'avais pas d'autre solution que de partir, j'ai fui, j'ai été lâche et… tu m'as sauvé Inès. Eux ont préféré croire que tu m'avais acheté. Je ne regrette rien, je me sens juste coupable pour ma mère et ma sœur, j'aurais dû leur expliquer pourquoi je t'avais épousée. Au début, tu m'écoutais, avec toi j'entrevoyais d'autres horizons…

Il disait « tu m'as sauvé », il disait « tu m'écoutais », mais il ne disait pas « je t'aimais » ou « je t'aime ».

Un matin, elle ne put se retenir et pour une broutille, elle lui envoya durement à la figure « ses quatre vérités ».

— C'est mon argent que tu as épousé, pas moi !

Il prit un ton grave.

— J'ai retrouvé le goût de la vie avec toi, Inès, et ton argent n'a rien à voir avec mes sentiments. Tu te trompes et je ne comprends pas pourquoi, pensant une telle chose, tu as voulu de moi. Je devrais être inquiet. Qu'attendais-tu d'un homme qui t'aurait épousée pour ton argent ? Qu'attendais-tu de moi puisque très vite tu m'as rejeté ?

Bouleversée par ces mots, elle aurait voulu se jeter dans ses bras, s'abandonner à lui, lui dire combien elle l'aimait, combien elle souffrait. Mais elle aurait dû surmonter tant de choses, comprendre d'où lui venaient cette force noire et cet orgueil qui lui avaient servi tant de fois pour éloigner les prédateurs de tous poils, mais qui l'éloignaient aussi de lui, le seul homme qu'elle avait su aimer et qu'elle aimait de plus en plus fort. Elle préféra nier, et ces mots qui sortirent de sa bouche, ce fut comme si c'était une autre qui les prononçait. Elle s'écouta les dire, horrifiée.

— Ce que je voulais ? Mais rien ! Toi ou un autre, c'était pareil. Tu étais là, c'est tout.

Elle lut sur son visage le mal qu'elle lui faisait, et contrairement au plaisir qu'elle avait toujours pris à dominer son entourage, y compris ses amis, ce mal l'atteignit cruellement en retour. Elle sentit son visage se décomposer et tourna orgueilleusement les talons. Il n'était pas question que Paul voit ne serait-ce qu'une seule larme dans ses yeux ! Jamais elle ne se présenterait devant lui comme sa mère devant son père, jamais elle ne serait cette femme-là. Tous les jours depuis son enfance, elle avait entendu sa mère rabâcher que son père les abandonnerait et elle avait fini par intégrer l'abandon comme une réalité inéluctable. Un jour, son père la laisserait seule avec une mère détruite, à la tête de cet hôtel immense dans lequel elle ne savait que se faire servir. Et elle en concluait qu'un jour, Paul aussi partirait.

Jour après jour, le poison instillé dans son cœur accomplissait son œuvre dévorante, détruisant tout… Mais l'amour résistait.

Le premier hôtel

Le métier d'hôtelière se déclinait en une multitude de métiers, surtout quand on ne disposait pas de personnel suffisant… Marie allait le comprendre rapidement, et dès le premier jour, elle allait découvrir ce qui pouvait anéantir la meilleure des volontés en un rien de temps : l'imprévu.

Elle avait donné rendez-vous à Josy devant le Saint-Laurent à huit heures du matin pour refaire ensemble l'inventaire. Elles pourraient ainsi remédier aux manques éventuels de linge ou de vaisselle, et procéder à quelques ajustements nécessaires. Quand elle arriva, Josy l'attendait déjà et elle avait fait un effort dans sa présentation. Marie lui fit un large sourire et lui tendit fièrement un trousseau de clefs.

— C'est le double des clefs de l'hôtel, lui dit-elle. On ne sera que deux à l'avoir, toi et moi.

Josy le prit religieusement.

— Attention, je ne te les confie pas pour faire la nouba en douce !

Josy fit la moue et haussa les épaules. Elle n'aimait pas quand on la bousculait sur ce terrain, même amicalement. Tout le monde savait bien qu'elle ne faisait pas la nouba. Et avec qui l'aurait-elle faite d'ailleurs ? Mais pour une fois sa grimace se transforma vite en sourire. Le moment était trop beau.

Marie éclata de rire, ça faisait tellement du bien de rire. Elle avait son hôtel ! La vie recommençait, elle retrouvait son énergie.

Elle tourna la clef dans la serrure et ouvrit la porte. Le hall était plongé dans le noir total.

— Voyons si EDF a bien fait son travail et remit les branchements.

Suivie de Josy, elle se dirigea à tâtons vers le tableau électrique qu'elle avait repéré lors de ses visites précédentes et en actionna le bouton d'allumage. Le hall s'éclaira immédiatement. Elle laissa échapper un soupir de soulagement.

— Ah ! J'avais peur qu'ils aient oublié !

Mais l'éclairage du hall était loin d'être aussi puissant que lors de ses précédentes visites et elle éprouvait une étrange sensation de vide. Elle s'avança, regarda de tous côtés.

— Il y avait beaucoup de fauteuils dans ce hall, c'était plus garni…

Elle leva les yeux.

— Et il avait un grand lustre au plafond, pas une simple ampoule.

— Tu es sûre ? questionna Josy tout en s'empressant d'ouvrir les volets pensant qu'elle n'y voyait pas assez clair et qu'avec la lumière l'impression se dissiperait. Mais ce fut l'inverse, Marie allait de pièces en pièces, affolée, et de pièce en pièce son impression se confirma.

— Évidemment que j'en suis sûre, je ne comprends pas. Là, dit-elle à Josy en désignant un mur vide, il y avait un grand buffet j'en suis sûre…

Mobilier divers, lampes, on voyait nettement sur les murs les traces de tout ce qui avait disparu. Dans les couloirs, fils électriques et dominos pendaient lamentablement. Marie continuait à ouvrir les portes et à arpenter les couloirs, montant à tous les étages. L'état de la lingerie et de la cuisine ne laissa plus aucun doute. Elle avait été volée. Plats de service, couverts, pots à crème et à lait, théières, argenterie, presque tout avait disparu. Il ne restait que le minimum avec lequel il était inenvisageable de faire le moindre service. Quant au linge, les piles de drap et de serviettes étaient bien trop petites pour espérer faire tourner un hôtel de cette dimension. Atterrée, Marie se laissa tomber sur la première chaise venue. L'hôtel Saint-Laurent était une coquille vide. Quand elle l'avait visité, tout était en place, prêt à fonctionner pour la saison suivante. Là, il ne restait même pas de quoi faire illusion. La douche était glacée.

— Mais tu avais négocié le mobilier ou pas, l'interrogea Josy, stupéfaite elle aussi.

— Bien sûr !

— Et il y avait tout ?

— Oui. Mais je n'ai pas détaillé, j'ai fait confiance. Comment imaginer qu'ils se serviraient en partant ?

— Alors il faut aller les trouver et régler ça au plus vite, allons-y tout de suite.

— Ils sont partis à l'étranger, je ne sais même pas dans quel pays. Ils avaient déjà emménagé là-bas avant de vendre.

— On ira voir le notaire, c'est lui qui a fait l'acte, il doit être au courant. Tu es dans ton droit. On va tirer ça au clair.

Mais Marie semblait avoir perdu toute capacité de réaction.

— Je ne peux plus. Je viens de passer deux années horribles à me battre contre ces assurances qui faisaient tout pour que j'abandonne, tout ça en continuant à travailler comme une forcenée, je n'ai plus la force de recommencer. Travailler, oui, mais pas ça !

— Il le faut Marie, tu n'as pas le choix !

— Ça ne mènera nulle part. Cette fois, je ne peux rien prouver. C'est ma faute, je me suis faite avoir. J'aurais dû être plus rigoureuse sur les détails au moment de l'achat. Mais comment j'aurais pu imaginer ça, ils avaient l'air normaux, honnêtes.

— Ce n'est peut-être pas les anciens propriétaires tu sais, j'en ai entendu des histoires avec Mme Bayle, une vraie cancanière qui sait tout sur tout...

Et Josy raconta que dans des cas comme celui-là, au moment des rachats, il était déjà arrivé que les anciens propriétaires récupèrent des choses en douce une fois la vente assurée, mais certains employés indélicats n'hésitaient pas à se servir. Marie savait que ce serait très difficile de retrouver les choses. Elle n'avait pas fait l'inventaire global par écrit. Alors comment prouver quoi que ce soit.

À force d'insister, Josy réussit à convaincre Marie d'aller déposer une plainte pour vol à la gendarmerie. Le gendarme qui enregistrait la plainte regardait Marie d'un air consterné.

— Si je comprends bien, je dois croire ce que vous me dites. Mais il n'y a aucune preuve, c'est ça ?

— Oui, c'est ça. Mais j'ai payé l'hôtel un bon prix et vous pouvez vérifier qu'il ne reste pas grand-chose dans la partie mobilière.

— Vous avez peut-être payé un bon prix mais rien ne dit qu'il comprenait plus que ce que vous avez. Après tout, des gens qui font de mauvaises affaires et qui après viennent se plaindre et croient s'en sortir en venant faire des réclamations, ça existe. Vous êtes bien la femme de Lacaze, le propriétaire du bus qui a eu un accident ?

— Oui, c'est moi.

— Vous avez bien touché une grosse somme des assurances récemment, non ?

La conversation prenait un drôle de tour, Marie ne voyait pas où il voulait en venir.

— Nulle part, confirma-t-il, je disais ça pour parler. On vous contactera si on trouve quelque chose. Mais dites-vous qu'on ne peut pas toujours avoir de la chance.

— De la chance ! Qu'est-ce que vous voulez dire, que j'ai eu de la chance d'être veuve et après, de me faire voler ?

Il prit un air de deux airs et adopta un ton familier. Marie comprit qu'il ne bougerait même pas le petit doigt.

— Je voulais juste dire, lâcha-t-il, que retrouver des voleurs, c'est déjà difficile, mais retrouver des voleurs sans savoir ce qu'ils ont volé, c'est de la magie, pas de l'enquête. Il faut des éléments, et là je n'en ai aucun.

Marie savait bien qu'on disait qu'elle avait pu acheter le Saint-Laurent grâce aux indemnités des assurances, des jalousies se déclaraient. Une rabatteuse qui devenait hôtelière, ça n'était pas dans l'ordre des choses. Elle sortit du commissariat comme elle y était entrée, sans illusion. On ne trouverait pas les coupables parce qu'on ne les chercherait pas.

— Le plus grave, dit-elle à Josy, c'est que je n'ai plus de trésorerie pour reconstituer ce qui manque. J'avais tout calculé au centime près pour les frais de mise en route et des petits travaux, pensant qu'on ferait nous-mêmes le plus gros. Mais sans assez de fauteuils pour s'asseoir, sans luminaires et sans assez de draps, de serviettes et de plats, il est impossible d'ouvrir l'hôtel.

Ce coup du sort qui emportait ses derniers espoirs avait anéanti ce qu'il lui restait d'énergie. Une immense lassitude l'envahit.

— On va faire l'inventaire de ce qui reste, dit Josy, on verra bien après comment se débrouiller.

Cette capacité de Josy à faire face Marie l'avait pressentie, mais après ce qu'elle venait de vivre, elle était dans l'incapacité de s'en réjouir. Au contraire.

— « Se débrouiller ! », j'ai fait ça toute ma vie, Josy. Cette fois enfin, je pouvais travailler dans des conditions correctes. Alors n'insiste pas. On ne peut rien faire et je ne vois qu'une solution, revendre au plus vite.

Revendre le Saint-Laurent pour Josy, cela signifiait redescendre à la cave des Bayle et c'était hors de question. Elle ne passerait plus jamais ne serait-ce qu'une heure à la lueur d'une ampoule. Déterminée, elle obligea Marie à quitter sa chaise et à refaire le tour des lieux. Mais le cœur n'y était plus, le coup était trop dur.

— Ça ne sert à rien de rester là, viens, je ferme.

Elles se quittèrent défaites. Josy ne pouvait admettre qu'après tant d'efforts et tant d'espoir, tout s'effondre aussi vite. Elle s'obstinait à penser que le lendemain ça irait mieux. Marie allait se reprendre et elle avait déjà une idée à lui soumettre. Faire avec le matériel disponible, préparer l'hôtel et ouvrir la prochaine saison, en n'acceptant qu'un nombre réduit de réservations. Et avec les économies faites sur la première saison, acheter un peu plus de matériel pour la saison suivante. Ainsi en deux saisons, l'hôtel serait à nouveau en bon état de marche.

Sur un ton très résolu elle avait exposé son plan.

— C'est gentil de chercher une solution Josy, dit Marie. Mais avec mes charges, l'hôtel doit tourner à plein, en dessous on sera dans le rouge. Non seulement je ne ferai pas d'économies comme tu crois, mais j'accumulerai des dettes. Ce vol, c'est un coup de trop. Je me suis trompée…

Ces paroles angoissaient Josy au plus haut point. Elle avait vu une connaissance de son ancienne patronne qui était tombée dans la déprime. Et ça avait commencé comme ça, par une immense lassitude.

— Elle est fichue, disait sa patronne, elle se laisse aller et ne pourra pas remonter, elle va tomber trop bas. Après ce sera les médicaments et elle ne s'en sortira plus.

Cette femme s'était retrouvée seule avec deux petits garçons après que son mari décède d'un arrêt cardiaque dans un hôtel de luxe sur la Côte basque. Elle le croyait en prospection chez des fournisseurs. On lui avait caché la vérité mais elle avait fini par la découvrir. Fragilisée tout à la fois par la découverte de l'infidélité de son mari et sa mort subite, elle avait petit à petit délaissé son affaire et tout remis entre les mains de son directeur. Elle voyait de moins en moins souvent ses petits garçons qui étaient en pension dans une institution catholique privée à une vingtaine de kilomètres. Fantomatique dans les brumes hivernales au bord des eaux froides du gave de Pau, la bâtisse entourée d'un calvaire et d'une chapelle effrayait par la masse militaire de ses hauts murs de granit. On louait les résultats scolaires de cet établissement sévère, mais on disait aussi « qu'il s'y passait des choses ».

— Pauvres gosses, disait en soupirant la patronne de Josy, et en plus leur mère va se faire piller par le petit personnel.

Par la porte ouverte de sa cave, Josy haussait les épaules en entendant ces commentaires. C'était toujours le personnel que les patrons accusaient de tous les maux, et vice versa. Josy pensait aux deux petits garçons. Elle se rendait compte que les enfants des riches hôteliers n'étaient pas tous gâtés comme elle l'avait cru. Certains ne s'en encombraient pas, ils les plaçaient en institutions, et durant les vacances ils les envoyaient apprendre les langues étrangères dans de lointains collèges anglais ou espagnols. En fait, ils ne les voyaient pratiquement jamais.

Josy pensa à ce qui arriverait à la petite Louise si Marie se laissait couler. Son imaginaire s'enflamma. Elle dramatisait, se remémorait des exemples de femmes tombées dans l'alcool, d'enfants livrés à eux-mêmes. Elle voyait tout en noir, ne dormait plus.

Toutes les nuits suivantes, elle tourna et retourna les choses dans sa tête. Comment faire ? Où trouver l'argent pour relancer le Saint-Laurent ? L'argent ça ne se trouvait pas facilement, il n'y avait que les héritières comme Inès et Béatrice pour se la « couler douce ». L'injustice lui parut alors plus criante et plus douloureuse que jamais, et elle se mit à ressasser la trahison de son frère qui après avoir été un dieu à ses yeux, devint un monstre d'égoïsme. Un traître qui était allé du côté de l'argent, n'avait eu aucun état d'âme et ne se souciait même pas de ce qu'elle devenait. Qui ne venait plus voir ses parents pourtant si généreux avec lui. Un moins que rien. Ces pensées lui faisaient un mal de chien mais plus elle avait mal, plus elle les alimentait trouvant toujours dans ses souvenirs lointains quelque détail pour la conforter dans l'idée qu'elle s'était lourdement trompée à son sujet et qu'il n'avait pas mérité l'immense amour qu'elle lui avait porté. Tout devenait noir autour de Josy.

C'est dans ce sombre état d'esprit qu'un matin, au marché, elle croisa leur ancienne voisine Jeanine Junca qu'elle n'avait plus trop l'occasion de voir. Jeanine ne put s'empêcher d'évoquer des souvenirs. Elle lui raconta que Francine aurait aimé racheter la pension pour Marie.

— Cette pension, elle ne sert à rien, tout doit avoir moisi là-dedans. Pourtant il y en avait des choses. Ta mère en prenait soin, tiens, j'en fais des cauchemars.

Josy eut comme une révélation. La pension ! Comment n'y avait-elle pas pensé plus tôt. Elle avait une solution à portée de main et elle ne la voyait pas. Quelle idiote, elle se serait donné des claques ! Sa solution n'était pas une solution très morale, mais elle n'en avait que faire. Cette pension fermée, ça n'était pas moral du tout et les vols qu'avait subis Marie ne l'étaient pas davantage. Alors la morale, Josy la mettait dans sa poche. Son idée était géniale et allait les sauver, mais elle ne pouvait pas la mettre seule à exécution. Le lendemain, elle se leva plus tôt que d'habitude, fit sa toilette et coiffa ses cheveux soigneusement. D'un pas énergique, elle se rendit ensuite chez Jeanine. Elle se faisait fort de la convaincre. Mais Jeanine poussa des hauts cris.

— Mais tu es folle, s'exclama-t-elle. Qu'est-ce que tu me dis là Josy ! Prendre les affaires dans l'ancienne pension de tes parents pour les mettre au Saint-Laurent ! Mais tu marches sur la tête ou quoi ? Ces meubles et toute cette vaisselle et le linge ça n'est plus à vous, on ne sait même pas à qui ça appartient. C'est du vol ! Comment tu as pu imaginer que j'allais t'aider à faire une chose pareille ! Jamais, tu ne m'entends. Et je t'interdis de le faire, tu veux te retrouver en prison ou quoi ?

Josy avait anticipé sa réaction, elle n'y alla pas par quatre chemins. Elle la regarda droit dans les yeux et lui énuméra tous les arrangements limites qui sévissaient parfois dans la restauration, les comptes des hôtels, et jusque dans sa petite pension.

— Tout n'est pas blanc comme neige, pas même chez toi Jeanine, alors ne fais pas ta mijaurée. Tu dois m'aider, Marie le mérite. À la mort de René, elle est allée mendier avec les rabatteurs, elle a fait la bonniche chez le père Lacaze et elle vient de s'endetter pour s'en sortir, il n'est pas question qu'elle se retrouve à la rue avec sa petite parce que des salauds n'ont pas hésité à piller son hôtel ! Je ne laisserai pas faire ça et si tu ne m'aides pas, je te dénonce et je dénonce tous ceux qui font des doubles bandes dans leur comptabilité. Ça va faire du monde.

Jeanine manqua s'étouffer. Elle essaya bien de dire que c'était incroyable de se faire traiter de voleuse chez soi mais Josy coupa court.

— Écoute Jeanine, il ne faut pas perdre de temps, tu dois m'aider c'est tout.

Encore ébranlée, Jeanine Junca se ressaisit et petit à petit, elle retrouva son calme. C'est vrai que Marie avait eu son lot de problèmes et il n'était pas juste de la laisser dans une situation aussi dramatique. Elle ne le méritait pas. Après tout Josy n'avait pas tort, personne ne se souciait de savoir si le mobilier de la pension s'abîmait ou pas. Les propriétaires s'en fichaient comme de l'an quarante. Alors emprunter, le temps d'une saison, du linge, de la vaisselle et des meubles, ça n'était pas plus immoral que de les laisser pourrir pour rien. Rassurée par cette vision logique et morale, elle accepta.

— Et si Marie ne veut pas ? demanda-t-elle.

— On la mettra devant le fait accompli. Et elle acceptera, elle n'a pas le choix.

Mais Jeanine avait d'autres interrogations, plus pratiques.

— Et comment on va ouvrir la pension ? Si on casse quoi que ce soit, ce sera une effraction. C'est un gros délit.

Josy sortit de son sac une clef qu'elle lui mit sous le nez.

— J'ai gardé mon double, je n'ai jamais pu m'en séparer.

Jeanine Junca n'y croyait pas. Avec son air de ne pas y toucher, Josy la sidérait, et c'était loin de lui déplaire. Elle aussi avait souvent râlé après ces investisseurs qui font flamber les prix et laissent pourrir des établissements qui auraient pu être si utiles à d'autres. Francine était morte sans avoir eu la joie de savoir sa fille à l'abri et Thérèse était tombée dans une dépression dont elle n'arrivait pas à se relever… Beaucoup de monde avait payé pour cette situation imbécile. Elle ne l'avait jamais accepté.

— Tu ne manques pas de toupet toi, dit-elle stupéfaite, on ne dirait pas à te voir. Bon, alors… on fait ça quand ? demanda-t-elle, soudain impatiente d'y aller.

— Ce soir.

— Ce soir ! Mais c'est impossible, il faut le temps de s'organiser.

— Il suffit d'avoir une camionnette, un garçon solide pour aider à porter les meubles, et je les aurais. On commencera dès la nuit tombée, il n'y a personne dans la ville en ce moment, on ne risque pas d'être embêtées.

La saison était terminée et les hôtels et les boutiques avaient baissé leurs rideaux de fer depuis longtemps. Les saisonniers avaient regagné leurs villages, le Portugal ou le Pays basque, et les hôteliers leurs maisons sur les coteaux environnants. D'autres étaient partis vers le soleil d'Espagne. La ville était en sommeil. Josy avait dans l'idée qu'il fallait embarquer Jeanine sans lui laisser le temps de trop réfléchir. Elle prit les choses en main avec une efficacité surprenante. Elle avait à plusieurs reprises rendu de gros services à un jeune livreur qui débutait et faisait beaucoup d'erreurs sur les colis. Elle le contacta, et sans demander plus d'explications que ça, il arriva avec sa camionnette.

— Ça va être juste à trois, lui dit-il quand elle lui eut exposé l'affaire. Il faut quelqu'un de plus qui pourrait donner un coup de main pour porter à quatre et aller plus vite.

Josy était réticente.

— Je ne veux pas mettre d'autres personnes. Nous trois, ça suffit.

Le garçon se tourna vers Jeanine.

— Et votre mari ?

— Il est parti à la chasse et s'il savait ce que je fais, je me ferais sacrément enguirlander, ce n'est pas le moment.

Mais le jeune livreur était ferme. Pour certains meubles ça ne passerait pas, il fallait une autre personne pour charger et décharger. Une personne de confiance pour accepter une telle affaire et disponible à la dernière minute, ça ne courait pas les rues. Soudain Josy eut une idée, Chantal ! Revenue à Lourdes après son école, elle s'était mariée et avait pris la suite à l'hôtel de ses parents.

— J'y vais tout de suite. Pour Marie, elle ne dira pas non, je la connais, dit-elle à Jeanine.

— Je ne crois pas que tu devrais, c'est une petite-bourgeoise, elle nous fera des histoires, je ne la vois pas en train de se mettre dans l'illégalité pour aider une amie. Il vaudrait mieux qu'elle ne sache rien, et si elle nous dénonçait !

Mais Josy ne voulait pas remettre au lendemain. Jeanine ne serait peut-être plus si partante et le livreur se rendrait compte qu'il risquait gros. Elle les avait eus à l'estomac, il ne fallait pas les lâcher. Restait à convaincre Chantal.

Quand Josy arriva, elle regardait la télévision. Ses enfants avaient regagné leur pensionnat et son mari était au Café de la Poste. Elle accueillit Josy comme si elle l'avait vue la veille. Prises par le travail, elles ne se voyaient plus beaucoup mais l'amitié était visiblement intacte.

— Ça alors, quelle surprise ! Je suis contente de te voir, dit-elle spontanément. Mais… à cette heure ? Il y a quelque chose de grave ?

Quand elle sut de quoi il retournait Chantal refusa, horrifiée, « tout ça n'était pas légal du tout, jamais elle ne ferait une chose pareille ». Josy prit alors un ton dramatique : « Marie était au bout du rouleau, c'était une question de vie ou de mort. » Chantal tombait des nues et l'écoutait perplexe. Josy savait qu'il fallait faire vite et ne pas trop la laisser gamberger elle non plus. Rien ne retenait Josy, ni pudeur ni morale, elle plaidait une cause qu'elle savait juste. Elle devait réussir.

— Tu veux laisser Marie se suicider ? Tu crois que tu pourras te regarder dans une glace après ça ?

Chantal vacilla. Alors Josy porta le coup de grâce :

— Tout le monde n'a pas la chance d'hériter. Comme toi !

Vaincue, Chantal céda. Mais elle précisa bien qu'elle ne pouvait venir que jusqu'à minuit, une heure, pas plus. Avant que son mari ne rentre, sinon elle devrait tout lui expliquer.

— Ça sera largement suffisant, fit Josy soulagée, viens vite on y va.

Ils se retrouvèrent devant chez Jeanine et le déménagement commença comme prévu dès la nuit tombée. Connaissant exactement chaque objet et son emplacement, Josy dirigea les opérations avec une efficacité surprenante. Ils emportèrent des chaises, du petit mobilier, de la vaisselle, du linge, ce qui était utile, pas plus. Et comme dans les contes de fées, ils terminèrent au moment où la cloche de l'église paroissiale sonna les douze coups de minuit.

— On garde ça pour nous et à la fin de la saison, on remettra tout à sa place.

Ils jurèrent, ils garderaient le secret. Ils souriaient, exténués et heureux car ils avaient tous les quatre le sentiment d'avoir enfreint la loi pour faire quelque chose de bien. Ils ne se sentaient coupables de rien. Cette pension fermée depuis si longtemps au plein cœur de la ville, c'était absurde. Ils avaient juste remis les choses là où elles se devaient d'être. Du côté de la vie. Et ce sentiment puissant les réunissait bien au-delà de leurs différences.

Comme tous les ans à cette époque, Inès avait accompagné sa mère au María Cristina, le palace espagnol des bords de la mer Cantabrique. Le Gallia était en sommeil pour une longue nuit d'hiver, de grands draps de lin blanc couvraient les confidents et on avait rangé la précieuse vaisselle. Paul était parti directement à Barèges pour préparer la saison de ski. Depuis qu'il avait parlé de racheter la pension de sa famille, Inès était obsédée par cette idée : il allait retourner vers son passé. À Barèges, pris par ses cours de ski, il n'y penserait plus, et elle pourrait respirer. Elle le rejoindrait aux premières neiges. Elle n'était pas mécontente de passer quelque temps loin de lui. Quand elle ne le voyait pas elle souffrait moins, San Sebastián lui permettait de s'évader, de fuir toutes ces pensées.

Le luxe du María Cristina n'était pas une légende. Dès l'abord, il impressionnait par l'alignement de son interminable façade et de ses hautes fenêtres cintrées ouvertes sur les eaux de l'Uruméa. Ses lustres de cristal illuminaient les prestigieuses soirées privées du nord de la péninsule Ibérique, où se pressaient les grands d'Espagne. Franco tenait le pays dans sa main de fer et le drame de la guerre civile avait laissé une empreinte douloureuse dans tous les esprits. Nous étions sur les terres basques de l'autre côté de la frontière et il n'était pas si anodin de la traverser dans un sens, quand un flux d'émigrés la passait dans l'autre. Héritière de grands industriels du Nord, la mère d'Inès avait des relations dans cet univers très codifié. Elle avait habitué sa fille à la fréquentation du palace dès l'enfance, et pour Inès le María Cristina gardait l'empreinte des jours heureux. Quand ses parents s'aimaient. Quand sa mère s'enveloppait de « Vol de nuit » et que son père s'émerveillait de découvrir l'élégance de sa femme dans de longues et fragiles robes du soir. Inès les suivait du regard jusqu'à ce qu'ils disparaissent au bout du long couloir, enlacés et heureux. Sa nounou refermait alors la porte et, dans la nuit de sa chambre, Inès se souvenait encore la délicieuse odeur des parfums de l'un et de l'autre mêlés. Jamais le bonheur n'avait été plus intense que dans ces moments-là, mais il avait fui. Des hautes fenêtres du palace, il ne lui restait plus qu'à regarder en contrebas se tourmenter les eaux boueuses du grand fleuve espagnol.

Inès aimait la force de cette terre basque du nord de l'Espagne qui avait tant souffert. On était loin des insouciants golfeurs de Chantaco et des surfeurs de Biarritz qui jouaient aux Américains. Inès n'avait jamais apprécié le style surfait de cette nouvelle génération qui avalait les modes comme on aspire à la paille un verre de sirop, en en ayant plein la bouche. En grandissant, elle avait déserté les séjours dans la villa de Béatrice où se croisait une jeunesse insouciante et trop bronzée. Elle préférait des vents plus sombres et plus incertains. La présence du général Franco, qui avait fait de San Sebastián son lieu de villégiature, ajoutait à la dramatisation de la ville espagnole. Le dictateur y passait ses vacances sur les bords de la Concha dans le palais d'Aiete, une villa de style néoclassique. Par sa seule présence, il éloignait des lieux toute légèreté. Dans l'air des rues et des places, Inès ressentait cette gravité. Et l'aimait. Depuis que les jours heureux de l'enfance avaient fui, elle ne se sentait jamais aussi bien que dans des atmosphères où rodait la possibilité d'un danger.

Comme on raconte une légende, avec une admiration mêlée de crainte, sa mère lui avait raconté la parade du dictateur espagnol dans les rues de la ville basque en 1939. Le général Franco, disait-elle, était arrivé dans sa longue voiture noire, encadrée par le cortège de ses fameux cavaliers maures qui le suivaient au pas, lances à la main, turbans et capes blanches immaculées. Des bannières flottaient au vent et des fleurs par milliers recouvraient les rues de la capitale basque. La théâtralité était à son apogée. Caracolant en ligne, les Maures avaient profondément marqué la foule. Ils dégageaient le magnétisme rare de ceux qui ont gardé en eux quelque chose des temps anciens, que l'on dit plus instinctifs et que l'on imagine plus sauvages.

Encore éblouie, Mme Hollen racontait à Inès cette parade du dictateur comme elle lui aurait raconté un conte des mille et une nuits. Elle ajoutait pourtant à ce souvenir une vague inquiétude, et elle hésitait, cherchait le mot juste.

— C'était une magnificence, c'était vraiment très beau, mais... je percevais que nous avions peut-être affaire à des gens dangereux.

Fascinée par l'exotisme du récit, attirée par le danger qui s'en dégageait, Inès avait pris l'habitude d'aller se promener seule le long de la baie espagnole pour tenter d'apercevoir au loin la villa du dictateur. Les fins d'après-midi, sur les bords de la Concha, elle laissait sa main traîner négligemment sur la balustrade de ferronnerie blanche pour voir au loin arriver *El Azor*, son yacht immaculé qui, un soir d'été, avait envoyé par le fond la navette tranquille qui ramenait les promeneurs de l'île Santa Clara. Six morts dans un banal accident lors d'un retour de pêche au thon, sport favori du Caudillo. On était pas vraiment dans un éden tranquille à San Sebastián. Au fil des ans, Inès avait puisé dans ces lieux chargés d'histoire une force qui lui faisait envisager la vie comme une lutte permanente dans laquelle ne survivraient que les plus durs, les plus violents. L'affreux désespoir de sa mère, les trahisons de son père, le mépris d'un personnel sournois et les ignominies du doyen, les séjours dans la ville espagnole et l'idée qu'elle se faisait de la puissance de ce général dont on ne parlait qu'à mots couverts, avec crainte et déférence, la confortaient dans l'idée que seule la puissance permettait de se hisser hors de portée des miasmes humains. À San Sebastián, tout était potentiellement plus dangereux, alors on était vigilant. Voilà pourquoi elle en préférait l'air à celui de Biarritz et voilà pourquoi l'été elle n'allait plus dans la villa de Béatrice, contrairement à Paul qui aimait l'insouciance de la côte française où même l'océan semblait joueur quand il s'y déchaînait. De sombres pensées hantaient Inès, alors qu'elle déambulait à la recherche de fantômes, seule, dans les longs couloirs du María Cristina. Depuis qu'elle avait aperçu M. Maillard au Gallia et pressenti que « la pension était à vendre », elle était terrifiée à l'idée que Paul l'apprenne. Elle n'avait pas hésité une seule seconde et l'avait rachetée dans le plus grand secret. Mais elle l'avait bien dit à M. Maillard, personne, sous aucun prétexte, ne devait savoir ni même soupçonner qu'elle en était désormais la propriétaire. Le mieux était de laisser croire que le groupe ne la revendait plus. M. Maillard avait conclu de nombreuses transactions mais celle-ci l'avait laissé perplexe.

— Dans une position comme la vôtre, je ne comprends pas une décision aussi rapide et aussi étrange…

Elle l'avait interrompu sèchement.

— Ne cherchez pas, cette pension a un vice caché.

— Ça alors, je me demande bien lequel.

— Elle ne sera jamais rentable.

C'était si incongru qu'il avait insisté.

— Pourquoi l'achetez-vous alors ? Avec quelques améliorations, ce serait une affaire au contraire tout à fait acceptable.

— Elle restera fermée et pourrira sur place.

Il en avait été sidéré. Inès Hollen l'avait laissé sur une impression de profond malaise, on la trouvait charmante et voilà qu'elle laissait entrevoir de bien étranges noirceurs. « Elle pourrira sur place ! » Quel affreux souhait. Mais il avait fait une promesse et devait s'y tenir. Rien ne devait se savoir, les affaires avant tout. Voilà pourquoi, sans plaisir – bien au contraire –, il avait préféré rabrouer un peu sèchement M. Francis afin qu'il ne lui parle plus jamais de cette pension.

Mais Inès n'avait pas l'esprit tranquille. Tout finissait par se savoir un jour ou l'autre. Et elle avait la certitude que le jour où Paul apprendrait qu'elle était la propriétaire cachée de son ancienne pension familiale, elle le perdrait. Elle regrettait son achat impulsif. Elle aurait dû laisser faire le destin, mais c'était trop tard.

Telles étaient les pensées qui l'obsédaient pendant qu'elle regardait, sans les voir, filer les eaux du fleuve Uruméa.

Marie n'était plus retournée au Saint-Laurent. Il lui fallait impérativement trouver une solution, revendre au plus vite car les échéances couraient. Elle avait appris beaucoup de choses ces dernières années et notamment une particulièrement importante : les banques étaient sans pitié pour les mauvais payeurs. Si elle ne faisait rien, l'hôtel serait vendu dans de très mauvaises conditions et tout l'argent qu'elle avait investi, et qui représentait son patrimoine, serait perdu. Son beau-père avait rencontré une nouvelle femme et s'il ne l'amenait pas encore chez lui, Marie savait que ça ne tarderait pas. Alors la petite et elle seraient à la rue. Elle ne dormait plus, la fatigue creusait son visage, elle imaginait l'effondrement, les dettes à venir. Elle avait vieilli de dix ans, elle n'était plus que l'ombre d'elle-même.

Aussi quand Josy surgit en hurlant parce que de l'eau coulait sous la porte de l'hôtel Saint-Laurent, elle se précipita sans poser de question. Une inondation ! Il ne manquait plus que ça !

Quand elle arriva devant la porte, tout était sec. Pas une goutte d'eau. Elle n'eut pas le temps de s'interroger plus avant ni de prendre les clefs dans sa poche... Josy avait déjà ouvert, allumé les lampes et elle s'était plantée au beau milieu du hall, rempli de tout un fatras d'objets posés à même le sol.

Il y avait des assiettes, des verres, des draps, des torchons, des lampes, des chaises, et même des fauteuils.

— Mais qu'est-ce que c'est que tout ça ? s'exclama Marie ahurie. D'où ça vient ? Et l'eau ?

Josy lui résuma la situation, mais tout était si rocambolesque qu'elle avait du mal à assimiler toutes les informations d'un coup.

— Regarde, ces verres ! lui lança Josy qui était aux anges. Je ne te dis pas le nombre de fois où je les ai lavés, essuyés et rangés, je les connais par cœur. Et ces serviettes, pareil, le service basque, il m'en a fait voir pour le repassage, je te le dis, mais il est solide, il tient le coup... On va faire des merveilles avec !

Elle brandissait ses trésors les uns après les autres, testant l'assise des fauteuils, des chaises, décrivant tout par le menu. Elle renaissait parmi ces affaires familières qui allaient les sauver.

Marie l'écoutait et quand elle fut bien sûre d'avoir tout compris, suffoquée, incrédule, elle aurait voulu crier à Josy que c'était du vol, qu'elle était inconsciente, qu'elles risquaient toutes la prison, mais les mots ne sortaient pas.

— Crois-moi Marie, disait Josy les yeux brillants, tu dois faire comme je dis. Grâce à tout ça, on va s'en sortir.

Elle disait vrai. Autour d'elle, les affaires de la pension n'attendaient qu'une chose, revivre, servir à nouveau. Il fallait aller de l'avant, les mettre en place.

Marie le comprit non pas en écoutant Josy, mais en la regardant. Ses yeux pétillaient. Elle respirait la vie et sa force de conviction était telle qu'elle réussit à réveiller cet instinct de survie qui semblait avoir quitté Marie. Josy lui donnait la force d'envoyer cet ultime coup de talon du désespéré quand il touche le fond. Elle inspira une grande bouffée d'air comme si elle émergeait vraiment du fond des océans. Son amie avait raison, la justice et la vérité n'étaient pas toujours dans les textes. Pas plus que la morale. Quand rien ne tenait debout et que tout vous écrasait, il fallait avoir le courage d'inventer ses propres règles. Josy l'obligeait à voir les choses autrement. Marie imaginait ce tas de mobiliers divers, de vaisselle et de linge inutilisés qu'elle avait devant elle, revenir à la vie : verres nettoyés bien brillants posés sur des tables aux nappes blanches, fauteuils dépoussiérés et meubles cirés installés dans les chambres et dans le salon, luminaires passés à l'alcool ménager éclairant les couloirs. Elle s'extirpa du siège sur lequel elle s'était affalée, prit une applique et alla la placer sur le mur du couloir, à l'emplacement de celle qui avait disparu.

— Qu'est-ce que tu en penses, Josy ? Ça ira d'après toi, ça fait comment ?

Josy joignit les mains, émue.

— Alors c'est oui ? C'est ça Marie, c'est oui ? Tu acceptes mes meubles, et ma vaisselle ?

Elle en bégayait d'émotion, et Marie mesura tout ce que son amie avait dû surmonter pour faire cet « emprunt ». Elle qui avait bien plus appris à se soumettre qu'à se révolter, combien elle avait dû se faire violence pour transgresser la loi ! Armée de sa seule conscience, elle avait agi au lieu de se laisser écraser par tout ce qui « empêche », tout ce qui dit que « c'est impossible », tout ce qui intime l'ordre de « ne pas bouger » et surtout « de ne rien faire ». Tout ce qui condamne à subir, Josy ne l'avait pas accepté. Elle avait eu ce courage, cette intelligence.

Marie la prit dans ses bras et Josy pleura, beaucoup, sans trop savoir si elle pleurait de joie pour l'avenir, ou si elle pleurait pour sa maison perdue, sa famille détruite ou ce frère, qu'elle s'était mise à haïr mais qui lui manquait tant.

Les effusions et le sentimentalisme n'étant le genre ni de l'une ni de l'autre, elles séchèrent vite leurs larmes, et sans avoir besoin d'en dire plus elles se mirent au travail.

— On commence par quoi ? demanda Marie en désignant le monceau d'affaires.

— Par la vaisselle, dit Josy pragmatique en s'emparant d'un tas d'assiettes. On la range et on évite la casse, c'est la priorité.

C'est ainsi que l'aventure du premier hôtel commença. Tous les jours de l'aube jusqu'à la nuit parfois, carnet en main, elles se mirent à ranger avec méthode, à lessiver, briquer, aspirer. Au fur et à mesure que les choses trouvaient leur place, Marie revivait, le changement était visible. Mais, perfectionniste, elle voyait ce qu'il restait à faire pour tout améliorer dans l'hôtel.

— Regarde ce plafond du hall, dit-elle un matin à Josy, il y a longtemps qu'il n'a pas vu la peinture, il faudrait le lessiver, et tout le hall aussi.

— Quoi ! On a passé des heures à nettoyer, on a lavé les fauteuils, ciré les meubles, le sol, et maintenant tu viens dire que c'est pas fini ! Non mais tu te rends compte du travail ! Lessiver les plafonds et les murs ! Pour tout resalir ! Et c'est toi qui parles de méthode, quel gâchis !

Marie se raisonna à contrecœur. L'hôtel n'était resté inoccupé que quelques mois, mais cela avait suffi pour le ternir. Tant qu'il était dans son jus ce n'était pas flagrant, mais une fois rangé et nettoyé ce qui sautait aux yeux c'était ce qu'il restait à faire. Marie avait mesuré l'ampleur de la tâche réelle au fur et à mesure. Il avait fallu laver, sécher et repasser tout le linge de lit et de salle de bains. Puis faire tout le linge du restaurant, les nappes, les serviettes. Un travail titanesque d'autant que la buanderie était minuscule et le matériel pas en état. Les propriétaires précédents confiaient tout à la blanchisserie, mais Marie n'en avait pas les moyens. Elle avait calculé son budget en décidant de tout faire elle-même, sans bien réaliser ce que cela signifiait. En l'occurrence, le fer ne marchait pas, la table à repasser était inexistante et il y avait partout des détails à revoir. Des vis à resserrer, des trous à boucher, une porte à regonder et des appliques à fixer. L'hôtel donnait le change au premier coup d'œil, mais une table de nuit un peu branlante par-ci, des rideaux de douche grisâtres par-là, un évier ébréché... aux yeux de Marie, ça sentait le négligé et c'était impensable.

— Dès l'ouverture, il faut se gagner une excellente réputation. Tout doit être impeccable au premier coup d'œil. Comme on n'est pas du tout dans le luxe, il faut nous démarquer par des détails qui font la différence. Le soin en tout premier. Et on est loin du compte.

— Comment ça, on est loin du compte ! s'indigna Josy. On a récuré dans tous les sens, on pourrait manger par terre. Tu veux trop en faire, je connais le métier, l'important c'est que tout soit en place. Les clients ne feront pas d'histoire pour une table de nuit qui est un peu branlante, pourvu qu'ils aient le lit pour dormir, la lumière pour y voir et l'eau pour se laver. Le rideau grisâtre, il n'y a que toi qui le vois. Il est propre, c'est le principal. Les pèlerins viennent pour aller à la grotte, pas pour passer des heures dans leurs chambres.

— Ils n'y passent peut-être pas des heures mais ils doivent s'y sentir bien. On leur doit un service soigné, à défaut de luxe.

— Si tu crois qu'on faisait autant de manières à la pension ! Et personne ne s'en portait plus mal. Les pensionnaires aimaient beaucoup maman, crois-moi. Ils revenaient tous les ans.

Marie ne voulut pas la contredire, la plus professionnelle était Josy. Pourtant Marie estimait avoir une idée claire de ce qu'elle voulait et ce n'était pas forcément inaccessible. Même sans argent. Elle tentait de se remémorer ce qu'elle avait vu dans les différents hôtels du temps où elle y livrait les pains. Il y en avait de très beaux comme de très simples et très bien tenus. Pour certains, elle se souvenait d'avoir ressenti parfois une impression de luxe mais de froideur, des lieux sans âme, alors que d'autres dégageaient une tristesse, un sentiment de vieux et de poussière. Elle n'aimait pas aller dans ces hôtels qui paraissaient sortir de la naphtaline, comme leurs propriétaires. Maintenant elle comprenait que, plutôt que d'investir régulièrement, certains hôteliers avaient choisi de faire durer les choses, pensant que cela suffisait bien. Elle comprenait qu'un hôtel était une chose vivante qui devait respirer et qu'on devait entretenir en permanence, auquel il fallait offrir de nouveaux habits quand les vieux étaient usés. La peinture, les objets, le décor, tout devait être suivi, et le ménage devait être impeccable. Aussi quand tout fut terminé, alors qu'elles s'apprêtaient à passer à l'étape des réparations diverses, elle revint à son idée : il fallait lessiver le hall.

— Eh bien lessive ! s'emporta Josy, en la découvrant avec une grosse éponge et un seau rempli d'eau à ses pieds. Tu ne sais pas t'arrêter. Moi je suis à bout, ça fait des semaines qu'on ne dort presque pas et on a encore plein de bricoles à voir. Alors si tu te sens de lessiver, lessive. Moi, je vais dormir.

Et sur ce, elle jeta son tablier à terre et partit en claquant la porte.

Marie avait anticipé sa colère. Elle ramassa calmement le tablier et le posa sur une chaise. Puis elle trempa une grosse éponge dans un seau dans lequel elle avait déjà mis de la lessive Saint-Marc délayée dans de l'eau et commença son lessivage. Dès le premier coup d'éponge, une trace claire se dessina, mettant en évidence l'encrassement du mur. Enthousiaste, Marie se mit à frotter énergiquement toute une partie, puis elle se recula pour voir l'effet produit. La différence après le lessivage était si flagrante qu'il était désormais impossible de reculer. Elle se remit au travail sans attendre. Mais au bout de deux heures à ce rythme, ses bras, levés en permanence au-dessus de sa tête, étaient complètement ankylosés et l'eau avait fini par entrer dans ses gants de caoutchouc à force de les plonger dans le seau. Ses mains étaient brûlées par la lessive. Quant à son dos, il était brisé à force d'allers retours pour remplir et vider les seaux. Pire, après tant d'efforts elle avait à peine lessivé un sixième du hall. Elle venait de s'effondrer dans un fauteuil pour réfléchir quand la porte de l'hôtel s'ouvrit dans son dos. Elle sourit, Josy revenait, certainement prise de remords. Elle attendit quelques minutes, mais comme Josy ne s'avançait pas, elle se retourna et son sourire se figea.

Ce n'était pas Josy qui venait d'entrer.

Des filaments d'écume arrachés aux vagues volaient à la surface des eaux. Le vent soufflait de plus en plus fort sur la côte à San Sebastián. Du haut de ses fenêtres, Inès avait reconnu les signes d'une forte tempête en voyant les eaux changer de couleur. Un mauvais pressentiment l'avait envahie. Elle pensa appeler Paul et elle avait déjà décroché le combiné quand, effrayée à l'idée de céder à une pareille envie, elle se raisonna. Et se raisonner pour Inès, c'était ne jamais tomber dans l'état de dépendance où elle avait vu sa mère, toujours pendue au téléphone à traquer ou supplier son mari infidèle. Pensant que le froid vif et le vent de la mer lui feraient du bien, elle partit se promener le long de la baie de la Concha. La mer avait grossi et la tempête faisait rage, des vagues énormes venaient se fracasser sur la promenade, faisant fuir les passants paniqués. Inès se promenait, indifférente aux bourrasques, la main crispée sur la balustrade et son regard dans le lointain, à la limite de l'océan. Le fracas des eaux convenait à son état d'esprit. Elle n'entendit pas les cris des autres promeneurs et elle ne vit pas l'énorme vague arriver et l'emporter. Tout alla si vite qu'elle n'eut même pas le temps d'avoir peur, elle se sentit juste soulevée puis aspirée dans les profondeurs par les eaux en furie. Tout devint obscur et silencieux, fluide, il lui sembla que désormais elle flotterait éternellement dans cette immensité liquide, libre. Et elle se laissa glisser sans résistance.

Elle ne sut pas comment on l'avait ramenée à la surface ni qui l'avait allongée inconsciente sur la promenade, elle apprit seulement qu'un secouriste avait soufflé de l'air dans ses poumons et qu'avec acharnement, en pressant sur sa poitrine, il l'avait ramenée à la vie.

— C'est un miracle que vous ayez pu être sauvée. Le médecin est venu, tout va bien maintenant. Nous sommes là.

Frictionnée, bien bordée dans son lit, Inès avait repris connaissance dans la luxueuse chambre du María Cristina. Le sourire de sa mère, de la gouvernante de l'hôtel et du médecin qui se tenaient près de son lit la rassura. Elle était bien vivante. Pourtant elle ressentait encore cette impression de tournoyer dans un monde obscur où régnait un silence glacial. Elle s'y était sentie si bien. En apesanteur, légère. Elle glissait sans fin dans les abysses de ce gouffre de Gascogne dont elle connaissait l'existence depuis qu'enfant, elle en avait vu la coupe transversale au musée de la Mer de Biarritz. Cette vision des profondeurs était restée gravée dans sa mémoire et l'image lui en revint brusquement, atrocement précise. Effrayée maintenant qu'elle était en vie et bien au chaud, comprenant qu'elle aurait pu être engloutie dans cet enfer glacé, elle s'enfonça entre les draps tirant les couvertures jusque sous son menton. Mais les sons et les sensations de la noyade bouillonnaient encore dans ses tympans. Il lui sembla qu'elle se noyait, elle cherchait l'air.

— Que se passe-t-il, mademoiselle Inès ? Vous voulez quelque chose ? Un thé ? Un chocolat chaud ?

Mais Inès ne voulait ni thé ni chocolat, elle voulait Paul. Sa mère eut beau tenter de l'apaiser, elle lui demanda de sortir de sa chambre. Celle-ci s'exécuta mollement, soulagée de ne pas devoir jouer les gardes-malades. Elle s'en alla cultiver son éternelle mélancolie dans un des fauteuils de sa suite d'où elle fixait inlassablement le ciel en égrenant un chapelet.

Inès ne voulait plus la voir, son air de victime éternelle lui faisait horreur. Maintenant qu'elle était sauvée elle voulait vivre, et vivre, c'était être avec Paul. Elle voulait son mari. C'était comme si le traumatisme de la noyade avait fait voler en éclats toutes ses peurs. Elle voulait juste se blottir dans ses bras, lui dire enfin ce qu'elle retenait depuis si longtemps et qu'elle avait caché à tout le monde. Elle n'avait que lui. Il avait su lui dire des mots qui ne trompent pas, il avait voulu la comprendre, mais elle n'avait pas su l'entendre. Toutes les barrières qu'elle avait dressées entre eux venaient de s'effondrer d'un coup. La gouvernante composa le numéro de leur appartement à la montagne, mais le téléphone sonnait dans le vide. Pressée par Inès, elle insista au moins une dizaine de fois, en vain. Paul n'y était pas.

— Votre mari a dû s'absenter, il va revenir. Je laisse le combiné près de vous. Essayez de dormir, le médecin a bien dit que vous deviez vous reposer. Demain tout ira mieux, sonnez si vous avez besoin.

Par les grandes fenêtres, Inès voyait le ciel bleuir. Elle ferma les yeux, imagina Paul sur les pentes enneigées des montagnes pyrénéennes, le vent sifflait dans les branches des sapins et elle sentait des flocons de neige fine voleter autour de son visage. Elle s'endormit apaisée par cette douceur et quand elle rouvrit les yeux, la nuit était tombée. Elle pensa que Paul devait être rentré et elle recomposa le numéro. Mais, à nouveau, la sonnerie résonna dans le vide. Au dehors, la pluie avait recommencé à tomber et le vent d'Espagne la dispersait en tous sens. Un sanglot mourut dans sa gorge. Où était Paul ? Elle voulait le voir, lui parler tout de suite et entendre ce nasillement léger qu'elle adorait. Pourquoi ne s'était-il pas davantage battu pour l'extirper de ses peurs ? La peur d'être une femme qui pleure, d'être aimée pour son argent et enfin celle de le perdre en lui confiant l'horrible chose qu'elle avait subie dans son enfance. Sa haine du doyen qui priait Dieu et faisait du mal aux enfants comme elle. Inès avait fini par haïr toutes les prières et ceux qui les font, les suppliques de sa mère qui n'avaient jamais été entendues ni par cette Sainte Vierge ni par cette Bernadette que Béatrice et ses parents priaient avec conviction. Inès s'était toujours sentie seule et le souvenir des caresses interdites du doyen ne s'effaçait pas. Hier encore, elle s'était frottée au gant de crin à s'en arracher la peau. Elle devait mettre des bandelettes tout autour du corps pour cacher les croûtes. Sous ses belles robes, nul ne soupçonnait son corps martyrisé. Pas même Paul. Si elle refusait l'amour durant de longues périodes, c'était pour laisser le temps à ses plaies de cicatriser. Lassé d'être toujours rejeté, son mari ne venait plus vers elle. Alors elle frottait deux fois plus et saignait deux fois plus. Comme elle aurait voulu qu'il découvre le secret de son attitude incohérente, et qu'il la délivre de cet enfer. Elle l'aimait tant, c'était elle qui était allée le chercher. Jusque sur son terrain de rugby, au milieu de tous ses copains. Elle l'avait fait contre tous les usages et sa propre fierté. Il aurait dû s'en souvenir et s'interroger. Mais il fuyait dans d'interminables virées, les voitures, le sport, la mer à Biarritz et les aventures féminines. Elle ne lui en avait jamais fait le reproche, elle avait trop entendu les litanies de sa mère et elle aurait préféré mourir que de faire comme elle.

Les passants avaient déserté la promenade des bords de l'Uruméa. La tempête n'en finissait pas.

Dans le grand hôtel déserté, Inès se sentait perdue, abandonnée avec cette mère à moitié folle.

À Lourdes, Josy tournait et retournait dans son lit. Après avoir quitté le Saint-Laurent, elle s'était effondrée sans même prendre le temps de prendre une douche. Mais le sommeil ne venant pas, elle s'en voulait d'avoir laissé Marie toute seule. Vers les deux heures du matin, excédée, elle décida de retourner l'aider, se rhabilla et sortit. C'était toujours mieux que de rester à tourniquer pour rien. Au dehors, le vent soufflait si fort qu'elle pensa qu'il devait y avoir un gros temps sur la côte et elle avança en rasant les murs. Fort heureusement car avec le bruit du vent, elle n'entendit pas une voiture arriver derrière elle, ralentir à sa hauteur et la dépasser tous feux éteints pour s'arrêter juste un peu plus loin à hauteur du Gallia. Josy n'était pas peureuse mais elle n'avait pas l'habitude de marcher seule la nuit à cette époque de l'année, quand la ville est totalement déserte. Elle s'empressa de se cacher sous le premier porche venu. La voiture ne bougeait pas, personne n'en sortait. Elle resta ainsi quelques interminables minutes, puis elle crut reconnaître la Morris Mini de Béatrice. Elle s'interrogeait sur la présence de cette « pimbêche » à une heure pareille devant le palace fermé, quand un chat fila entre ses jambes. Elle poussa un cri et le matou s'enfuit dans un feulement. Morte de peur, oubliant la voiture, Josy fila à son tour sans demander son reste et elle ne fut rassurée qu'une fois devant l'hôtel de Marie. Un liseré de lumière filtrait sous la porte et entre les volets, son amie devait lessiver à tour de bras. Bien décidée à râler pour la forme mais tout aussi déterminée à se remettre à la tâche, elle ouvrit la porte d'un geste ferme, mais sa diatribe resta coincée dans sa gorge. Son frère se tenait devant elle avec à la main une grosse éponge dégoulinante.

— Paul ! Mais... qu'est-ce que tu fais là ? Je...

Ce frère qu'elle aimait tant et qui avait disparu de sa vie sans donner de nouvelles, il était là. Au Saint-Laurent, en pleine nuit. Comment était-ce possible ?

Il lui sourit.

— J'ai fait comme toi, j'ai vu de la lumière, je suis entré et Marie m'a embauché. *(Il posa l'éponge au sol.)* Je peux t'embrasser ?

Elle oublia instantanément toute sa rancœur, hoqueta et se jeta dans ses bras, incapable de dire un mot. Josy n'était pas la seule sous le choc. Marie avait encore du mal à s'en remettre. En découvrant Paul dans le hall quelques heures plus tôt, elle n'en avait pas cru ses yeux. À elle aussi il avait dit qu'il avait vu de la lumière, que la porte était ouverte et qu'il était entré. Marie en était restée bouche bée.

— Ça alors, tu es en plein boulot, avait-il ajouté en désignant les murs et le seau. À cette heure, et toute seule ? Mais tu n'as peur de rien, ma parole.

Elle le retrouvait tel qu'elle l'avait toujours connu, à l'aise et sûr de lui, avec ce sourire joueur au coin des lèvres, magique. Prise de court, elle avait bafouillé qu'elle lessivait le hall pour qu'il soit net pour l'ouverture. Il avait éclaté de rire.

— C'est bien une idée de fille de s'emmerder avec ça. Tu en as pour un bon moment. Et pour là-haut *(il pointait le plafond)*, tu comptes faire comment ?

Il souriait toujours, mais en y prenant garde, elle découvrit sur son visage une lassitude et même une tristesse qu'elle n'y avait jamais vues.

— Donne-moi une éponge, je vais te faire le plafond, tu n'y arriveras jamais.

Elle avait refusé avec véhémence. Il était trop bien habillé dans ses confortables vêtements d'hiver, il n'allait pas se salir, c'était hors de question. Mais il ne lui avait pas laissé le temps de monter sur son escabeau ni de s'interposer. Puis sans chercher à en dire davantage ni à la questionner sur quoi que ce soit, ce qui aurait été de mise dans ces circonstances, il avait enlevé son blouson de moniteur de ski, s'était emparé d'une grosse éponge et s'était mis à lessiver le plafond… comme l'aurait fait n'importe quel professionnel employé pour la tâche.

Le silence s'était installé, on n'entendait que le bruit des éponges sur les murs. Bouleversée par sa présence, la tête en vrac, Marie n'arrivait pas à mettre ses idées en ordre.

— Tu veux quelque chose de chaud, lui avait-elle demandé pour tenter de reprendre la conversation. J'ai du café dans un Thermos.

— Non, avait-il répondu en continuant à lessiver, il vaut mieux avancer.

Que voulait-il, que faisait-il dans les rues à une heure pareille, pourquoi était-il entré ? Et pourquoi l'aidait-il ? Elle l'observait à la dérobée et les questions se bousculaient dans sa tête. Quelque chose n'allait pas. Il ne semblait pas dans un état normal. Il essorait nerveusement l'éponge, puis lessivait avec une énergie excessive, sans interruption. Dans sa frénésie, il avait nettoyé à lui seul tout le plafond, et il descendait tout juste du grand escabeau quand Josy était entrée.

Elle avait blotti sa tête contre son épaule et n'arrivait pas à parler. Il rompit le silence.

— À propos Marie, si ton café est encore chaud, on pourrait le prendre ensemble ?

Elle s'empressa d'aller le chercher. L'arrivée de Josy la soulageait de ce long silence qu'il y avait eu entre eux. Elle ne savait plus comment se comporter. Cette visite en pleine nuit cachait quelque chose. Elle s'apprêtait à servir le café quand Paul s'empara de la tasse fleurie.

— Mais, ça alors ! dit-il en la tournant dans tous les sens. On dirait les tasses de notre pension.

Marie et Josy se regardèrent. Fallait-il tout lui dire ? Observant désormais plus attentivement autour de lui, il allait de découverte en découverte.

— Mais… et le fauteuil, la table là, ce sont les mêmes que chez nous. Mais… ce sont les nôtres. Qu'est-ce que c'est…

Josy lui dévoila alors toute l'affaire, depuis l'achat de l'hôtel jusqu'à sa décision d'aider Marie à s'en sortir en empruntant le nécessaire dans leur pension fermée.

— En fin de saison, on remettra tout en place, ça ne fera de tort à personne, s'empressa-t-elle de préciser.

Il fit une tête si bizarre que ni l'une ni l'autre ne savaient à quoi s'en tenir. Allait-il leur faire la morale ? Il se contenta de s'asseoir dans le fauteuil familial sans rien dire et de tendre sa tasse pour que Marie la remplisse de café.

— C'est incroyable, dit-il après quelques interminables minutes, je n'aurais jamais imaginé me retrouver ici… dans cet hôtel devant lequel je suis passé tant de fois sans y faire attention… à boire un café avec vous… dans une tasse de chez moi, assis dans un fauteuil de chez moi.

— Nous aussi on est surprises, qu'est-ce que tu crois ? enchaîna Josy qui retrouvait ses esprits…

Elle s'adressait à lui avec une tendresse immense pour tout ce qu'il représentait à ses yeux d'unique et d'exceptionnel, elle lui parlait comme elle lui avait toujours parlé avant qu'il ne les quitte. Il était là, près d'elle et c'était tout ce qui comptait.

— Qu'est-ce que tu faisais ici en pleine nuit, tu n'es pas au ski à Barèges ?

Il s'en sortit par une boutade.

— J'étais descendu pour venir récupérer des affaires oubliées au Gallia. En repartant, j'ai vu de la lumière ici. J'ai voulu savoir ce qui pouvait bien se trafiquer et j'étais prêt à faire fuir les brigands, quand j'ai découvert Marie, avec son éponge, son seau et son balai au milieu du hall. Je n'allais pas lui dire « Salut, je ne fais que passer », j'ai pris l'éponge et me voilà à prendre un bon café avec vous. C'est beau la vie, non !

Dans ces explications plausibles mais alambiquées, Marie décela une gêne que cachait avec peine son humour un peu forcé. Mais Josy ne remarquait rien, elle avait retrouvé son frère, et c'était tout ce qui importait.

— Tu savais que le Saint-Laurent était à Marie ?

— Oui, M. Francis sait tout sur tout avant tout le monde et il ne dit rien, sauf à moi.

— Et… tu savais que j'allais travailler avec Marie, que j'étais plus chez Bayle ?

— Non, mais Marie est une véritable cachottière et ce n'est pas la première fois qu'elle me surprend.

Il avait un drôle d'air. Marie était sur ses gardes.

— Un jour, reprit-il… à travers la vitrine d'une boutique de la rue de la Grotte, j'ai aperçu une silhouette de rêve dans une robe incendiaire. Je me suis arrêté pour l'admirer… Et je crois bien avoir reconnu quelqu'un.

Marie sentit une chaleur l'envahir et enflammer son visage. La robe rouge ! Il y a bien longtemps qu'elle l'avait oubliée. Comment était-il possible qu'elle resurgisse des années plus tard dans la bouche de celui auquel elle était destinée.

— Je ne t'ai jamais revue dans cette robe, Marie, reprit-il. Tu la gardais précieusement ? Pour un amoureux peut-être ?

Bouleversée par cette confidence qui la replongeait au temps où elle l'avait beaucoup aimé, elle bafouilla.

— Non… je l'essayais juste… pour voir.

— Il en a eu de la chance René, reprit Paul en la regardant droit dans les yeux, avec ce sourire merveilleux qui avait toujours cet étrange effet sur elle.

Elle eut le sentiment d'un aveu, mais ce fut si bref, si fugace, qu'en y repensant plus tard, elle ne parvenait pas à en retrouver la sensation. Pourtant elle eut à cet instant précis la certitude que devant cette boutique, sans qu'elle l'ait jamais su, la robe rouge avait joué son rôle. Paul l'avait regardée comme on regarde une femme. Elle vacilla. Elle revit les flammes, et les cendres tourbillonnant dans l'eau avant de disparaître dans les égouts. Le destin n'était pas au rendez-vous, la vie n'avait pas voulu de son premier amour.

Josy ne comprenait rien à cette histoire de robe et elle les interrompit brutalement. Pour avoir été pendant longtemps désignée comme « l'hystérique des rameaux » incapable de se contrôler, Josy redoutait d'être encore vilipendée.

— Je suis sûre, dit-elle, qu'on me fait encore passer pour une ingrate et une instable pour avoir quitté Mme Bayle.

Son frère se tourna vers elle.

— Tu sais bien que je ne suis pas le mieux placé pour savoir ce qu'on dit de toi dans cette ville. Je sais juste ce que M. Francis a rapporté à Inès. Certains pensent que Marie aurait dû acheter une pension, qu'elle aurait dû voir moins grand.

Piquée au vif, Marie ne put s'empêcher de répliquer vivement.

— Je sais… On dit aussi que j'aurais dû revenir livrer les pains pour Daniel au lieu de vouloir jouer à l'hôtelière !

Regrettant d'avoir fait cette confidence et se demandant ce qu'il lui avait pris de la faire, Paul voulut se reprendre quand Josy le devança. Au seul nom d'Inès, elle avait blêmi.

— En fait, je suis sûre que c'est Inès qui pense ça, siffla-t-elle entre ses dents. Nous, on pue, on est juste bonnes à nettoyer la graisse dans les arrière-cuisines.

Marie vit le visage de Paul changer.

— Tu te trompes à son sujet, Josy. Les potins des Lourdais ne l'intéressent pas.

Josy eut un haut-le-cœur. Il défendait Inès. Alors qu'elle s'était persuadée qu'il avait enfin découvert le véritable visage de sa femme. Elle avait espéré qu'il ne l'aimait plus. On savait bien la vie qu'il menait sans elle. Agressive, elle haussa le ton.

— Elle est trop bien pour s'abaisser à ça. Les potins, c'est bon pour nous ! C'est ce que tu veux dire ?

Paul soupira d'un air désabusé. Le charme était rompu, il n'avait pas duré longtemps. Il n'avait aucune envie d'entrer en conflit avec sa sœur, il venait de la retrouver ce n'était pas pour reprendre les conversations là où elles avaient été laissées des années auparavant. Mais Inès n'était pas née au paradis que Josy imaginait, il était bien placé pour le savoir. Même s'il ne savait rien du drame qui venait de se dérouler à San Sebastián cette même nuit, ces derniers temps il avait compris une chose. Sa femme l'aimait. Hélas. Ils s'aimaient mais sans jamais se le dire, sans même le vivre. Ils se croisaient, se frôlaient. Il aurait fallu peu de choses, mais il n'avait pas su trouver la clef et il se sentait usé. Rien ne changerait plus. C'était trop tard. Il avait goûté à des alcools trop forts, il n'était plus un ange.

— Tu veux un autre café ?

Marie tentait de retrouver la magie des derniers instants, mais il était parti dans des pensées. Josy avait brisé leur fragile complicité. Il se leva brusquement, dit que l'aube n'allait pas tarder, il était fatigué. Il avait été heureux de partager ce moment, il promit de donner des nouvelles, d'aller voir ses parents et de ne plus laisser le temps les séparer. Marie aurait voulu le retenir mais elle n'osa rien dire, il l'intimidait encore. Il l'embrassa, serra fortement Josy contre lui, et il s'en alla.

À peine la porte s'était-elle refermée dans son dos que Josy s'effondra.

— Je n'aurais pas dû lui parler d'Inès, pleurnicha-t-elle consternée. Tu as vu comme il s'est braqué !

Marie elle aussi avait le cœur plein de larmes, revoir Paul l'avait bouleversée. Mais elle avait changé, mûri. Elle était désormais responsable de tant de choses.

— Écoute, dit-elle à Josy, ça ne sert à rien de pleurer. Dis-toi qu'à partir de maintenant tu le verras à nouveau, et plus souvent. Il te l'a promis. Tu vois bien que j'ai eu raison de faire ce lessivage en pleine nuit !

Josy en convint avec un pauvre sourire. La présence de son frère était encore palpable et elle se mit à lui tresser des couronnes de louanges. Elle n'en revenait pas de l'avoir revu et embrassé, c'était si inespéré, si incroyable qu'elle avait besoin de se le répéter pour être sûre que c'était bien vrai. Marie en revanche évitait de repenser à Paul et à son regard au moment où il avait évoqué la robe rouge. Elle avait vécu trop de difficultés et de drames pour se bercer d'illusions. Leur rencontre n'avait pas eu lieu, c'est tout ce qu'elle devait retenir. Et aussi que dans cette ville, la règle c'était chacun à sa place. Une héritière à la tête d'un hôtel était légitime, une fille partie de rien resterait toujours une parvenue. Une colère s'empara d'elle. La même que celle de l'enfance quand Inès et Béatrice les regardaient comme des moins que rien, « des filles de boulanger et de pensions minables ».

Alors que Josy pleurnichait toujours dans son coin, Marie croisa son propre reflet dans le grand miroir accroché au-dessus du comptoir d'accueil. Avec ses cheveux attachés sur le haut du crâne, son tablier de travail en coton bleu roi tout taché, ses chaussettes de laine disgracieuses et ses pieds dans de vieilles sandales de corde, elle ressemblait aux femmes qu'elle croisait tous les matins au marché. Après s'être débarrassées du ménage dès l'aube, elles partaient faire les courses à toute vitesse, un vieil imperméable enfilé par-dessus leur tablier, histoire de ne pas perdre de temps en des changements inutiles. Des femmes habituées à considérer leur corps comme un « outil de travail » et qui passaient, ternes, inexistantes. Même leurs rares et maladroites tentatives de coquetterie ne faisaient que souligner davantage le pli de leur servitude comme inscrite dans leurs gènes. Marie eut un haut-le-cœur. Cette femme, ça ne pouvait pas être elle. Elle posa le chiffon qu'elle tenait à la main et se tourna vers son amie.

— Josy, arrête de ressasser et écoute-moi bien, demain, on embauche.

Josy se moucha et essuya ses yeux rougis. Elle avait du mal à se ressaisir.

— Embaucher ! Déjà ! Mais, tu as dit que tu n'avais pas les moyens, qu'on devait tout faire par nous-mêmes.

— C'était un mauvais calcul. Mon métier, c'est de recruter et de diriger une équipe, pas de faire le travail à sa place. Plus vite les employés seront impliqués dans la transformation de l'hôtel, meilleurs ils seront ensuite.

Marie jouait gros. Ce serait quitte ou double. Elle avait de la trésorerie pour une saison. Si elle embauchait maintenant, elle perdrait cette sécurité. Mais si elle s'obstinait à vouloir trop en faire elle passerait à côté de la seule chose qui pouvait la conduire au succès : la mise en place de ces détails « superflus » qui ferait toute la différence.

— Tu es sûre ?

— Oui, répondit-elle d'une voix posée. Si je continue comme ça à l'ouverture de la saison, les employés seront face à une serpillière, et une serpillière ça ne dirige personne.

Josy avait la mine hagarde. Il s'était passé trop de choses durant cette étrange nuit.

— Mais pourquoi Paul est parti comme ça, Marie ? Il dit qu'il reviendra mais je n'y crois pas. Tu as vu ? Il est, gentil, il m'embrasse et puis il m'abandonne d'un coup, comme ça sans explication.

Elle pleurait à nouveau, hoquetait. Ces pleurs, Marie ne les supportait plus, elle n'en pouvait plus des larmes de femmes. Elle n'en voulait plus !

— Oublie le passé, dit-elle d'un ton sévère, oublie Paul et oublie Inès. Oublie tout ! On perd une énergie démente à vouloir tout comprendre. Moi, à partir d'aujourd'hui, j'oublie tout, tu m'entends. Tout. Sauf mon but : l'indépendance. Et je l'aurai !

Et Marie tint parole. Le Saint-Laurent ouvrit en temps et en heure, comme prévu elle embaucha du personnel et en prit la direction comme si elle l'avait toujours fait. Les différents métiers qu'elle avait exercés au bas de l'échelle lui avaient appris ce qu'on peut demander à un employé et ce qu'il ne faut jamais lui demander. Elle savait obtenir, parce qu'elle n'ordonnait pas. Sa meilleure recrue fut Maïténa, la Basque de Sare, village des contrebandiers de Navarre à la frontière espagnole. Une terre rude en haut des montagnes où les rapaces tournaient, dessinant de larges cercles dans le ciel, à la recherche des brebis perdues. Maïténa aimait les défis, elle appréciait d'épauler une patronne qui connaissait le travail, c'était bien mieux que de travailler avec quelqu'un qui n'avait jamais rien fichu de sa vie. Elle s'occuperait du service des chambres avec l'aide d'une jeune saisonnière. Pour la restauration, elle recommanda un jeune couple de son village qui venait faire la saison à Lourdes depuis quelques années. Ils étaient « droits et vaillants ». Marie n'en demandait pas plus. La réputation des saisonniers basques n'était plus à faire. Élevés pour la plupart dans les fermes isolées des montagnes basques, très croyants, ils avaient l'habitude des travaux difficiles et les exécutaient avec une efficacité qui laissait admiratif. De plus, ils n'étaient pas bavards. En revanche, ils pouvaient vous quitter à la seconde si vous les preniez pour des serviteurs ou si vous refusiez qu'ils parlent entre eux cette langue d'Euskadi à laquelle ils étaient viscéralement attachés. Pour Marie, rien de tout cela ne posait problème, au contraire. Avec eux, elle savait toujours à quoi s'en tenir. C'est ainsi qu'Iban arriva aux cuisines et Aritza au service en salle.

Josy s'installa comme convenu derrière le comptoir en bois verni de l'accueil. Sans que personne n'ait compris les caprices de son corps, elle avait perdu, en moins de deux mois les vingt kilos de trop qu'elle traînait depuis toujours. L'ovale de son visage était apparu pour la première fois. Mais une mélancolie persistait dans son regard qui pouvait parfois virer au sombre. Marie était certaine que l'absence de son frère la rongeait. Paul n'avait pas réapparu. On disait qu'il n'avait pas terminé la saison d'hiver à Barèges et qu'il était parti sur la côte, mais personne ne savait vraiment où, sauf Inès, sans doute. Mais c'était bien la dernière personne à qui Josy serait allée demander des nouvelles. Et comme Inès ne fréquentait pas les Lourdais, rien ne filtrait. Quand Josy ne pensait pas à Paul, Marie la trouvait parfaite à l'accueil, elle aimait les clients, elle savait les écouter, sa présence chaleureuse les rassurait. Quant à Marie, connaissant la ville par cœur pour l'avoir sillonnée de part en part, elle avait réponse à toutes les questions d'ordre pratique ou d'organisation. Que ce soit pour faire une excursion, pour aller ou marché, ou pour ne pas rater la dernière messe des Italiens ou des Irlandais.

Chaque jour, elle se félicitait d'avoir réussi son recrutement. Certes, il y avait eu des difficultés imprévues d'ordre matériel, fuite de robinets, lavabos bouchés, chaudière en panne, livraisons en retard. Mais pas un seul problème avec le personnel. L'équipe était donc pleinement satisfaite de la première saison. Sauf Marie. Que l'hôtel tourne bien et que chacun exécute au mieux son travail, c'était bien, mais c'était normal. Marie voulait plus et son personnel ne voyait pas ce qu'elle entendait par « plus ». Quels étaient ces détails déterminants pour se faire une place à part. Marie était incapable de l'expliquer car elle-même se creusait la tête. La seule chose qu'elle rabâchait c'était que, pour durer, il fallait se singulariser, se démarquer dans cette masse d'hôtels dont beaucoup étaient bien plus confortables et modernes que son vieux Saint-Laurent. Elle ne se contenterait pas d'un résultat à l'équilibre. Son objectif était de gagner en deux ou trois saisons de quoi investir dans une rénovation globale du sol au plafond. Les pèlerins des années soixante n'étaient plus ceux des années cinquante. Des hôtels d'un nouveau style se construisaient un peu partout en France et des compagnies emportaient déjà les premiers touristes vers l'océan et les montagnes. Si pour la balade du dimanche, on emportait le pique-nique plus volontiers qu'on n'allait au restaurant, le changement était perceptible. Le pays bougeait, et Marie réfléchissait sans cesse à ce « plus » décisif.

— Je ne vous comprends pas madame, lui disait Maïténa. Tout va bien, les clients sont contents, ils ont tout ce qu'il faut. Si vous croyez qu'ils ont le même confort chez eux ! Moi je peux vous en parler. Chez nous, les cabinets sont encore dehors au fond du jardin, et on est nombreux dans le même cas. Ici, tout est à l'étage vous ne vous rendez pas compte. Et être servi à table, ça non plus ça ne leur arrive jamais, alors pensez donc. Vous vous tourneboulez le cerveau pour rien, on ne va pas leur mettre des robinets en or quand même ! Et de toute façon, ils s'en fichent pas mal, ils ne viennent pas pour ça.

Mais Marie n'en démordait pas. Sa première bataille fut celle du soin, tout devait être irréprochable. Son produit favori était l'eau de Javel. Encouragée à traquer le moindre microbe, Maïténa javellisait à tour de bras, il y avait toujours une bouteille à portée de main pour « donner vite fait un coup d'éponge », comme elle disait. Désinfecter, récurer, c'était l'obsession de Marie. Certains clients avaient pris les bidets pour des toilettes. Depuis, tout passait à l'eau de Javel jusqu'à la plaque de verre du comptoir de l'accueil. Cette manie avait fini par répandre dans l'air une odeur qui n'était pas du goût de tout le monde.

— On se croirait dans un hôpital, ironisa un matin un directeur de pèlerinage en tordant le nez. Ce n'est pas très accueillant.

— Peut-être mais c'est très hygiénique, rétorqua Maïténa qui venait justement de « passer un coup » avant l'arrivée de son groupe.

Il fit des yeux ronds.

— Hygiénique de quoi ? C'est infesté au point qu'il faille tout inonder d'eau de Javel ?

La conversation prenait une mauvaise tournure. Dans le bureau attenant, Marie, atterrée, avait tout entendu. Elle s'apprêtait à intervenir quand Josy avait pris la parole.

— Ah ah ah, comme vous êtes drôle, père Latour, minaudait-elle en jetant à Maïténa un œil noir, vous avez tout à fait raison de nous signaler que cette odeur vous incommode. On ne la sent plus, à force. Mais ne vous inquiétez pas, ça ne se reproduira pas.

Il était à peine dans la rue que Josy explosa.

— Et voilà ! Je te l'ai dit mille fois Maïténa, cette eau de Javel sur le comptoir, je n'en veux pas, ça sent mauvais et ça tourne la tête !

— Peut-être mais ce n'est pas ton avis qui compte ni celui de ce curé qui ne comprend rien à l'hygiène, lui rétorqua Maïténa braquée. Je les connais moi ces vieux curés ! Chez eux, ça sent le poisson pourri, tu parles d'une odeur ! Madame veut que tout soit désinfecté, le hall comme le reste et ça le sera, un point c'est tout !

Après quoi, vexée de s'être fait reprendre par cette Josy à laquelle elle ne devait rendre aucun compte, elle repartit dans les étages.

— Est-ce que je pourrais vous laisser la clef de ma chambre ?

Josy sursauta. Accoudée au comptoir, une hospitalière attendait tranquillement en souriant. Josy se confondit en excuses.

— Mais bien sûr, madame Dubreuil, vous allez à la procession du Saint Sacrement ?

— Oui, et ça a l'air couvert. J'aurais dû prendre un parapluie, qu'en pensez-vous, mais si je remonte dans ma chambre, je serai en retard.

— Attendez. J'ai une solution.

Et Josy extirpa de dessous son comptoir un parapluie de secours qu'elle gardait, « au cas où ». Mme Dubreuil partit rassurée, le parapluie sous le bras.

De son bureau vitré, derrière le rideau qui la protégeait des regards, Marie avait suivi l'incident qui confirmait ses craintes. Josy supportait mal qu'on intervienne dans son hall d'accueil et Maïténa ne cédait sur rien. Josy était fiable et fidèle en amitié, mais sa violence intempestive à cause des chocolats d'Inès n'était pas qu'un lointain souvenir. Marie sentait que Josy pouvait encore se mettre dans des états extrêmes, si l'occasion se présentait. Le genre de débordements qu'il fallait à tout prix éviter. Elle alla la trouver.

— Qu'est-ce qui s'est passé ?

Josy était furieuse.

— Il se passe qu'avec sa manie de tout javelliser, les clients se plaignent. Et puis Maïténa par-ci, Maïténa par-là, tu répètes à longueur de journée que c'est une perle, résultat, on ne peut plus rien lui dire. Elle répond aux clients et fait des remarques déplacées, elle a même dit que chez les curés ça sentait le poisson pourri ! Non mais elle est folle ou quoi. Je suis presque sûre que Mme Dubreuil a tout entendu. On a l'air de quoi maintenant !

Marie admit qu'elle avait raison, mais elle lui rappela qu'avec les Basques, il ne fallait jamais négocier à chaud. Elle en parlerait avec Maïténa d'ici un jour ou deux.

— Pour la javel, expliqua-t-elle, c'est moi qui ai demandé à Maïténa d'en passer sur le comptoir. Tout le monde s'y affale, y pose des sacs qui ont traîné par terre. Ce n'est pas très sain.

Mais Josy ne voulait plus entendre parler de javel.

— Les clients posent leurs mains partout, comme toi et moi. Ce n'est pas nouveau, rien qu'au rocher de la grotte qu'ils caressent au même endroit et par milliers. Personne ne javellise le rocher et personne n'en meurt.

Dès le début, Marie avait craint la compétition entre Josy et Maïténa, elle ne s'était pas trompée. Il lui fallait calmer et rassurer son amie, aussi s'empressa-t-elle de la féliciter d'avoir eu la bonne attitude avec le père Latour et Mme Dubreuil. Josy s'apaisa un peu, mais le problème restait entier. Or l'harmonie entre les membres du personnel était capitale pour que le client se sente bien au Saint-Laurent. Du temps où elle livrait les pains, Marie avait connu des hôtels où l'ambiance était exécrable, il suffisait d'un employé mal disposé, d'un conflit mal géré et ça rejaillissait sur tout le monde. Les clients fuyaient. Rien qu'à l'idée que l'hospitalière ait pu entendre la remarque de Maïténa ou que Josy ait éclaté, Marie était horrifiée. Une pareille scène ne devait jamais se reproduire et il fallait éliminer le problème tout de suite. Elle annonça à Josy que désormais c'était elle qui se chargerait de faire le ménage du hall et qu'elle le dirait à Maïténa. Logeant sur place, elle s'y mettrait le matin avant le lever du premier client. Josy parut satisfaite.

— Et la javel ?

Marie réfléchit. Si « le client n'avait pas toujours raison », il fallait qu'au moins il en ait l'impression. En l'occurrence, si l'odeur de javel donnait à son établissement l'allure d'un centre de soins hospitaliers, il fallait au plus vite changer cette image désastreuse.

— Je nettoierai à l'eau chaude et au savon de Marseille, dit-elle.

Trop heureuse, Josy crut bon d'en rajouter.

— Tu as raison Marie. Heureusement que tu ne t'entêtes pas comme cette mule de Maïténa ! Les odeurs, c'est très important. Une fois, Mme Bayle avait fait tomber son flacon d'essence de lavande sur le sol de la boutique. Le parfum s'est répandu, ça a embaumé pendant plusieurs jours et ça plaisait à tous les clients, aux Belges comme aux Allemands et aux Italiens, aux Anglais comme aux Américains. Une bonne odeur de lavande, ce n'est pas comme une sale odeur de javel !

Marie attendait la suite avec le plus grand intérêt mais Josy avait fini.

— Et alors ? insista-t-elle, perplexe. Vous en avez remis ?

— De quoi ?

— De la lavande, puisque ça plaisait à tous les clients.

— Non. Je te raconte ça pour que tu comprennes que les odeurs, bonnes ou mauvaises, c'est important.

Marie comprenait très bien. Elle lui tendit un billet.

— Il y a un marchand de lavande à l'angle du pont, je le connais. Il se fournit auprès des moines de Sénanque, on n'aura pas mieux. Prends-lui deux flacons d'essence et une dizaine de sachets.

— Pour quoi faire ?

— Pour que ça sente la lavande dans tout le hall et ailleurs ! Entre-temps, je vais aérer et je passe un coup d'eau chaude sur le comptoir. Allez, file.

— Pourquoi se précipiter ? Je peux y passer ce soir en rentrant.

— Non, vas-y tout de suite. Le père Latour doit sentir la différence dès ce soir, pas demain.

Marie ne voulait manquer aucune occasion de montrer aux habitués de son hôtel – surtout aux directeurs de pèlerinage qui représentaient la grosse partie du chiffre d'affaires avec leurs groupes – qu'on tenait compte de leurs précieux avis.

Elle avait vu juste. Quand il revint épuisé de sa journée de messes et de processions, le père Latour en fut très agréablement surpris. D'autant que Marie le remercia de s'intéresser à la vie de son hôtel et, pour l'aide qu'il lui avait apportée, elle lui offrit un sachet de lavande joliment enveloppé dans un papier de soie. Les jours suivants, tous les directeurs de pèlerinage eurent vent de l'anecdote. L'excellente réputation de Marie se fit ainsi, par petites touches, par mille attentions aux clients. Ses concurrents eurent beau dire « qu'elle savait y faire », un peu comme on aurait pu laisser entendre qu'elle « embobinait », Marie ne s'occupait pas de la rumeur. Concentrée sur son objectif, elle continuait à exercer une vigilance de tous les instants. Parfois ses tentatives d'innovation échouaient, et elle savait en tirer les leçons. Ainsi elle avait lu dans le journal un article sur les méthodes d'un certain Jacques Borel. L'homme qui avait ouvert à Paris le premier commerce de restauration rapide, innovait dans ce nouveau domaine. Fini le plat commun qui faisait le tour de la table, il servait à l'assiette. Marie jugea l'idée plus moderne, et expliqua-t-elle à Iban et Aritza, plus économique. Le client mangeait ce qu'on lui servait, pas plus. Les œufs mimosas, les tomates farcies ou en dessert, les clafoutis et les flans en ramequins ne coûtaient pas cher et se prêtaient bien à ce type de service.

Iban était sceptique et Aritza affirma que ça prendrait plus de temps de préparation, mais Marie n'en démordit pas. Son hôtel devait entrer dans la modernité. Iban et Aritza se mirent au travail et ils firent si bien que les clients eurent l'impression d'avoir changé de catégorie d'hôtel.

— C'est beaucoup mieux ces assiettes individuelles, plus chic, dit Mme Dubreuil ravie. On ne se rendait pas compte parce qu'on y était habitué, mais ces plats en commun, ça faisait un peu cantine.

Marie approuva mais en son for intérieur, elle n'était pas satisfaite. Le service à l'assiette prenait plus de temps et avec les allers retours en cuisine, il ne faisait faire aucune économie, bien au contraire. Il avait fallu embaucher pour aider à la préparation des assiettes, et il n'y avait plus de restes à accommoder. Il fallait jeter ce que les clients ne finissaient pas. Avec le service au plat, il n'y avait aucun gaspillage. Ce qui restait dans les plats était propre et selon les cas, Iban en faisait des soupes qu'il agrémentait à sa façon, ou des gratins. Toute cette nourriture qui partait quotidiennement à la poubelle, ça leur faisait mal. Aussi bien à Marie qu'à Iban et Aritza. Ils n'y étaient pas habitués. Marie s'était laissée bêtement piéger par une mode et il lui était difficile de revenir en arrière. Avant de s'inspirer de méthodes révolutionnaires, elle aurait dû réfléchir davantage. Outre l'absence de gaspillage, le service au plat créait une connivence entre les clients qui respectaient un rituel de politesse, on se tenait le plat mutuellement, et on ne se resservait pas sans proposer d'abord aux autres. Aritza remarqua que depuis qu'ils avaient chacun leur assiette, les clients avaient moins d'occasions de faire connaissance.

— Ils ont davantage le nez dans leur assiette. L'ambiance a un peu changé, mais ne vous inquiétez pas, ça se passe très bien quand même.

Tout au long de la saison, il fallut quantité d'ajustements. Mais toute difficulté nouvelle trouva sa solution.

Quand elle n'était pas à l'école, la petite Louise grandissait dans l'hôtel « entre leurs pattes », c'est comme ça affirmait Maïténa, qu'elle apprendrait le métier, mille fois mieux que dans les écoles, précisait-elle. Marie souriait et approuvait, car à son avis l'expérience du terrain était capitale. Pourtant sa détermination à faire poursuivre les meilleures études à sa petite n'en était que plus grande, elle anticipait la révolution du monde de l'hôtellerie. Sa fille devrait posséder ces fameuses clefs qu'on n'apprend que dans les grandes écoles et elle s'était renseignée. La première école hôtelière du monde était en Suisse, à Lausanne. Louise y entrerait, elle ne voulait pas moins pour sa fille. Et déjà, pour la préparer, elle lui confiait de petites tâches avec la complicité attentive de son personnel. Car travailler au Saint-Laurent était une chance qu'il ne fallait pas négliger, Marie était exigeante, mais elle n'abusait pas. Elle aussi enchaînait les heures. À l'heure du bilan, le résultat fut à la hauteur et Marie annonça la bonne nouvelle : elle allait pouvoir engager la première tranche de rénovation, la moitié des chambres, la réception et la salle de restaurant. Il y aurait un beau mobilier moderne, aux couleurs vives et gaies, faciles à entretenir. À l'instigation d'Iban qui estimait qu'il fallait marquer le coup, ils fêtèrent ça, tous ensemble, avec une bonne bouteille de champagne.

— Et pour les affaires de la pension ne t'inquiète pas, glissa Josy à Marie, j'ai perdu les clefs alors je vais les mettre dans un garde-meuble en attendant.

— Tu as perdu les clefs ? Mais, c'est embêtant…

Josy se récria, elle allait les retrouver. Il n'y avait aucun problème, mais comme Marie insistait, elle s'énerva. Les affaires de la pension, c'était son affaire à elle et à personne d'autre. Marie aurait préféré que tout rentre dans l'ordre au plus vite, mais elle fut bien obligée de s'en accommoder. Et le soir, regardant dormir Louise, elle avait déjà oublié l'incident. Ses yeux brillaient. Cette fois, elle gagnait sa vie pour elle et pour sa petite, par son propre travail et grâce à ses propres investissements. Ce n'était pas encore le Pérou, mais presque. Elle était indépendante et ce n'était qu'un début. Elle n'allait pas s'arrêter là.

Trente ans plus tard

Francine, Thérèse, Jeanine, André, Roger et René, tous décédèrent au fil des ans, les uns après les autres, sans que jamais le cours des choses ne s'arrête. Quant à Paul, Josy et Marie ne le revirent jamais. Il avait disparu sans laisser d'adresse. Des Lourdais l'avaient vu en Australie, on disait qu'il y avait refait sa vie. Ça ne surprenait personne, depuis l'abandon du rugby et son mariage avec l'héritière, pour tous, il était imprévisible.

Depuis la mort de ses parents, Inès vivait seule au Gallia dont elle était la patronne. Elle ne le quittait plus. Pas même l'hiver. Elle n'avait plus les moyens de fréquenter le María Cristina et elle logeait dans une suite aménagée sur place juste pour elle. Le bruit courait qu'elle se morfondait comme sa mère, obsédée par le souvenir de Paul, anéantie par son abandon. Elle ne parlait que de lui. À son service restait Laurette. Fidèle, incapable de laisser dans une telle solitude celle qu'elle avait connue enfant. Elle savait que la vie d'Inès dans « la haute » n'avait pas été celle que tous imaginaient. Elle était désormais sa seule famille. Ce fut leur chance à toutes les deux car la vie n'avait fait de cadeau ni à l'une ni à l'autre. Laurette ne pouvait pas avoir d'enfant et son mari, qui en désirait plus que tout, avait fini par la quitter et par en épouser une autre.

De son côté, Marie avait suivi le chemin qu'elle s'était fixé. Oublier le passé et faire prospérer ses affaires. Le Saint-Laurent était devenu un bel hôtel d'excellente réputation et extrêmement rentable. Ensuite, elle avait su saisir les opportunités et prendre des risques. Sa force fut cette incroyable capacité d'adaptation dont elle avait toujours fait preuve face aux situations quelles qu'elles soient. Hôtels, brasseries, boutiques, restaurants, elle était maintenant à la tête d'un groupe puissant. Louise, qui était sortie diplômée de Lausanne, la secondait désormais. Josy l'avait épaulée les premières années, puis elle s'était mariée avec un cuisinier. Ils avaient trois enfants et s'étaient installés à leur compte grâce à un coup de pouce de Marie. Josy aurait voulu racheter la pension de ses parents mais il était impossible de savoir qui en était le propriétaire. À cette occasion, elle avait appris les projets d'aménagement de la mairie. Désireuse d'ouvrir cette rue étroite et sombre en y créant des espaces verts, la mairie avait acheté chaque pension après sa fermeture. Ne manquait que la pension Dulac. Marie trouvait que les choses étaient très bien comme ça, que le quartier allait revivre, mais Josy avait fait une crise d'angoisse telle qu'il avait fallu lui faire une piqûre et la mettre au repos quelque temps pour la calmer.

Depuis, malgré l'aide compréhensive des siens et de Marie, elle n'avait toujours pas retrouvé la sérénité et le médecin lui prescrivit des médicaments pour éviter qu'elle ne sombre tout à fait.

— C'est trop de bons et de mauvais souvenirs, dit un jour le docteur à Marie, il vaudrait mieux qu'on rase cette vieille pension au plus vite et qu'elle oublie.

Ce soir-là, du haut de la terrasse de son plus bel hôtel, Marie balayait sa ville du regard en songeant au passé. Le souhait du docteur avait fini par être entendu. La mairie avait pu racheter la pension Dulac et décidé de la démolir dans la foulée.

Si elle se laissait aller, des larmes monteraient vite aux yeux de Marie. Mais elle ne s'écoutait pas, elle aussi aimait le temps des familles, quand chacun avait son affaire, que les petites pensions tournaient. Mais le monde des affaires ne supportait pas les regrets, elle ne pouvait pas s'attarder sur un monde ancien. Elle ne se laissait plus jamais aller à cette nostalgie. Elle n'avait pas oublié les heures sombres au cours desquelles elle aurait pu chuter et ne jamais se relever. Elle savait le danger de cette nostalgie et elle avait peur pour Josy. Mais elle avait beau la secouer, rien n'y faisait. Josy n'avait plus envie de rien, et son mari devait gérer l'affaire tout seul. Compréhensif au début, il ne supportait plus de voir sa femme dans cet état. Marie s'en inquiétait tout en s'engouffrant dans l'ascenseur pour redescendre les douze étages du Saint-Laurent qui après des travaux pharaoniques était devenu un énorme hôtel avec chambres insonorisées, vues panoramiques, et qui possédait piscines chauffées extérieure et intérieure, spa de luxe, solarium, restaurant, bar et brasserie. Son groupe ne comptait pas moins d'une dizaine d'affaires et employait plus de cinq cents personnes. Elle n'avait pas une minute à elle et on lui laissait rarement le temps de respirer.

— Madame, madame ! Mais où étiez-vous ? Tout le monde vous cherche…

Jean-Pierre Pucheu, son adjoint, avait le don de s'affoler pour tout, sauf pour l'essentiel. Heureusement pour lui, il avait une grande qualité, il la tenait au courant de tout.

— Puisque c'est si urgent, pourquoi vous ne m'avez pas bipée sur le portable.

Il tordit le nez.

— Je l'ai fait, madame, mais il est éteint visiblement. Comme d'habitude quand vous ne voulez pas être dérangée. Ce n'est pas une bonne chose, je vous l'ai déjà dit, vous devriez juste baisser la sonnerie et laisser le bip. On ne sait jamais. La preuve.

Elle se retint. Il disait vrai mais elle n'aimait pas sa façon de le lui rappeler. La patronne, c'était quand même elle...

— Alors, qu'y a-t-il de si urgent, et qui me cherche ?

— Votre fille. Les ouvriers de la ville ont commencé à démolir les pensions.

Marie plissa le front, soucieuse. Pour Josy, la nouvelle allait être difficile mais elle ne voyait pas pourquoi Pucheu faisait cette tête bizarre.

— C'est qu'ils ont fait une drôle de découverte, expliqua Jean-Pierre Pucheu, ils sont tombés sur... euh... sur...

Il en bégayait.

— Mais enfin, ils sont tombés sur quoi ?

— Sur un cadavre !

— Un cadavre ?

— Oui, c'est ça. Un vrai cadavre, et pas joli à voir, il paraît. C'est même mon copain Pierrot qui a failli l'emporter dans sa tractopelle. Ça lui a fait un drôle d'effet. Depuis, le chantier est arrêté, la police est à la pension Dulac.

À ce nom, Marie eut un atroce pressentiment.

— Et ce cadavre, on sait qui c'est ?

— Non. Il est méconnaissable, tout sec, plein de poussière. Vu son état, il doit être là depuis longtemps. Mais votre fille Louise vous cherche, parce que Josy Dulac a déjà appelé au moins une dizaine de fois. La police lui a demandé de venir pour savoir si elle pourrait identifier le mort, mais elle ne veut pas y aller sans vous. Il paraît qu'elle a fait une crise de nerfs.

— Josy ! Mais pourquoi lui demander ça à elle ?

Jean-Pierre Pucheu n'avait pas tout dit, il hésitait.

— C'est que le mort portait un blouson de ski bleu et rouge avec des bandes sur l'épaule... Pierrot m'a dit que le blouson était à moitié mangé par les souris mais qu'on le reconnaissait encore... c'était celui des moniteurs de Barèges.

Marie sentit le sol se dérober sous ses pieds. Ce n'était pas possible, ce ne pouvait être Paul, il était en Australie, marié avec des enfants. Elle dut s'asseoir pour tenter de reprendre ses esprits. Après tout, il y avait eu bien d'autres moniteurs à Barèges, ce cadavre dans la pension de Josy ne pouvait être qu'une horrible coïncidence.

— Pierrot m'a dit qu'elle avait un frère, votre amie, vous croyez que…

— Non ! hurla Marie. Ça n'est pas lui ! Ça ne peut pas être Paul.

Hélas, mise devant le cadavre avec Josy sans aucune précaution elle dut se rendre à l'évidence, c'était bien Paul qui gisait là dans la poussière accumulée. Son alliance en témoignait. Le traumatisme fut dévastateur pour Josy, mais au moins autant pour Marie. De la belle chevelure sombre que le jeune homme qu'elles avaient connu rejetait en arrière d'un coup de tête nerveux, il ne restait que d'affreux filaments collés sur un crâne aux orbites vides. Et de son sourire éblouissant, on ne voyait plus qu'une ouverture béante et noire. Josy poussa un hurlement de bête et se jeta sur le cadavre avant que quiconque ne puisse l'en empêcher. Elle se coucha sur lui, s'y accrocha. Quand les policiers parvinrent enfin à l'en arracher, le fragile cadavre se disloqua entièrement et son crâne roula aux pieds de Marie, la fixant de ses orbites vides. Elle poussa un cri de désespoir insoutenable et s'enfuit en courant. Une fois dans la rue, elle s'arrêta net, en état de choc. Elle étouffait de larmes et n'arrivait plus à respirer. Le médecin légiste appelé pour vérifier l'état du cadavre tenta de l'aider à se reprendre, en vain. Les policiers durent la ramener chez elle, à moitié évanouie. Quant à Josy, elle fit une telle crise qu'il fallut la ligoter pour pouvoir la transporter à l'hôpital où on lui injecta une lourde dose de sédatif.

La nouvelle de cette macabre découverte se répandit à la vitesse de l'éclair. La ville fut sous le choc. La mort de Paul remontait à une trentaine d'années. Alors qu'on le croyait heureux, vivant au bout du monde avec femme et enfants, il se desséchait dans l'ombre, seul, oublié. Le traumatisme fut immense. Leur merveilleux champion avait fini dans la poussière, dévoré par les rats.

L'enquête fut rapidement bouclée. Victime d'une attaque cardiaque dans une pension fermée ou personne n'allait jamais, Paul n'avait pu être secouru et était mort. C'était aussi simple que ça.

La situation était en fait loin d'être aussi limpide car on n'avait pas retrouvé les clefs à l'intérieur. Or la serrure de la pension n'avait pas été forcée et elle était bel et bien refermée. Ce qui semblait indiquer qu'il n'était pas venu seul. Mais ce mystère ne sembla déranger personne. Le permis d'inhumer fut signé et Paul rejoignit ses parents dans la tombe familiale.

Marie n'arrivait pas à accepter l'étrangeté de cette mort. Que faisait Paul, pourquoi et comment était-il entré dans la vieille pension ? Personne ne pouvait lui donner de réponse, après plusieurs mois, quand elle alla un peu mieux, Josy aussi s'interrogea d'autant que sa clef avait disparu. « C'est donc qu'il l'avait prise, dit-elle à Marie, mais qui avait refermé derrière lui ? » Marie se repassa mille fois le film de la dernière nuit où elle avait vu Paul, essayant de retrouver chacun des mots qu'il avait pu prononcer. Elle échafauda mille scénarios pour tenter de comprendre, mais cela ne la mena nulle part. De son côté, Josy n'avait plus la force de chercher. La crise cardiaque de son frère étant avérée, elle se réfugia dans cette certitude. Marie, elle, n'y parvenait pas. Elle décida d'aller trouver Inès en se disant qu'elle détenait sûrement une part de l'explication. Inès ne recevait personne depuis longtemps et elle n'était plus la jeune femme arrogante qu'elle avait été. Elle n'était plus que l'ombre d'elle-même et pesait à peine une quarantaine de kilos. Depuis que Paul avait disparu de sa vie, elle ne s'alimentait presque plus et attendait son retour, persuadée qu'il reviendrait un jour. Quand elle apprit son horrible mort, il fallut la mettre sous perfusion. Elle entra dans une sorte d'état comateux et s'éteignit la nuit qui précéda la visite de Marie. Laurette lui confia que Paul l'avait hantée jusqu'à son dernier souffle.

— Saviez-vous que la pension Dulac appartenait à Inès depuis des années ?

Marie tomba des nues. Comment ce secret avait-il pu être gardé aussi longtemps.

— Même M. Francis l'ignorait, expliqua Laurette. C'est Mlle Inès qui me l'a confié le dernier jour. Elle était rongée par la culpabilité. Elle se pensait responsable de sa fin atroce. Elle disait que le bon Dieu avait voulu la punir. Paul avait mis de l'argent de côté pour racheter la pension de ses parents au cas où un jour elle serait revendue. « Je lui ai coupé l'herbe sous les pieds, Laurette, m'a-t-elle dit, j'avais peur qu'il me quitte s'il y revenait. J'ai acheté la pension et je l'ai volontairement laissée pourrir pour qu'il ne puisse jamais revenir en arrière. Dire qu'il était dedans, à quelques rues de moi. J'aurais pu le voir, le sauver. Quelle horreur, Laurette, si j'avais su ! Moi qui croyais qu'il m'avait abandonnée alors qu'il était si près de moi. Il a dû tellement souffrir, et par ma faute ! » Elle est morte en se torturant. Vous savez Marie, Mlle Inès a eu une drôle de vie. Je crois pouvoir dire qu'elle n'a jamais été heureuse et pourtant, voyez-vous, Paul et elle s'aimaient, j'en suis sûre. Mais ils n'ont jamais su se le dire et je n'ai jamais compris pourquoi. C'est si cruel la vie, parfois.

À la mort d'Inès, le Gallia fut mis en vente. Bien que les années fastes soient passées, la lutte fut âpre pour son acquisition. Car le Gallia était bien plus qu'un établissement de luxe. Il avait vu défiler un monde qui n'existait plus, il symbolisait un rêve et un pan de l'histoire. Marie emporta finalement la mise, parce que c'était elle qui en avait le plus grand désir. Quand elle signa l'acte d'achat, elle eut le sentiment d'avoir accompli le chemin qui, dans cette ville, mène au sommet des affaires.

En s'offrant le Gallia, elle achetait plus qu'une légende, elle achetait des souvenirs d'enfance, l'emblème de sa lutte, et elle les paya au prix fort. Pourtant quand, revenant de chez le notaire, elle posa son titre de propriété devant Josy, elle ne cria pas ces mots qu'elle aurait rêvé de prononcer dans sa jeunesse : « Je l'ai, Josy. On l'a emporté sur les héritières ! » À la place, elle esquissa un sourire triste. Les fantômes de Paul et d'Inès n'étaient pas loin. Le temps avait modifié sa perception des choses. Elle n'avait plus de revanche à prendre.

— Viens avec moi, dit-elle à Josy, les employés font les derniers nettoyages avant la fermeture pour l'hiver. J'ai les clefs, je peux y aller quand je veux. Le Gallia-Londres, c'est chez moi maintenant.

Pénétrer dans le grand hall du Gallia, ce monument de son enfance, Josy ne le voulait pas. Tant bien que mal sa vie avait repris son cours, mais la plaie était toujours béante. Marie ne lui avait pas rapporté les propos de Laurette, à quoi bon. Mais elle insista, elle avait besoin d'avoir Josy à ses côtés pour entrer au Gallia, au moins la première fois. Elle avait bien du mal à réaliser, il lui semblait irréel d'avoir pu s'offrir le plus beau palace de la ville. Josy finit par accepter.

Quand elles poussèrent les lourdes portes de verre et de bronze, Marie et Josy se retrouvèrent aussi intimidées qu'elles auraient pu l'être plus de trente ans plus tôt, du temps du triomphe d'Inès et de la splendeur du palace. Pas un bruit. Les lieux semblaient déserts. Impressionnée, Josy voulut immédiatement repartir. Ce silence, ce grand hall vide où Paul était passé au bras d'Inès… Elle en était bouleversée. Mais Marie se dirigeait déjà vers la grande galerie. Elle voulait revoir les sièges de velours, le piano. Sitôt qu'elle ouvrit les portes vitrées sur la longue enfilade, un souffle d'air froid la saisit. L'endroit n'avait pas dû être chauffé depuis longtemps.

Comme si personne, aucun client, ne venait plus jamais goûter un de ces thés subtilement parfumés ni un de ces cocktails originaux dont le barman avait le secret à la grande époque de la famille Hollen. Mais les confidents de velours or étaient bien à leur place, et le piano à queue aussi, même si le plateau de laque noire était couvert de poussière. L'atmosphère était presque lugubre, Marie frissonna. Alors qu'elle ne s'était pas posé la moindre question jusque-là et avait signé l'achat du Gallia sans même prendre la peine de visiter les lieux, elle se demanda ce qu'il lui avait pris d'acheter cet immense navire qui demanderait des investissements énormes pour être remis à flot. Et puis elle sentait encore la présence d'Inès, elle la revoyait enfant, avec ses longs cheveux retenus par un passe de velours, assise sagement près de sa mère. Elle eut comme un léger vertige.

— Madame Lacaze !

Un élégant jeune homme en livrée s'avançait en souriant.

— Votre amie est repartie. Je sais que c'est vous qui êtes désormais la propriétaire des lieux. Permettez-moi de vous féliciter, le Gallia est un hôtel exceptionnel, magique. Je suis à l'accueil mais je sers aussi au restaurant et au bar, je suis un peu partout. Nous ne sommes plus très nombreux à travailler ici. Mme Inès ne voulait pas embaucher, les frais vous comprenez. Je connais votre réputation et nous sommes tous très heureux de savoir que c'est vous qui prenez la suite. Avec vous le Gallia-Londres a toutes ses chances de retrouver sa splendeur.

Marie se méfiait des déclarations emphatiques, mais le regard du jeune homme était clair et droit. Il aimait l'hôtel et sa fierté d'y travailler se lisait sur son visage. Curieusement, cela suffit à apaiser l'angoisse qui venait d'envahir Marie. Elle le remercia et lui expliqua qu'elle reviendrait le lendemain pour étudier les choses plus en détail. Il la raccompagna jusqu'à l'entrée.

— À demain alors, j'ai hâte.

Quand elle s'éloigna, il lui adressait encore des signes de la main. Son enthousiasme avait remis de la vie dans le grand navire déserté. Marie en fut rassérénée. Si ce jeune garçon aimait ce vieil hôtel fatigué, c'est qu'il avait de l'avenir et les fantômes ne lui faisaient plus peur.

Dès le mois suivant, une fois l'émotion passée, elle lança les travaux de rénovation. Il fallait remettre le palace aux normes et lui redonner son lustre d'antan. Le résultat fut exceptionnel et toute la ville en bénéficia. Le fleuron de l'hôtellerie lourdaise avait retrouvé sa superbe. Une clientèle prestigieuse s'y pressait à nouveau. Ce jour-là, dans le grand hall, Marie attendait les éminents représentants de l'ordre de Malte. Leur avion avait du retard. Mais c'est une jeune fille qui surgit, toute joyeuse.

— Mamé, j'ai une grande nouvelle à t'annoncer !

Sa petite-fille avait son air des grands jours… Marie l'adorait. Alix était la cadette de ses petits-enfants et la plus imprévisible. Passionnée de photographie, elle avait toujours un appareil en main et allait, de jour comme de nuit, immortaliser la ville sous toutes les coutures. Elle partait avec la même aisance pour des reportages à l'autre bout du monde. Marie se méfia de cette « grande nouvelle », car elle n'aimait pas la savoir dans des pays dangereux. Qu'allait-elle lui annoncer ? Un départ sans doute, comme à son habitude.

— Non, Mamé, je ne vais nulle part. Enfin, si. Mais tout près cette fois, à Bordeaux. Je vais me marier.

— Quoi ?

— Et je te présente Léopold, mon amoureux.

Marie ne l'avait pas vu car il était resté en retrait, caché par les colonnes de marbre. Mais quand il s'avança vers elle, ce jeune homme longiligne lui plut aussitôt. Les deux jeunes gens se connaissaient depuis un an à peine et contrairement à la mode du moment qui voulait qu'on vive ensemble avant d'aller plus loin, Léopold avait décidé de passer la bague au doigt d'Alix sans attendre, à l'ancienne.

— Vous connaissez un peu ma famille, je crois, dit-il. Ma grand-mère était de Lourdes.

— Ah bon, fit Marie, rassurée par ces origines locales, des hôteliers peut-être ?

— Oui, elle s'appelait Béatrice Rivière.

Béatrice ! Si Marie s'attendait à ça ! Béatrice avait quitté Lourdes depuis fort longtemps. Elle s'était mariée avec un viticulteur bordelais après ses études et Marie ne l'avait pas revue. Certes, elle revenait parfois rendre visite à son frère qui avait repris l'hôtel familial, mais elle ne traînait pas en ville. Elle avait eu une fille et Léopold était son premier petit-fils. Alix et lui s'étaient connus par hasard, alors qu'il était venu pour une réunion familiale. Alix photographiait les pèlerins et lui déambulait dans les rues, nez au vent. Leurs regards s'étaient croisés dans l'objectif et, depuis, ils ne se quittaient plus.

La trame du destin paraissait d'une grande simplicité, si simple même que c'en était déroutant pour Marie. Sa petite-fille allait épouser un descendant des Rivière. N'y avait-il que le hasard derrière ces coïncidences ? Elle se raisonna, ils semblaient si heureux et leurs regards étaient si clairs, il ne fallait pas chercher à voir la main du destin derrière toute chose. En tout cas, c'était la confirmation qu'elle avait bel et bien changé de condition sociale. Sa petite-fille ne déparait plus dans le milieu de la « haute ». Marie les embrassa bien fort et se laissa aller à son bonheur.

Les fiançailles réunirent les deux familles à la fin de l'été et le Gallia-Londres fut l'écrin de la réception. À cette occasion, Marie retrouva Béatrice et toutes deux surent se comporter au mieux, en évitant d'évoquer des souvenirs de jeunesse qui auraient pu être désagréables. Elles n'eurent pas à faire beaucoup d'efforts, le passé était loin.

Le soleil en ce début d'automne était d'une grande douceur, les familles passaient une merveilleuse journée. Marie observait le jeune couple. Elle repensait à la vie qui ne s'était pas déroulée comme prévu pour beaucoup de ses proches. Sa mère disparue trop tôt après avoir travaillé comme une bête toute sa vie, René mort si jeune, fauché en plein travail, Paul à qui on prédisait le meilleur et qui avait connu une fin tragique. Inès, qui semblait promise au plus bel avenir et qui, elle aussi, était partie dans la plus grande des solitudes. De tous, c'était Josy, l'adolescente bougonne et mal fagotée, qui s'en sortait le mieux. Entourée de sa famille, de ses enfants et petits-enfants, elle respirait maintenant le bonheur et la paix. Après l'avoir anéantie, la mort de Paul l'avait délivrée. Elle allait fleurir sa tombe tous les jours. Puisqu'il dormait avec les siens, puisqu'il était à jamais séparé d'Inès, elle l'avait enfin retrouvé. Il était à elle pour toujours. Elle avait gagné contre l'héritière. Pour Marie, tout n'était pas aussi clair. Quelque chose la dérangeait encore. Voilà les pensées qui la traversaient alors qu'elle regardait Léopold rire aux éclats. Comme il était beau, comme il était jeune !

— Je vais chercher une pellicule dans la voiture, dit-il soudain. On fera les dernières photos, je reviens vite.

Marie le suivit machinalement du regard et s'approcha d'une fenêtre de la galerie. Il apparut en contrebas dans le parc et se dirigea vers sa voiture. Il plongea à l'intérieur et trouva rapidement ce qu'il cherchait car il en ressortit aussitôt en glissant un objet dans sa poche. Mais au lieu de revenir au plus vite comme il l'avait dit, il s'appuya contre la carrosserie et, tranquillement, il alluma une cigarette. À cet instant précis, Marie eut la certitude qu'il allait se passer quelque chose d'irréversible. Tendue, elle ne le quittait pas des yeux. Ignorant qu'il était sous surveillance, Léopold rejeta la tête en arrière d'un mouvement nerveux pour dégager la mèche brune qui tombait sur son front, et il tira lentement une voluptueuse bouffée. Quand il la relâcha dans l'air froid, la fumée blanche monta vers la cime des grands arbres et le cœur de Marie cessa de battre. Paul était vivant. Il était là, sous ses yeux. Dans ce jeune homme, elle venait de reconnaître chacun de ses traits, chacune de ses attitudes. Elle porta la main à son cœur, comme s'il n'allait pas résister. Inconscient du séisme qu'il venait de déclencher, le jeune Léopold fit quelques pas et Marie reconnut la sensuelle nonchalance, le geste de la main dans la chevelure pour discipliner à nouveau l'insolente mèche brune. Elle ferma les yeux et dut s'appuyer contre le montant de la fenêtre. Léopold était Paul. Plus moderne, plus jeune, mais c'était lui, vivant. Reconstitué à l'identique. Elle crut à une hallucination. La journée avait été trop chargée et la fatigue lui jouait des tours. Mais quand elle rouvrit les yeux, ses derniers doutes volèrent en éclats. Il la regardait et lui souriait de ce sourire qu'elle aurait reconnu entre mille, tant elle l'avait aimé. C'était celui de Paul et c'était irréel.

Vacillante, elle faillit courir trouver Josy chez elle, il fallait qu'elle le lui dise, qu'elle parle à quelqu'un. Mais au dernier moment quelque chose la retint. Que se cachait-il derrière cette incroyable ressemblance ? Et pourquoi ni elle, ni personne ne l'avait vue au premier regard alors qu'elle était flagrante.

La journée se terminait, les invités allaient bientôt repartir, Marie ne pouvait en rester là. Il lui fallait une explication. Comme on se jette à l'eau, elle parla à Béatrice. À sa grande surprise, celle-ci l'entraîna à l'écart dans un coin de la grande galerie.

— Je me demandais si quelqu'un s'en apercevrait, j'en étais malade. Et je me suis dit que je m'étais fait beaucoup de souci pour rien, que personne n'avait remarqué, pas même toi.

Fébrile comme si elle avait attendu des années durant de pouvoir partager son désarroi, Béatrice lui raconta son ahurissante histoire.

— Léopold est mon petit-fils, et sa mère est ma fille que tu connais.

Effectivement, Marie avait déjà eu l'occasion de croiser la fille de Béatrice dans la ville, elle lui ressemblait terriblement, même grand nez, mêmes cheveux clairs et bouclés. Impossible de ne pas reconnaître la lignée des Rivière.

— Oui, je connais ta fille, elle te ressemble beaucoup.

— Oui, et je croyais qu'elle ressemblait aussi un peu à son père.

Il fallut quelques secondes à Marie pour comprendre ce que venait de lui avouer très clairement Béatrice.

— Comment ça, tu croyais...

Béatrice ne pouvait plus reculer. Sa fille n'était pas celle de son mari comme elle l'avait toujours cru. Elle était la fille de Paul. Ils avaient eu une aventure d'un soir alors qu'elle était déjà mariée et qu'il était venu les rejoindre à Biarritz, Inès étant en Espagne. Ils avaient fait la fête et pas mal bu.

— Je peux bien te le dire aujourd'hui puisqu'il est mort, avoua-t-elle, j'ai toujours été amoureuse de Paul, et Inès me l'a pris. On n'en a jamais parlé ensemble, mais elle savait. C'est elle qui avait écrit la fameuse lettre du temps de l'école Massabielle. Elle voulait me faire mal. Elle m'a obligée à la lire et à me moquer des fautes, pour nuire à Josy. Je m'en veux aujourd'hui...

— Pourquoi tu l'as fait alors, s'agaça brusquement Marie, rien ne t'obligeait à te plier à ses quatre volontés. Tu as fait des choses affreuses...

Béatrice stupéfaite attendait qu'elle continue, mais Marie s'arrêta net. Elle faillit avouer à Béatrice qu'elle l'avait vue à moitié nue au pied de la sainte Vierge, mais elle se retint à temps. À quoi bon ? Cet aveu ne servirait plus à rien ni à personne aujourd'hui.

— J'ai profité de Paul ce soir-là. Il n'était pas dans son état normal, reprit Béatrice, j'ai eu envie de me venger. Inès pouvait être très mauvaise tu sais, elle m'a fait beaucoup de mal.

Marie l'écoutait en silence.

La suite était sans surprise. Le lendemain Paul avait clairement dit à Béatrice que leur relation était une erreur et ils n'en avaient jamais reparlé. Béatrice avoua qu'elle avait longtemps tenté de renouer avec lui, elle saisissait toutes les occasions où Inès était absente, elle le poursuivait parfois dans la nuit, le guettant au Gallia ou ailleurs. En vain. Jamais elle n'avait imaginé que sa fille pouvait être aussi celle de Paul. C'est en voyant son petit-fils grandir qu'elle avait eu des doutes. Puis des certitudes. Plus Léopold avançait en âge, plus elle retrouvait Paul, dans le moindre de ses traits et jusque dans ses gestes. Par une mystérieuse et souterraine alchimie, les microscopiques cellules avaient fait leur chemin, sautant une génération, pour se reconstituer telles qu'en Paul, hallucinantes de précision.

— Je n'arrivais plus à détacher mon regard de Léopold, expliquait Béatrice fébrile, je le dévorais. J'ai beaucoup souffert de garder ce secret. Personne n'avait connu Paul dans mon entourage bordelais, et nul ne pouvait détecter cette ressemblance. Maintenant que tu sais, je suis heureuse et apaisée, c'est comme s'il était revenu. Pour moi, Paul n'est plus mort, il vit une autre vie et il est près de moi.

Choquée, Marie n'arrivait pas à mettre ses idées au clair. Ses émotions étaient à vif. Les mystères de la génétique étaient encore immenses mais si elle comprenait bien, Paul était vivant. Toutes ses cellules étaient là, bien en place. Et ce nouvel être, c'était le fiancé d'Alix, Léopold. Cela aurait pu être banal car nombre de caractéristiques sautaient parfois des générations, on avait vu des couleurs de peau réapparaître à la troisième, voire à la quatrième génération. Mais cette fois, le processus était poussé à l'extrême, il ne s'agissait pas de ressemblance ou de simple sosie, comme il y en a des milliers par le monde. Léopold était le clone de Paul. C'était hallucinant, merveilleux, et terriblement angoissant.

— Alors les mamies, on se raconte des souvenirs de jeunesse !

Léopold était remonté du parc sans qu'elles s'en aperçoivent. Jusqu'à son insouciance moqueuse et sa voix qui nasillait légèrement en fin de phrase… Marie en aurait hurlé, tant voir revenir du néant ce qui n'était plus qu'un affreux cadavre décharné était une expérience terrifiante. Elle le fixait avec des yeux démesurément ouverts, fascinée.

— Qu'est-ce qu'il y a, dit-il en se reculant, effrayé. Qu'est-ce que vous avez à me regarder comme ça ?

Marie reprit ses esprits tant bien que mal et s'excusa. Il retrouva aussitôt le sourire.

— C'est à cause de ma cigarette ? Ne dites pas non, je sais. Alix veut que j'arrête de fumer et je fais des efforts, mais aujourd'hui vous m'avez surpris en flagrant délit. Promettez-moi que vous ne lui direz rien. *(Se tournant vers Béatrice.)* Et toi non plus, mamie, je compte sur toi !

Il avait ce même sourire lumineux, cette mèche brune qu'il rejetait en riant. L'une et l'autre sentirent d'un coup le poids des ans tomber brutalement sur leurs épaules. Elles lui auraient tout donné, elles lui auraient promis la Lune et même plus s'il le leur avait demandé. Mais il se contenta de leur faire un clin d'œil et elles le regardèrent s'éloigner, bouleversées. Il rejoignit Alix qui arrivait à l'autre bout de la galerie et il la souleva dans ses bras, aussi légèrement qu'il aurait emporté une plume. Cette facilité, cette confiance dans la vie, cette gaîté, elles en furent terriblement heureuses, et anéanties.

Plus jamais Paul ne reviendrait, ni leur jeunesse, ni l'époque bénie de ces gracieuses amours.

Avant de repartir pour Bordeaux, et sans avertir qui que ce soit, Alix avait tenu à présenter son futur mari à Josy qu'elle connaissait depuis l'enfance. Quand elle l'apprit, Marie, affolée, se jeta sur le téléphone pour joindre sa petite-fille.

— Mais pourquoi tu ne m'as pas dit que tu irais voir Josy ? Qu'est-ce qu'elle vous a dit ?

— Elle m'a félicitée. Et elle a embrassé Léopold. Elle était contente qu'on soit passés.

— C'est tout ?

— Ben oui, tu voulais qu'elle fasse quoi ? Pourquoi tu es si stressée ?

Marie avait trouvé une vague excuse et n'avait pas insisté. Mais elle se tourmentait. Comment était-il possible que Josy n'ait pas réagi ? À force d'y réfléchir, elle se dit qu'à l'époque la découverte du cadavre de Paul avait créé un tel choc qu'il avait tout occulté du passé dans la mémoire de son amie. En psychiatrie, ce symptôme portait un nom, « le déni ». Il permettait de surmonter les souvenirs traumatisants. Josy n'avait pas dû voir l'incroyable ressemblance de Léopold avec son frère. Ça paraissait impossible à croire et pourtant.

— Madame ! Madame !

Jean-Pierre s'affolait toujours pour rien, mais il courait moins vite. Lui aussi vieillissait. Que pouvait-il bien vouloir, quelle nouvelle à dire encore après toutes celles qu'il lui avait annoncées tous les jours depuis tant d'années ? Un groupe de pèlerins en retard, le malaise d'un employé, une énième colère du cuisinier ? Les causes ne manquaient pas et elles se ressemblaient toujours.

— Reprenez votre respiration, Jean-Pierre, rien ne presse, on a le temps. Que se passe-t-il ?

Il avait le visage plein de larmes. C'était la première fois. Et ces larmes en disaient plus que tous les discours. Il y avait quelque chose de grave.

— C'est votre amie…

Marie ne put retenir un cri.

— Josy !

— Oui. Elle s'est jetée dans le gave, du haut du pont, on l'a retrouvée des kilomètres plus bas, le long des prairies entre les iris d'eau.

Josy s'était suicidée, elle avait donc vu, et elle n'avait rien laissé paraître. Quelle souffrance, pensa Marie effondrée.

— Elle a laissé une lettre pour vous, reprit Jean-Pierre. Sa famille vous attend pour l'ouvrir. Ils sont dévastés. Ils ne comprennent pas.

Au moment de déchirer l'enveloppe, Marie eut un instant d'hésitation. Elle éprouva le besoin de s'isoler et partit se réfugier sur la terrasse du Saint-Laurent, là où le regard pouvait embrasser toute la ville jusqu'à la montagne. Nous étions au début du printemps, la vie refleurissait partout. Des oiseaux piaillaient, les eaux du gave chantaient en contrebas. Marie déchira l'enveloppe et déplia la lettre.

Dans les premières lignes, Josy expliquait qu'en découvrant Léopold elle avait vu Paul. Le choc avait été tel qu'il l'avait laissée sans réaction. Elle s'était même efforcée de rester très naturelle devant les jeunes fiancés. C'est après leur départ que l'armure avait craqué.

Mais Josy n'écrivait pas pour raconter cet épisode, la suite de la lettre était bien plus importante. Elle révélait à Marie l'affreuse réalité, elle levait enfin le voile sur la véritable histoire de la mort de Paul.

Cette fameuse nuit d'hiver, il avait bien fait un arrêt cardiaque comme l'avait dit le médecin. Mais ce n'était pas dû au hasard. Après leurs retrouvailles au Saint-Laurent, il avait eu un gros coup de cafard. Redécouvrir les meubles de sa famille, s'asseoir dans ce fauteuil si familier et boire dans les tasses de sa mère, ça l'avait bouleversé. Avant de remonter à Barèges, il avait eu l'envie soudaine de revoir la pension. Josy s'apprêtait à se coucher quand il avait frappé à sa porte. Elle écrivait qu'il était bizarre, nerveux, mais elle avait cédé, trop heureuse de le revoir si vite après leur dispute. C'est elle qui lui avait ouvert les portes de la pension.

La suite était simple et sordide.

Une fois là-bas, Paul s'était montré encore plus nerveux, il furetait partout, montait et descendait, ouvrait et fermait les portes. Josy était épouvantée de le voir dans cet état. Il lui avoua qu'il avait pris de la drogue, mais il lui dit de ne pas s'inquiéter, qu'il maîtrisait, qu'il avait l'habitude. Horrifiée, ignorant tout de cette drogue dont le seul mot la faisait frémir, persuadée qu'Inès était la cause des errances de ce frère tant aimé, elle l'avait harcelé, tentant de le faire avouer. Mais au lieu d'abonder dans son sens, Paul avait blanchi sa femme. Elle n'y était pour rien.

— Inès a besoin de moi, avait-il dit, je le sens. Mais je ne sais pas m'y prendre avec elle, je ne suis pas à la hauteur.

L'occasion était trop belle de le récupérer, de lui faire comprendre que lui n'y était pour rien, qu'Inès l'entraînait vers l'abîme. Josy y avait mis toute sa conviction.

— Tu dois la quitter Paul, tu dois revenir vers nous, vivre de belles choses comme avant. Tu te souviens, on était heureux.

— Le passé est le passé, ma Josy. Je ne peux pas. Je ne suis plus le même.

Il était tendre et parlait avec gentillesse. Elle avait voulu le brusquer.

— Quitte-la, divorce !

— Non, elle ne le mérite pas. Je ne la quitterai jamais. Je l'aime à ma façon sans bien savoir pourquoi d'ailleurs, car on n'a jamais réussi à former un vrai couple. Mais quelque chose en elle m'émeut et me touche, profondément.

Il parlait comme pour lui-même, avec une grande douceur. Mais cette déclaration d'amour à Inès, Josy ne pouvait pas l'entendre. Son frère avait tout perdu, ses amis, sa famille, et il s'obstinait à la défendre. Selon ses propres mots, Josy avait alors « disjoncté ». Paul avait essayé de la calmer, mais elle l'avait repoussé violemment et, d'un coup, sans qu'elle comprenne comment cela s'était fait, il était tombé au sol, inconscient. Elle précisait qu'il vivait encore. Affolée, elle s'était précipitée dehors pour chercher du secours, mais une fois dans la rue, elle s'était assise par terre en pleurant. Puis, sans chercher à savoir s'il était vivant ou mort, elle avait refermé la porte à clef et s'en était allée sans se retourner. Puis elle avait jeté la clef dans les eaux du gave. Et comme si rien ne s'était passé, sans remords, avec le sentiment d'avoir fait ce qu'il fallait, elle s'était couchée et paisiblement endormie dans son lit.

« Il aurait fini complètement drogué avec cette folle. Je préférais le savoir mort chez nous, en paix, plutôt que vivant avec elle pour finir comme un dégénéré. Il était si beau et si gentil, elle ne le méritait pas. »

La lettre finissait sur ces mots.

Marie en fut assommée. Ainsi sous le masque du bonheur et de la félicité familiale, la haine de Josy était restée vivace. Rien, pas même la réussite de sa propre vie, n'avait pu arracher les racines du mal qui s'étaient implantées et avaient grandi en elle dans le plus grand secret. Marie n'avait rien vu, rien deviné. Pourtant Josy l'écrivait là, noir sur blanc. Elle avait abandonné son frère encore vivant sur le parquet de la vieille pension, sans remords, sans se soucier de ce qu'il avait pu endurer, de sa souffrance, de sa peur et de son désarroi si par malheur pour lui, il avait repris connaissance. Josy n'avait pensé qu'à sa vengeance et à sa haine. Et, pire que tout, elle avait fini par croire à une autre histoire. Celle d'une Josy qui, comme tous, avait découvert le cadavre de Paul par le hasard d'un coup de pioche et en avait été bouleversée. Alors qu'elle l'y savait depuis toujours.

À quel moment prend-on le mauvais chemin ? À quel moment la vie d'un être bascule-t-elle vers le mal et qu'est-ce qui l'y pousse quand rien ne l'y prédisposait ? Marie n'avait pas la réponse, mais pour une fois dans sa vie, elle n'en chercha pas. Elle posa la lettre et regarda sa ville. Le soleil déclinant projetait sa lueur orangée sur la silhouette des toits et les chants des processions montaient jusqu'à elle. Ce serait bientôt l'heure du dernier service, elle allait redescendre pour vérifier si tout était bien en place et donner un dernier coup de main. Les affaires devenaient difficiles, le monde changeait, elle n'avait plus de forces ni de temps pour remuer le passé et tenter de le comprendre. Il fallait assurer le présent.

Note de l'auteur

Dix-huit ans après *La Belle Chocolatière*, je reviens à ma ville de cœur dont je parcours les rues depuis l'enfance.

Pour avoir réalisé des documentaires, écrit sur Lourdes, mon attachement a grandi, ma connaissance d'elle aussi. Là, particulièrement, le métier d'hôtelière est unique. Il demande une capacité d'adaptation permanente, une implication personnelle éprouvante. J'y connais nombre de personnalités exemplaires. Je m'étais promis de parler d'elles un jour.

Cette fois, contrairement à *La Belle Chocolatière*, écrite au plus près des réalités historiques, il s'agit d'un roman de fiction, inspiré par ma connaissance des lieux, mais ne recouvrant en aucune façon une réalité attachée à telle histoire ou à telle personne. Chacun de mes personnages est un mélange de caractères observés et inventés.

Mon souhait était de rendre hommage aux *hôtelières* de Lourdes et, si possible, au romanesque puissant d'une ville unique à mes yeux.

Je n'en cite aucune, je les remercie toutes : les hôtelières, les organisatrices des agences de pèlerinages et les commerçantes qui m'ont beaucoup donné de leur temps et de leur mémoire.

Quant au Gallia-Londres, qui tient dans ce roman le rôle de la grande et belle hôtellerie lourdaise, il appartient à ma mémoire personnelle depuis très longtemps. Dans ma jeunesse, il avait un air fatigué qui plaisait à mon imaginaire. Son style grand genre me fascinait. En ce temps-là, je fréquentais souvent sa longue galerie et je prenais une boisson légère en pensant déjà, qu'un jour… je parlerais de lui et de toutes ces merveilleuses petites pensions et hôtels pleins de charme.

Chaleureusement, à cette ville, à tous ses habitants, à ses pèlerins qui ont enchanté mon enfance par leur cosmopolite et fellinienne présence.

À ma grand-mère qui m'y promenait.

Bernadette Pécassou-Camebrac

Remerciements

Merci à tous ceux qui font la maison, et en particulier à Gilles Haéri, Anna Pavlowitch, Louise Danou, dont la subtile dose d'enthousiasme et d'implication dans le travail ont beaucoup aidé à l'aboutissement de ce livre. À Virginie Garrett, Anne Blondat et Marie Trang.

… Et je n'oublie pas l'agrégé et docteur de sciences économiques Jean-Christophe Lefevre dont l'imposante étude, *L'Histoire de l'hôtellerie, approche économique et politique*, m'a beaucoup appris.

Table

Cet ouvrage a été mis en pages par

<pixellence>

N° d'édition : L.01ELJN000766.N001
Dépôt légal : juin 2018

Imprimé en France par CPI
en mai 2018

N° d'impression : 146767